LES SORCIÈRES DE NORTH HAMPTON

Écrivain prolixe, Melissa de la Cruz est l'auteur best-seller de la série *Les Vampires de Manhattan*. Journaliste, elle a travaillé entre autres pour *Glamour*, *Cosmopolitan* et *Marie-Claire*. Elle passe ses étés à Shelter Island, l'île qui lui a servi d'inspiration pour la ville de North Hampton. Elle vit à Los Angeles et à Palm Springs avec sa famille. *Les Sorcières de North Hampton* a été adapté en série télévisée sur la chaîne Lifetime.

MELISSA DE LA CRUZ

Les Sorcières
de North Hampton

ROMAN TRADUIT DE L'ANGLAIS (ÉTATS-UNIS) PAR HÉLÈNE BURY

ORBIT

Titre original :

WITCHES OF EAST END
Publié avec l'accord de Hyperion, New York

À ma famille

« Quand nous réunirons-nous de nouveau toutes les trois,
En coup de tonnerre, en éclair ou en pluie ?
Quand le hourvari aura cessé,
Quand la bataille sera perdue et gagnée. »

SHAKESPEARE, *Macbeth*

« Il est possible que des Valkyries aient choisi de quitter
Valhalle pour s'installer en divers points du pays, où elles
commencèrent une nouvelle vie comme sorcières. »

Michael PAGE et Robert INGPEN,
extrait de *L'Encyclopédie des mondes
qui n'existent pas*

PROLOGUE

La ville au milieu de nulle part

North Hampton n'existait sur aucune carte : localiser la petite communauté insulaire sur la côte Atlantique relevait du tour de force pour les étrangers qui s'y égaraient bien souvent par hasard, et qui étaient ensuite incapables d'y retourner. De sorte que ses plages de sable argenté étonnamment désertes, ses champs verts ondoyants et ses fermes imposantes à la construction anarchique se muaient en rêves à demi oubliés plutôt qu'en souvenirs. Tout comme Brigadoon, elle était ensevelie sous le brouillard et se dévoilait rarement, perpétuellement humide, même au cours de ses étés ensoleillés. Ses habitants formaient un groupe très uni de familles sélectes qui y résidaient depuis des générations. À North Hampton, contrairement au reste de Long Island, on trouvait encore des cultivateurs de pommes de terre et des pêcheurs en haute mer qui vivaient de leur activité.

Une brise du large soufflait, légère, salée, sur les eaux bleues ridées aux bas-fonds densément peuplés de palourdes et de pétoncles. Les restaurants branlants servaient les spécialités locales : pagres, poissons-ballons et soupe épaisse de palourdes préparée avec des tomates, jamais de lait. L'âge moderne n'avait pas affecté cet environnement agréable ; il n'y avait pas d'affreux centres commerciaux longeant les rues ni trace des grandes entreprises du XXIe siècle pour gâcher ce paysage pittoresque.

De l'autre côté du bourg se trouvait l'île des Gardiner, désormais laissée à l'abandon. D'aussi loin que quiconque se souvienne, le manoir, Fair Haven, était vide et inoccupé, une relique dans la pénombre, propriété de la même famille pendant des siècles. Nul n'avait vu l'ombre d'un Gardiner depuis des décennies. Les rumeurs couraient que la famille autrefois illustre n'avait plus les moyens de l'entretenir, ou que la lignée avait dépéri jusqu'à s'éteindre avec son dernier héritier. Et pourtant Fair Haven et ses terres demeuraient en l'état et n'avaient jamais été vendus.

C'était une maison oubliée par le temps. Les gouttières sous son toit pointu se remplissaient de feuilles, la peinture s'écaillait et les colonnes se fissuraient tandis qu'elle sombrait doucement dans un état de délabrement. Les quais de l'île pourrissaient et s'affaissaient. Des balbuzards avaient élu domicile sur les plages vierges. Les forêts qui entouraient la maison se faisaient plus denses.

Puis, une nuit au début de l'hiver, un craquement effroyable retentit, un terrible fracas, comme si le monde s'éventrait ; le vent hurla et l'océan se déchaîna. Bill et Maura Thatcher, un couple marié gardien d'un domaine voisin, promenaient leurs chiens le long du rivage de North Hampton quand ils entendirent un bruit affreux provenant de l'autre côté de l'eau.

— Qu'est-ce que c'était ? demanda Bill en s'efforçant de calmer les chiens.

— On dirait que ça venait de là-bas, dit Maura en montrant du doigt l'île des Gardiner.

Les yeux rivés sur Fair Haven, ils virent une lumière apparaître à la fenêtre située à l'extrémité nord du manoir.

— Regarde ça, Mo. Je ne savais pas que la maison avait été louée.

— De nouveaux propriétaires, peut-être ? suggéra Maura.

Fair Haven n'avait pas changé : ses fenêtres ressemblaient à des yeux mi-clos, son entrée miteuse s'affaissait comme un vieillard à l'air renfrogné.

Maura emmena les chiens jusqu'à l'herbe mais Bill garda les yeux rivés sur le manoir tout en se grattant la barbe. Puis, rapide comme l'éclair, la lumière s'éteignit et la maison sombra de nouveau dans l'obscurité. Mais quelqu'un approchait dans le brouillard, ils n'étaient plus seuls. Les chiens aboyèrent vivement après la silhouette à l'allure régulière, et le vieux gardien se rendit compte que son cœur cognait dans sa poitrine ; son épouse, quant à elle, paraissait terrifiée.

Une femme apparut dans la brume. Elle était de haute taille et intimidante, portait un foulard rouge vif sur les cheveux et un imperméable ocre serré d'une ceinture à la taille. Ses yeux étaient gris comme le crépuscule.

— Mademoiselle Joanna ! dit Bill. Nous ne vous avions pas vue.

Maura acquiesça.

— Pardonnez le dérangement, madame.

— Vous feriez bien de filer, tous les deux, il n'y a rien à voir ici, rétorqua-t-elle, la voix froide comme les eaux profondes de l'Atlantique.

Bill sentit un frisson lui parcourir l'échine et Maura tressaillit. Tous deux s'accordaient à dire que leurs voisines étaient différentes, mystérieuses. C'était difficile à définir. Mais ils n'avaient jamais eu peur des Beauchamp. Jusqu'à ce soir-là. Bill siffla les chiens, prit la main de Maura, et ils marchèrent d'un pas rapide dans la direction opposée.

De l'autre côté du rivage, une à une, d'autres lumières s'allumèrent jusqu'à ce que Fair Haven resplendisse de mille feux. Il brillait comme un phare, un fanal dans le noir. Bill se retourna une dernière fois, mais Joanna Beauchamp avait déjà disparu sans laisser d'empreinte de pas dans le sable ni trace de sa présence.

Six mois plus tard

Désir ardent un jour de fête

CHAPITRE PREMIER
Cat Scratch Fever[1]

Freya Beauchamp agita le champagne dans sa coupe, de sorte que les bulles proches de la surface éclatent une à une jusqu'à ce qu'il n'en reste aucune. C'était censé être le plus beau jour de sa vie – du moins, un des plus beaux – mais elle n'éprouvait que de l'agitation.

C'était un problème, car chaque fois que Freya était inquiète, des incidents se produisaient : un serveur se prenait les pieds dans le tapis d'Aubusson et couvrait la robe de Constance Bigelow de hors-d'œuvre. Un chien d'ordinaire silencieux aboyait et hurlait sans cesse jusqu'à couvrir le quatuor de violons. Ou encore le bordeaux centenaire déniché dans la cave familiale des Gardiner avait le goût d'une piquette à trois dollars : aigre.

— Qu'est-ce qui ne va pas ? lui demanda sa sœur aînée, Ingrid, en s'approchant.

Avec sa posture rigide de mannequin et ses vêtements guindés impeccables, Ingrid ne perdait pas son sang-froid facilement, pourtant elle paraissait étonnam-

---

1. Chanson de Ted Nugent, reprise par Motörhead puis Pantera. Peut se traduire par « Démangeaison fiévreuse ». *(Toutes les notes sont de la traductrice.)*

ment nerveuse ce soir-là et s'en prenait à une mèche de cheveux échappée de son chignon bien serré. Elle but une gorgée de son verre de vin et fit la grimace.

— Ce bordeaux a clairement été altéré par un charme de sorcière, murmura-t-elle en le posant sur une table voisine.

— Ce n'est pas ma faute ! Je te jure ! protesta Freya.

C'était la vérité, en quelque sorte. Elle n'y pouvait rien si sa magie suintait accidentellement, elle n'avait rien fait pour l'y encourager. Elle connaissait les conséquences et ne prendrait jamais le risque. Freya sentit Ingrid s'efforcer de sonder le bas-voile, d'apercevoir son avenir pour trouver la raison de son affliction présente, mais ses efforts furent vains. Freya savait protéger sa ligne de vie. La dernière chose dont elle avait besoin, c'était d'une grande sœur capable de prédire les conséquences de ses actions impulsives.

— Tu es sûre de ne pas vouloir en parler ? demanda doucement Ingrid. Je veux dire, tout est allé si vite.

Freya envisagea un instant de tout lui dévoiler mais elle se ravisa. C'était trop difficile à expliquer. Et même si les mauvais présages se multipliaient – les hurlements du chien, les « accidents », l'odeur de fleur brûlée qui remplissait inexplicablement la pièce –, il ne se passerait rien. Elle aimait Bran. Elle l'aimait vraiment. Ce n'était pas un mensonge, pas l'un de ceux qu'elle se contait sans cesse, tel que *C'est mon dernier verre de la soirée* ou *Je ne mettrai pas le feu à la maison de cette garce*. Son amour pour Bran résonnait jusqu'au plus profond de son être ; quelque chose en lui la faisait se sentir chez elle, ou comme lorsqu'on s'enfonce dans un édredon pour s'endormir : en sécurité.

Non. Elle ne pouvait pas dire à Ingrid ce qui la tracassait. Pas cette fois. Elles étaient proches toutes les deux. Non seulement sœurs, rivales à l'occasion, mais aussi meilleures amies. Pourtant Ingrid ne comprendrait pas. Elle serait consternée, et Freya n'avait pas besoin des reproches de sa sœur aînée en ce moment.

— Va-t'en, Ingrid, tu fais peur à mes nouvelles amies, dit-elle en acceptant les félicitations hypocrites d'un groupe de femmes toutes semblables qui lui souhaitaient un avenir heureux.

On célébrait ses fiançailles, mais la gent féminine était là principalement pour s'extasier, juger et rire sottement. Tous les bons partis de North Hampton qui, il n'y avait pas si longtemps, nourrissaient l'espoir à peine dissimulé de devenir Mme Gardiner. Toutes s'étaient rendues au majestueux manoir remis à neuf pour rendre un hommage réticent à celle qui avait remporté le prix, celle qui le leur avait arraché avant même que le jeu ne commence, avant que certaines concurrentes n'aient pris conscience que le coup de feu du départ avait été tiré.

Quand Bran Gardiner était-il arrivé en ville ? Il n'y avait pas si longtemps que ça, et pourtant tout le monde à North Hampton le connaissait déjà ; le beau philanthrope était l'objet de rumeurs et de commérages lors des concours hippiques, des rassemblements de l'association pour la sauvegarde et la conservation des sites et monuments, et des régates du week-end, principaux événements de la vie à la campagne. Tout le monde ne parlait plus que de l'histoire de la famille Gardiner, de sa disparition des années plus tôt, même si nul ne savait quand exactement. On ignorait où elle s'était rendue et ce qui lui était arrivé entre-temps ; on savait seulement qu'elle était maintenant de retour, sa fortune plus impressionnante que jamais.

Freya n'avait pas besoin de savoir lire dans les pensées pour deviner ce que toutes les femmes de North Hampton se disaient. *Bien sûr, à la minute où Bran Gardiner est arrivé en ville, il a choisi d'épouser une barmaid adolescente. Il paraissait différent, mais il est comme les autres. Les hommes. Ils pensent toujours avec leur petite tête. Bon sang, que voit-il en elle d'autre que son physique ? Serveuse de bar,* les aurait repris Freya. Une *barmaid,* c'est une gamine à forte poitrine qui sert des chopes de bière à des paysans assis à des tables en bois bancales. Elle travaillait au North Inn, et leur bière de fins gourmets ne se vendait que par pintes et avait un léger goût de pruneau, de vanille et de chêne dû aux fûts espagnols dans lesquels on la conservait, merci bien.

Elle n'avait effectivement que dix-neuf ans (même si le permis de conduire qui lui permettait de servir de l'alcool disait qu'elle en avait vingt-deux). Elle était d'une beauté saisissante, pleine de vie, rare à une époque où les mannequins émaciés représentaient l'apogée de la vénusté. Freya ne donnait pas l'impression de mourir de faim, ni d'avoir besoin d'un bon repas ; au contraire, on aurait dit qu'elle avait eu tout ce qu'elle voulait au monde, et plus encore. À défaut de mieux, on aurait pu la qualifier de *mûre.* Le sexe suintait de tous ses pores, perlait de chacune de ses magnifiques courbes. Petite et menue, elle avait des cheveux blond vénitien indomptables de la nuance exacte d'une pêche dorée, des pommettes pour lesquelles des mannequins se seraient damnés, un tout petit nez, de grands yeux verts félins légèrement inclinés à l'extrémité, une petite taille faite pour porter les corsets les plus serrés, et, oui, des seins. Impossible d'oublier ses seins – à vrai dire, la population masculine ne regardait que ça quand elle posait les yeux sur Freya.

Les hommes ne reconnaîtraient peut-être pas son visage, mais ce ne serait pas le cas des jumeaux, comme elle aimait à les appeler. Ils n'étaient pas trop gros, ils n'exhibaient pas la lourde générosité que d'ex-petits-amis comiques qualifieraient de pare-chocs. Aux oreilles de Freya, l'expression évoquait plutôt un camionneur... Non, ses seins étaient exquis : parfaitement ronds avec un maintien naturel et une volupté crémeuse. Elle ne portait d'ailleurs jamais de soutien-gorge. C'était, à bien y réfléchir, ce qui l'avait mise dans une situation délicate en premier lieu.

Elle avait rencontré Bran à la soirée de bienfaisance du musée. Le dîner de collecte de fonds pour l'institution d'art locale était une tradition chaque printemps. Freya avait fait une entrée très remarquée. À son arrivée, elle avait eu un problème avec une bretelle de sa robe : celle-ci avait cassé – *ping !* – comme ça, et son dévoilement soudain l'avait fait trébucher pour atterrir directement dans les bras du gentleman le plus proche vêtu de crêpe de coton. Bran avait bénéficié d'un spectacle gratuit et, lors de leur première rencontre, l'avait pelotée – accidentellement, bien sûr, mais quand même. C'était bel et bien arrivé. Sa robe était tombée et elle avec, littéralement dans les bras de Bran. Dès lors, il était tombé amoureux. Quel homme aurait résisté ?

Son embarras profond avait immédiatement plu à Freya. Il était devenu aussi rouge que le chrysanthème de son revers de veste. « Oh, mon Dieu, pardonnez-moi. Vous allez bien ? Avez-vous besoin de… ? » Puis il s'était tu, le regard fixe, et c'est à ce moment-là que Freya s'était rendu compte que tout le devant de sa robe aux bretelles spaghetti était tombé jusqu'à sa taille et risquait de glisser entièrement – ce qui posait également problème, puisque Freya ne portait pas non plus de culotte.

— Laissez-moi…

Puis il s'était efforcé de s'éloigner tout en la gardant couverte. C'est à ce moment-là que l'incident main-sur-sein s'était produit : il avait essayé de relever le tissu glissant mais, au lieu de cela, sa main chaude s'était posée sur sa peau pâle. « Oh mon Dieu… » avait-il soufflé. *Seigneur*, avait songé Freya, *à le voir, on dirait qu'il n'a jamais atteint le stade des préliminaires !* Et en un clin d'œil – car à vrai dire, cette situation semblait être de la torture pour le pauvre garçon –, la robe de Freya avait retrouvé sa place légitime, une épingle de nourrice avait été fournie, son décolleté convenablement couvert (à peine : la nudité semblait une progression naturelle de par la coupe profonde de l'encolure) et, avec sa facilité à s'adapter et son naturel, elle avait enchaîné : « Je m'appelle Freya, et vous êtes… ? »

Branford Lyon Gardiner, de Fair Haven et de l'île des Gardiner. Philanthrope généreux et très riche, il avait fait la plus grande donation au musée cet été-là, et son nom figurait en évidence sur le programme. Freya avait vécu assez longtemps à North Hampton pour savoir que les Gardiner étaient à part, même parmi les vieilles familles riches de ce bout de Long Island.

Ce petit hameau prêt à tomber dans la mer n'était pas seulement le dernier bastion de la vieille école, il renvoyait à une époque différente, une ère passée. Il avait peut-être tout d'une enclave classique de l'East End, avec ses clubs de golf impeccables et ses haies bien taillées, mais il était plus qu'un terrain de jeu estival, puisque la plupart de ses habitants y résidaient à l'année. Ses charmantes rues bordées d'arbres étaient parsemées de petites boutiques familiales, son défilé du quatre juillet comptait des camions de pompiers tirés par des chevaux, et les voisins, loin d'être des étrangers, étaient des amis qui vous rendaient visite pour boire un thé sur votre terrasse. Et si North Hampton avait quelque chose d'étrange, si, par exemple, la Route 27, qui reliait les riches villages longeant la côte, ne semblait pas avoir de sortie y menant, ou si ceux qui n'y résidaient pas n'en avaient jamais entendu parler (« North Hampton ? Vous voulez sans doute dire East Hampton, je me trompe ? »), nul ne paraissait y prêter attention. Les habitants avaient l'habitude d'emprunter les petites routes de campagne, et se réjouissaient que les touristes ne viennent pas encombrer les plages.

Que Bran Gardiner ait été longtemps absent de la scène sociale n'affectait en rien sa popularité. Ses bizarreries étaient promptement excusées ou oubliées. Pendant la rénovation de sa maison, par exemple : Fair Haven était resté dans le noir pendant des jours, mais un beau matin, la colonnade était remise à neuf, ou encore, du jour au lendemain, la maison était dotée de nouvelles fenêtres et d'un nouveau toit. Un vrai mystère, puisque nul ne se souvenait avoir vu d'ouvriers aux abords de la propriété. On aurait dit que la maison prenait vie toute seule, secouant ses gouttières, arborant une peinture fraîche luisante.

Ce jour-là, c'était dimanche, veille du Memorial

Day[1], et quelle meilleure façon de démarrer un autre été idyllique dans les Hamptons qu'en organisant une fête dans le manoir fraîchement restauré ? Les courts de tennis luisaient au loin, la vue des moutons d'écume sur l'eau était d'une beauté sans égale, les tables pliaient sous le poids d'un festin extravagant : des homards aussi gros et lourds que des boules de bowling, des plats de maïs frais, des kilos et des kilos de caviar servi dans de petites coupes de cristal individuelles avec des cuillères de nacre de perle (sans accompagnement, sans blinis ni crème fraîche pour en dénaturer le goût). Les trombes d'eau inattendues du matin avaient quelque peu gâché le projet : la fête s'était vue transférée dans la salle de bal depuis les tentes blanches impeccables qui s'élevaient, vides et abandonnées, au bord de la falaise.

Bran, trente ans, intelligent, doué, célibataire et plus riche qu'on ne pouvait l'imaginer était le parti idéal, le plus gros poisson dans la mare nuptiale. Mais ce que la plupart des gens ignoraient, ou n'avaient cure de savoir, c'était que, plus que tout, il était gentil. Lors de leur rencontre, Freya s'était dit qu'il était l'homme le plus gentil qu'elle ait jamais rencontré. Elle le sentait : la gentillesse paraissait émaner de lui comme la lumière d'une luciole. Comme il s'était inquiété d'elle, son embarras, son bégaiement… Et une fois remis de ses émotions, il lui avait apporté un verre et ne l'avait jamais vraiment quittée de la soirée, protecteur.

Il était là à présent, de haute taille, les cheveux bruns, portant un blazer qui ne lui allait pas, évoluant

---

1. Memorial Day, dernier lundi du mois de mai. Jour férié aux États-Unis en l'honneur des soldats tombés au champ d'honneur.

lentement dans la foule et acceptant les bons vœux de ses amis avec son sourire timide coutumier. Bran Gardiner n'était pas charmant, érudit, plein d'esprit ou mondain comme les hommes de son milieu qui se délectaient de sillonner en trombe les routes non pavées dans leur dernière voiture de sport italienne. En réalité, pour un héritier, il était maladroit, emprunté, et rappelait un peu le Talentueux M. Ripley, comme s'il s'était trouvé à l'extérieur d'un cercle élitiste, et non pas en son centre.

— Te voilà.

Il sourit tandis que Freya rajustait son nœud papillon. Elle remarqua que les manches de sa chemise étaient usées et, quand il passa un bras autour d'elle, elle sentit une discrète odeur corporelle. Pauvre garçon, elle savait qu'il avait quelque peu appréhendé cette fête. Il n'aimait pas la foule.

— Je croyais t'avoir perdue. Ça va ? Je peux aller te chercher quelque chose ?

— Tout va très bien.

Elle lui sourit et sentit les papillons dans son ventre se calmer.

— Bien. (Il l'embrassa sur le front : ses lèvres étaient douces et chaudes sur sa peau.) Tu vas me manquer.

Il joua nerveusement avec la bague ornée d'un monogramme qu'il portait à la main droite. C'était l'un de ses petits tics, et Freya lui serra la main. Bran se rendrait à Copenhague le lendemain au nom de la Fondation Gardiner, l'entreprise à but non lucratif de la famille dédiée à la promotion des œuvres de bienfaisance à travers le monde. Il serait parti presque tout l'été pour ce projet. Peut-être était-ce la raison de son agitation. Elle n'avait pas envie d'être privée de lui maintenant qu'ils s'étaient trouvés.

Le soir où ils s'étaient rencontrés, il ne l'avait même pas invitée à sortir, ce qui avait tout d'abord agacé Freya jusqu'à ce qu'elle se rende compte que c'était simplement parce qu'il était trop modeste pour penser qu'elle pourrait s'intéresser à lui. Au lieu de cela, il était venu au North Inn le soir suivant pendant son service, et le lendemain soir, et tous les soirs d'après. Il ne la quittait pas de ses grands yeux marron pleins d'une sorte de désir ardent mélancolique. Jusqu'à ce qu'enfin *elle* lui propose un rendez-vous. Elle avait bien compris que si elle s'en remettait à lui pour faire avancer la situation, ils n'arriveraient jamais à rien.

Voilà comment tout commença.

Quatre semaines plus tard ils étaient fiancés, et aujourd'hui était le plus beau jour de sa vie.

Mais l'était-ce vraiment ?

Il était encore là, le problème. Ce n'était pas Bran, l'homme attentionné qu'elle avait promis d'aimer pour toujours… La foule le lui avait repris et il était maintenant en pleine conversation avec sa mère. Sa tête brune était penchée sur celle, blanche, de Joanna ; on aurait dit les meilleurs amis du monde.

Non. Ce n'était pas lui, le problème.

Le problème, c'était le garçon qui la dévisageait de l'autre côté de la pièce, à l'extrémité de la grand-salle. Freya sentait ses yeux sur elle, comme une caresse. Killian Gardiner. Le frère cadet de Bran, vingt-quatre ans, la dévisageait comme si elle était à vendre au plus offrant et qu'il était prêt à payer le prix.

Killian était rentré chez lui après un long séjour à l'étranger. Bran avait confié à Freya n'avoir pas vu son frère depuis des années car il était sans cesse en déplacement et parcourait le monde. Elle n'était pas certaine d'où il venait à peine de rentrer : d'Australie peut-être ? Ou d'Alaska ? La seule chose qui comptait était que, lorsqu'on les avait présentés, il l'avait regardée de ses saisissants yeux bleu vert, et qu'elle s'était sentie frémir tout entière. Il était, à défaut de trouver un meilleur terme, beau, avec ses yeux perçants bordés de longs cils bruns, ses traits anguleux, son nez aquilin et sa mâchoire carrée. Il paraissait toujours prêt à être photographié : songeur, tirant sur une cigarette, comme une idole du public féminin dans un film de la Nouvelle Vague française.

Il s'était montré parfaitement courtois, bien élevé, et l'avait étreinte comme une sœur ; à son honneur, le visage de Freya n'avait en rien trahi le trouble qu'elle ressentait. Elle avait accepté son baiser sur la joue d'un sourire modeste, avait même réussi à engager une conversation banale de cocktail. Le temps pluvieux, la date envisagée pour le mariage, comment trouvait-il North Hampton (elle ne se souvenait pas de la réponse, elle ne l'avait peut-être pas écoutée, trop hypnotisée par le son de sa voix, grave et rauque comme celle d'un disc-jockey en fin de soirée.) Enfin quelqu'un d'autre était venu réclamer son attention et elle s'était retrouvée seule. C'est alors que tous les petits – mais terribles – incidents avaient commencé à se produire.

Ça la démangeait. Mais il ne fallait pas y voir malice, n'est-ce pas ? Comme un bout de peau qui gratte et qu'on n'arrive pas à atteindre, qu'on ne peut apaiser, satisfaire. Freya avait l'impression d'être en feu, qu'à tout moment elle pourrait entrer en combustion spontanée et qu'il ne resterait d'elle que des cendres et des diamants.

Cesse de le regarder, se dit-elle. *C'est de la folie, une de tes mauvaises idées. Pire encore que le jour où tu as ramené à la vie ta gerbille* (elle s'était vertement fait sermonner par sa mère cette fois-là, qui avait craint que quelqu'un du Conseil ne l'apprenne, sans parler du fait que les animaux familiers zombies n'étaient jamais une bonne idée). *Sors un peu. Va prendre l'air. Et reviens.* Elle se faufila jusqu'au vase de roses cent-feuilles, s'efforçant d'étouffer ses émotions tourbillonnantes en humant leur parfum. Cela ne fonctionna pas. Elle sentait toujours son désir.

Bon sang, fallait-il vraiment qu'il soit si irrésistible ? Elle se croyait immunisée contre ça. Quel cliché : grand, beau et brun. Elle détestait les hommes impudents, arrogants, qui considéraient que les femmes étaient au service de leur appétit sexuel. Killian était le pire représentant de cette espèce : il faisait crisser sa Harley, ses cheveux étaient ridicules, en bataille, hirsutes, avec la frange qui lui tombait dans les yeux, et un regard de braise sexy et aguichant. Mais il y avait autre chose. Une intelligence. Un savoir dans ses yeux. Il lui semblait que, quand il la regardait, il savait exactement ce qu'elle était. Une sorcière. Une déesse. Quelqu'un qui n'était pas de cette terre mais qui n'y était toutefois pas non plus étranger. Une femme à aimer, craindre et adorer.

Elle leva la tête du vase et rencontra de nouveau les yeux rivés sur elle. Il semblait avoir longtemps attendu ce moment précis. Il lui fit signe de la tête, désignant une porte tout près. Vraiment ? Ici ? Maintenant ? Dans les toilettes pour dames ? N'était-ce qu'un autre cliché qui allait de pair avec la moto et l'attitude de mauvais garçon ? Allait-elle vraiment se rendre aux toilettes avec un autre homme – le frère de son fiancé, pour l'amour de Dieu ! – à sa propre fête de fiançailles ?

Oui. Freya se dirigea comme hébétée vers le point de rendez-vous choisi. Elle ferma la porte derrière elle et attendit. Le visage qui la contemplait dans le miroir était écarlate et radieux. Elle était si heureuse qu'elle se sentait ivre de joie, si excitée qu'elle ne tenait plus en place. Où était-il ? Il la faisait attendre. Apparemment Killian Gardiner savait comment traiter les femmes dévergondées.

Le bouton de porte tourna ; il entra, se faufilant rapidement, et verrouilla la porte derrière lui. Ses lèvres se courbèrent en un sourire, une panthère face à sa proie. Il avait gagné.

— Viens là, murmura-t-elle.

Elle avait fait son choix. Elle ne voulait pas attendre un instant de plus.

Derrière la porte, au beau milieu de la fête, les roses cent-feuilles s'enflammèrent.

CHAPITRE 2

Rat des champs

Célibataire. Cul serré. Vieille fille. Ingrid Beauchamp savait ce qu'on pensait d'elle. Elle avait vu comment les gens se regroupaient pour murmurer derrière leurs mains quand elle traversait la bibliothèque, rangeant les livres restitués sur leurs étagères respectives. Au fil des dix ans passés à travailler là, Ingrid ne s'était pas fait beaucoup d'amis parmi les clients qui la trouvaient trop stricte et autoritaire. Non seulement n'annulait-elle jamais une amende, mais elle avait tendance à faire la morale quant au bon soin à prendre des livres sous sa responsabilité. Un ouvrage rapporté avec le dos brisé, une couverture humide ou des pages écornées vous assurait d'être accueilli par une froide réprimande. Leur budget de fonctionnement couvrait déjà à peine leurs dépenses ; Ingrid n'avait pas besoin que les clients causent des dommages inutiles aux livres dont elle avait la charge.

Bien sûr, Hudson était censé s'occuper du rangement, mais même si Ingrid était l'archiviste en chef, elle appréciait les aspects physiques du travail et n'aimait guère rester assise à un bureau toute la journée, à passer des plans d'architecture à la vapeur. Elle aimait toucher les livres, sentir leur poids, caresser les pages adoucies par l'usure ou remettre une jaquette sur le bon livre. Cela lui donnait également l'occasion de faire la police dans la bibliothèque, de réveiller les bons à rien qui faisaient discrètement la sieste dans les box, et de s'assurer que des adolescents ne se faisaient pas de bisous dans le cou entre les rayonnages.

Se faire des bisous dans le cou était une expression bien vieillotte. D'ailleurs plus personne n'agissait ainsi. La plupart des ados allaient bien au-delà, et descendaient plus bas que le cou. Ingrid aimait les enfants, et les adolescents qui venaient à la bibliothèque réclamer à grands cris les dernières dystopies postapocalyptiques parues la faisaient sourire. Elle se moquait de ce qu'ils faisaient dans le confort ou l'inconfort de leurs maisons ou de leurs voitures dépotoirs. Contrairement à ce que pensaient les gens, elle savait ce que c'était d'être jeune, amoureux et sans peur : elle vivait avec Freya après tout. Mais une bibliothèque n'était pas une chambre à coucher, ni une chambre de motel ; c'était un cadre de lecture, d'étude et de silence. Même si les jeunes s'efforçaient de s'astreindre à cette dernière règle, une respiration bruyante était parfois le bruit le plus assourdissant de tous.

Quoi qu'il en soit, les bisous dans le cou n'étaient pas le seul apanage des jeunes. L'autre jour, Ingrid avait dû tousser à plusieurs reprises pour qu'un couple d'âge moyen rompe son étreinte avant qu'elle ne parcoure l'allée avec son chariot.

Entourée d'un jardin, face à la mairie, à côté d'un parc et d'un terrain de jeu, la bibliothèque municipale de North Hampton était proprette, organisée, et aussi bien entretenue que le permettaient ses maigres fonds. Le budget de la ville avait dégringolé en même temps que le reste de l'économie, mais Ingrid faisait de son mieux pour continuer de l'approvisionner en livres. Elle aimait tout dans sa bibliothèque et, si elle souhaitait parfois tout réparer d'un coup de baguette magique (non pas qu'elle en possédât encore une, mais *si c'était le cas*) – rendre pimpants les canapés miteux du coin lecture, remplacer les ordinateurs archaïques aux écrans toujours noir et vert, installer une vraie scène pour conter des histoires avec un théâtre de marionnettes pour les plus jeunes – elle se consolait avec l'odeur d'encre des livres neufs, celle de musc et de poussière des vieux, et avec la lumière du soleil de fin d'après-midi qui s'engouffrait par les fenêtres. La bibliothèque se dressait sur des terres de grande valeur sur le front de mer ; la salle des ouvrages de référence offrait une vue spectaculaire de l'océan et, de temps à autre, Ingrid ne manquait pas de s'arrêter dans le petit coin douillet simplement pour regarder les vagues s'écraser sur la tête de pont.

Malheureusement, c'était cette même vue époustouflante qui menaçait l'existence de la bibliothèque. Récemment, le maire de North Hampton avait sousentendu sans grande subtilité que vendre les terres du front de mer serait la solution la plus simple pour s'acquitter des dettes grandissantes de la ville. Ingrid n'était pas opposée au projet *per se*, mais elle avait entendu dire que le maire considérait que ce serait peut-être une bonne idée de se débarrasser de la bibliothèque une bonne fois pour toutes, maintenant que tant d'informations étaient disponibles sur internet. La destruction bureaucratique de sa précieuse bibliothèque était trop douloureuse à envisager, et Ingrid s'efforça de ne pas se sentir impuissante, ce matin-là.

Dieu merci il ne s'était rien passé de grave à la fête de fiançailles de Freya dimanche dernier. Ingrid s'était inquiétée quand l'un des arrangements floraux avait inexplicablement pris feu, mais un serveur avait prestement éteint les flammes à l'aide d'un pichet de thé glacé, et il n'y avait pas eu plus de dégâts. Le feu avait été provoqué par Freya, bien sûr ; ses nerfs faisaient des ravages avec sa magie indomptée. Il était compréhensible que Freya se sente nerveuse face à un engagement de cette ampleur, mais elle faisait générale-ment preuve de davantage de contrôle, surtout après des siècles passés sous la Restriction. Pour l'instant, Ingrid était tout simplement contente d'avoir retrouvé le travail et la routine de sa vie de tous les jours, pui-sant du réconfort dans ce qui lui était familier. Il n'y avait pas si longtemps, sa vie avait été très différente, à l'époque où son travail était excitant et sortait de l'ordinaire. Mais c'était le passé, et il valait mieux ne pas trop y penser.

Au moins, la bibliothèque n'était pas seulement l'habituel avant-poste de banlieue. Lors de sa créa-tion, grâce au legs généreux d'une grande dame du voisinage, on y avait également établi une des plus éminentes collections de dessins architecturaux du pays, car de nombreux dessinateurs connus avaient réalisé les plans des maisons dans la région. En tant qu'archiviste, Ingrid était responsable de la préserva-tion de leur travail pour la postérité, ce qui impliquait la mise en place d'une tente à vapeur où l'on déroulait les dessins ; une fois humidifiés, aplatis et séchés, elle les rangeait dans des tiroirs sous de la toile de lin. Elle en avait un sous la tente en plastique en ce moment même, le papier absorbant l'humidité. Archiver était fastidieux et l'on se blessait souvent, c'est pourquoi Ingrid aimait faire une pause et se promener en rangeant des livres.

Tabitha Robinson, la bibliothécaire d'âge moyen responsable de la section jeunes adultes, une femme joviale, joyeuse, passionnée par la littérature jeunesse, s'arrêta pour discuter un peu quand elles se croisèrent au hasard des allées. Ingrid aimait beaucoup Tabitha : elle était efficace, professionnelle et prenait son travail très au sérieux. Quand elle n'était pas en train de lire le dernier roman initiatique, elle avait un faible pour ce qu'Ingrid surnommait les « pectoraux », ces romans sentimentaux avec en couverture de beaux mecs torse nu. Les romans d'amour torrides (poitrines frémissantes et corsets qui débordent) étaient dépassés. Ces temps-ci, tout ce qui importait, c'était les monsieur-muscles. Chacun ses goûts, se disait Ingrid. Quant à elle, son péché mignon, c'était les sagas historiques : tout ce qui impliquait ces Tudor querelleurs obtenait son adhésion. Elles échangèrent les civilités habituelles et les commérages sur la ville que partagent vieux amis et collègues, quand le téléphone de Tabitha se mit à vibrer.

— Oh, c'est le cabinet médical, dit-elle avec un large sourire. Désolée, il faut que je réponde, ajouta-t-elle en s'éloignant d'un pas précipité, sa longue tresse se balançant dans le dos.

Ingrid saisit le livre suivant à ranger ; allons donc ! Un autre roman lourd comme un butoir de porte de l'écrivain local, un véritable enquiquineur. Il avait piqué une colère en découvrant ses ouvrages entassés dans des boîtes en carton laissées devant la bibliothèque où les gens pouvaient se servir gratuitement. Mais qu'y pouvait-elle ? Ils ne gardaient sur les étagères que les œuvres qui sortaient régulièrement. Personne n'avait lu son dernier roman, et il était clair que celui-ci serait bientôt lui aussi relégué dans la boîte des livres à donner.

Ingrid s'efforçait d'offrir à tous les auteurs des chances équitables en plaçant les ouvrages les moins populaires près du bureau d'accueil, en suggérant des titres peu connus à ceux qui lui demandaient conseil, et en empruntant au moins une fois chaque livre. Mais elle ne pouvait pas faire grand-chose de plus. L'écrivain, un certain J. J. Ramsey Baker (bon sang, qu'est-ce que c'était que ça, quatre noms ? Il y avait à coup sûr deux initiales de trop), auteur de *Symphonie moribonde*, *L'Obscurité au cœur de l'essence*, et d'un roman plus récent, une évidente tentative désespérée pour être choisi par un club de lecture, *Les Éléphants de la fille du cordonnier*, aurait tout juste un mois de plus pour conter l'histoire d'un cordonnier aveugle dans le Liban du XIXe siècle et des éléphants domestiques de sa fille avant qu'on lui montre la porte. Ingrid se dit que même un peu de magie ne pourrait rien pour ce produit.

Il était vraiment dommage qu'aucune d'entre elles ne soit plus autorisée à pratiquer la magie. C'était l'accord qui avait été conclu après que le jugement avait été rendu. Plus de vols. Plus de sorts. Plus de charmes ni de poudres, de potions ni d'ensorcellements. Elles devaient vivre comme des gens ordinaires sans se servir de leurs pouvoirs redoutables, de leurs splendides capacités qui n'étaient pas de ce monde. Au fil des années, elles avaient chacune appris à vivre avec cette contrainte. À leur façon. Freya brûlait son énergie frénétiquement lors de soirées mémorables, tandis qu'Ingrid avait adopté une personnalité sévère afin de mieux réprimer la magie qui menaçait de remonter à la surface.

Puisqu'elle n'y pouvait rien changer, Ingrid considérait qu'elle ne devait pas être contrariée par leurs limitations actuelles. Être contrariée et regretter ne faisait que rendre la situation plus difficile à supporter. Pourquoi espérer l'impossible ? Pendant des centaines d'années, elle avait appris à vivre comme une petite souris, discrète et insignifiante, et s'était presque convaincue que c'était mieux ainsi.

Elle tapota le chignon derrière sa tête et replaça le chariot contre le mur. En se dirigeant vers le bureau du fond, elle aperçut Blake Aland en train de parcourir les nouveautés. Blake était le promoteur immobilier prospère qui avait donné l'idée au maire de vendre la bibliothèque en premier lieu, proposant un bon prix si la ville décidait un jour de mettre le terrain sur le marché. Un mois plus tôt, il était venu déposer des plans dessinés par sa société aux archives, et Ingrid avait eu la tâche délicate de lui annoncer que son travail n'était pas assez recherché esthétiquement pour y être conservé. Blake l'avait bien pris, mais il n'avait pas accepté d'aussi bonne grâce son refus de dîner avec lui. Il avait réitéré son invitation avec insistance jusqu'à ce qu'elle finisse par accepter la semaine suivante. La soirée s'était terminée de façon désastreuse, avec des mains qui en repoussaient d'autres sur le siège avant d'une voiture et les deux partis blessés. C'est lui qu'elle pouvait remercier de l'avoir affublée de l'odieux surnom « Ingrid la frigide ». Il était regrettable qu'en plus d'être méprisable, il soit intelligent.

Elle pressa le pas avant qu'il ne l'aperçoive. Elle n'avait aucune envie de lutter de nouveau contre la pieuvre aux mille mains. Freya avait tant de chance d'avoir trouvé Bran, mais il faut dire qu'Ingrid savait depuis longtemps que Freya le rencontrerait. Elle l'avait vu dans la ligne de vie de sa sœur des siècles plus tôt.

Ingrid n'avait jamais ressenti cela pour personne. Du reste, l'amour n'était pas une solution à tout, se dit-elle, tapotant une poche dans laquelle elle cachait des lettres.

Dans le bureau du fond, elle alla vérifier où en était son plan architectural : presque tous les plis avaient disparu. Bien. Elle allait pouvoir le mettre dans sa boîte plate puis exposer le dessin suivant à la vapeur. Elle nota sur une fiche le nom de l'architecte et le projet, un musée expérimental qui n'avait jamais été construit.

De retour à son bureau, elle entendit un reniflement provenant de celui d'à côté. Quand elle leva la tête, elle remarqua que Tabitha s'essuyait les yeux et posait son téléphone portable.

— Que se passe-t-il ? demanda Ingrid, même si elle avait le sentiment de le savoir déjà.

Il n'y avait qu'une seule chose que Tabitha désirait plus encore que de voir Judy Blume débarquer à la bibliothèque.

— Je ne suis pas enceinte.

— Oh, Tab, soupira Ingrid. (Elle alla rejoindre son amie et la prit dans ses bras.) Je suis vraiment navrée.

Ces dernières semaines, Tabitha s'était montrée résolument optimiste suite à une énième procédure in vitro, affichant une certitude frénétique que cela avait fonctionné, principalement parce que c'était leur dernière tentative pour devenir parents.

— Il y a sûrement une autre solution.

— Non. C'était notre dernière chance. On ne peut plus se le permettre financièrement. Nous nous sommes déjà endettés jusqu'au cou pour cette dernière tentative. C'est tout. Ça n'arrivera pas.

— Qu'est-il arrivé à votre demande d'adoption ?

Tabitha s'essuya les yeux.

— À cause du handicap de Chad, on a de nouveau refusé notre dossier. Nous sommes dans une impasse. Et je suis désolée, je sais que c'est égoïste, mais est-ce mal d'en vouloir un à nous ? Juste un ?

Ingrid avait été présente depuis le début du périple de Chad et Tabitha : elle savait tout du fourrage de dinde (l'insémination intra-utérine), des pilules hormonales, du cocktail de fertilité (clomiphène, leuproréline) ; elle avait enfoncé des aiguilles aussi grosses que celles utilisées sur les chevaux dans la hanche gauche de Tabitha à heures fixes. Elle savait à quel point ils voulaient un bébé. Tabitha avait sur son bureau une photo de Chad et elle à un *luau*[1] pendant leur lune de miel à Kona, l'air un peu bête dans leurs chemises hawaïennes et leurs guirlandes de fleurs au cou. La photo avait quinze ans.

— Peut-être ne suis-je tout simplement pas destinée à devenir mère, pleura Tabitha.

— Ne dis pas ça. C'est faux.

— Pourquoi pas ? Ce n'est pas comme si quelqu'un pouvait faire quoi que ce soit pour nous aider. (Tabitha soupira.) Je dois cesser d'espérer.

---

1. Un *luau* est un festin hawaïen.

Ingrid serra de nouveau son amie dans ses bras et sortit du bureau, les joues brûlantes et le cœur cognant dans sa poitrine, car elle savait mieux que personne que Tabitha avait tort. Quelqu'un pouvait l'aider, quelqu'un était en mesure de changer sa vie, quelqu'un de bien plus proche d'elle qu'elle ne l'aurait cru. *Mais mes mains sont liées*, se dit Ingrid. *Je ne peux rien faire pour elle. Pas sans briser les liens de la Restriction. Pas sans me mettre en danger par la même occasion.*

Elle reprit son poste derrière le bureau d'accueil, une simple bibliothécaire de petite ville absorbée par son travail quotidien. Son pull était encore mouillé des larmes de son amie. Si Ingrid n'avait jamais été contrariée par sa situation jusqu'alors, n'avait jamais été irritée par la Restriction qui leur avait été imposée…

Eh bien… il y avait un début à tout.

CHAPITRE 3

La routine

Joanna Beauchamp le savait, les vieilles maisons avaient une façon bien à elles de s'immiscer dans votre cœur ; pas seulement dans votre cœur, mais dans votre âme, ainsi qu'au plus profond de votre portefeuille, défiant logique et raison dans une quête à jamais inaccessible de perfection. Au fil des années, la propriété des Beauchamp, un manoir colonial avec de jolis pignons et un toit dissymétrique construit à la fin des années 1740 et situé sur la plage dans la vieille ville, avait été aménagée de nombreuses façons : des murs avaient été abattus, des cuisines déplacées, des chambres réattribuées. La maison avait essuyé nombre de saisons et de tempêtes, et ses murs qui s'effritaient résonnaient de souvenirs. La cheminée massive en brique avait réchauffé les femmes de la famille d'innombrables hivers, la multitude de taches sur le plan de travail en marbre rappelait divers repas mémorables. Le sol du salon avait été arraché, refait, de nouveau arraché. À une époque en chêne, puis en travertin, actuellement de nouveau en bois – du cerisier de Pennsylvanie luisant. Si l'on qualifiait les vieilles maisons de gouffre financier, de superflu ou de folie, il y avait une raison.

Joanna aimait entretenir la maison toute seule. Pour elle, la rénovation d'un logis était en évolution constante, jamais tout à fait terminée. De plus, elle préférait le faire elle-même. L'autre jour, elle avait recarrelé et jointoyé la salle de bains des invités. Aujourd'hui elle s'attaquait au salon. Elle plongea de nouveau son rouleau dans le bac à peinture en aluminium. Les filles en riraient : elles la taquinaient sur son habitude de changer la couleur des murs plusieurs fois par an, sur un simple coup de tête. Un mois les murs du salon étaient d'un bordeaux terne, le suivant d'un bleu paisible. Joanna expliquait à ses filles que vivre dans une maison qui ne changeait jamais était suffocant, et qu'il était plus important encore de changer d'environnement que de changer de vêtements. C'était l'été, les murs devaient donc être jaunes.

Elle portait sa tenue habituelle de bricoleuse : une chemise en tissu écossais et un vieux jean, des gants en plastique, des bottes vertes Hunter, un foulard rouge noué sur ses cheveux gris. Amusant, ce gris. Peu importait la régularité avec laquelle elle se teignait les cheveux, le matin, au réveil, ils avaient toujours la même couleur, une nuance argentée éclatante. Joanna, comme ses filles, n'était ni vieille ni jeune, et pourtant leur apparence correspondait à leurs talents particuliers. Selon la situation, Freya pouvait avoir entre seize et vingt-trois ans, l'âge du premier amour, tandis qu'Ingrid, gardienne du Foyer, paraissait avoir entre vingt-sept et trente-cinq ans, et se comportait comme telle. Et puisque la Sagesse provenait de l'expérience, même si dans son cœur elle se sentait encore une écolière, les traits de Joanna étaient ceux d'une femme plus âgée, une petite soixantaine.

Il lui était bon d'être à la maison et d'avoir les filles avec elle. Voilà trop longtemps que ce n'était pas arrivé et elles lui avaient manqué plus qu'elle ne voulait bien l'admettre. Pendant de nombreuses années, après que la Restriction avait été imposée pour la première fois, les filles avaient vagabondé loin, seules et sans but. Elle ne pouvait pas leur en vouloir. Elles ne venaient alors la voir qu'une fois de temps en temps, quand elles avaient besoin de quelque chose : pas seulement d'argent, mais de réconfort, d'encouragements, de compassion. Joanna attendait son heure ; elle savait que ses filles aimaient avoir la certitude que, où qu'elles aillent (Ingrid avait vécu à Paris et à Rome la majeure partie du siècle dernier, tandis que Freya avait récemment passé beaucoup de temps à Manhattan), leur mère serait toujours devant son plan de travail, à couper des oignons pour les réserves et, qu'un jour, elles lui reviendraient enfin.

Elle termina le mur du fond et jaugea son travail. Elle avait choisi un jaune jonquille pâle, une teinte très Bouguereau : la couleur du sourire d'une nymphe. Satisfaite, elle passa au mur suivant. Tandis qu'elle peignait avec soin la moulure d'une fenêtre, elle regarda la mer, l'île des Gardiner et Fair Haven à travers les vitres. L'effervescence autour des fiançailles de Freya s'était révélée épuisante, toutes ces courbettes devant Mme Grobadan, la belle-mère de Bran qui lui avait bien fait comprendre que son fils était trop bien pour Freya. Elle était heureuse pour sa fille mais elle éprouvait aussi de l'appréhension. Sa fille sauvage allait-elle vraiment s'assagir, cette fois ? Joanna espérait que Freya avait raison au sujet de Bran, que c'était le bon, celui qu'elle attendait depuis tant d'années.

Non pas que quiconque ait besoin d'un mari. Elle était bien placée pour le savoir. Elle avait déjà donné. Et si certains jours elle avait l'impression d'être une vieille mégère toute fripée dont les entrailles étaient sèches comme la poussière, dont la peau n'avait pas touché celle d'un homme depuis une éternité, ces jours-là étaient de ceux où elle s'apitoyait sur son sort. Ce n'était pas comme si elle n'avait pas le choix ; nombre de gentlemen d'un certain âge en ville lui avaient fait clairement comprendre qu'ils aimeraient avoir la chance de rendre ses nuits moins solitaires. Et pourtant elle n'était pas tout à fait veuve, ni tout à fait divorcée, ce qui signifiait qu'elle n'était pas tout à fait célibataire ni aussi libre qu'elle l'aurait voulu. Elle était séparée de son mari. C'était le terme adéquat. Ils vivaient des vies séparées à présent, et c'est ce qu'elle souhaitait.

Son mari était un homme bon qui subvenait à ses besoins, son roc, il fallait le reconnaître. Mais il n'avait pas été en mesure de les aider pendant la crise et elle ne le lui pardonnerait jamais. Bien sûr, ce n'était pas sa faute, toute cette hystérie et le sang versé, cependant il n'avait pas non plus été capable d'empêcher le Conseil de leur imposer son jugement une fois l'agitation enfin retombée et le mal passé. Ses pauvres filles : elle les revoyait, sans vie, leurs silhouettes se découpant sur le crépuscule. Elle ne l'oublierait jamais et, même si elles étaient revenues relativement indemnes (si l'on considérait que se retrouver sans griffes, sans pouvoir et domptées, c'était être indemne), elle ne trouvait pas dans son cœur la force de lui faire à nouveau de la place dans sa vie.

— Pas vrai, Gilly ? demanda-t-elle en se tournant

vers son corbeau domestique, Gillbereth, perché en haut de l'horloge de parquet, et qui connaissait ses pensées.

Gilly ébouriffa ses plumes et tendit son long cou noir vers la fenêtre ; Joanna suivit son regard. Quand elle aperçut ce que le corbeau voulait lui montrer, elle laissa tomber son rouleau, éclaboussant de quelques gouttes de peinture le sol de pierre. Elle les frotta de sa botte et aggrava le problème.

Le corbeau croassa.

— D'accord, d'accord, je vais aller voir ça, dit-elle en quittant la maison par la porte de derrière et en descendant droit vers les dunes.

Effectivement, ils étaient bien là : trois oiseaux morts. Ils s'étaient noyés. Leurs plumes étaient tachetées et humides, et la peau autour de leurs griffes paraissait brûlée. Leurs cadavres formaient une croix affreuse sur l'étendue de sable virginale.

Joanna baissa la tête vers les petits corps raides. Quelle tristesse. Quel gâchis. C'étaient des oiseaux magnifiques. De grands rapaces au poitrail d'un blanc pur et au bec d'ébène. Des balbuzards. Ces oiseaux étaient originaires de la région ; une grande colonie vivait sur l'île des Gardiner où ils avaient construit leur nid à même la plage. C'étaient des animaux dangereux, des prédateurs naturels, mais vulnérables comme tous les animaux sauvages le sont face au progrès et au développement immobilier.

Comme ses filles, Joanna avait du mal à respecter les limites de la Restriction. Elles l'avaient acceptée en échange de leur immortalité. Le Conseil leur avait alors pris leur baguette magique et la plupart de leurs livres, brûlé leur balai et confisqué leurs chaudrons.

Mais, pire que tout, il leur avait pris leur singularité. Il avait décrété qu'il n'y avait pas de place pour des personnes comme elles dans ce monde si elles continuaient de pratiquer la magie. En réalité, il n'y avait pas de place pour elles sans la magie non plus.

Joanna commença à creuser le sable mouillé de ses mains et enterra délicatement les oiseaux morts. Cela n'aurait demandé que quelques mots, la bonne incantation, pour les ramener à la vie, mais si elle essayait ne serait-ce qu'une fois d'exercer une infime partie de ses capacités remarquables, qui savait ce que le Conseil lui prendrait cette fois ?

Quand elle rentra à la maison, elle secoua la tête à la vue de la cuisine. Des casseroles sales traînaient un peu partout, et les filles avaient pris l'habitude de se servir de toute la porcelaine et de toute l'argenterie sur lesquelles elles pouvaient mettre la main plutôt que de faire tourner le lave-vaisselle, de sorte que l'évier et le plan de travail débordaient d'un fatras d'assiettes antiques en porcelaine onéreuse. Le vaisselier dans la grand-salle était presque vide. Si cela continuait, elles finiraient par manger à même les plateaux de service. Ce n'était pas raisonnable. On s'y attendait de la part de Freya, bien sûr, qui était habituée au chaos. Ingrid en revanche était toujours impeccable, et sa bibliothèque irréprochable. On ne pouvait pas en dire autant de son intérieur. Joanna avait élevé ses filles afin qu'elles soient charmantes, intéressantes, aussi fortes en caractère qu'elles l'avaient été en sorcellerie autrefois. Mais elles étaient complètement incompétentes dans le domaine des tâches ménagères.

Bien sûr, étant leur mère, elle portait sa part de responsabilité. Après tout, elle aurait pu passer la matinée à nettoyer plutôt qu'à repeindre le salon. Pourtant, si elle appréciait de remettre à neuf et de rénover, elle détestait les travaux ménagers qui assuraient le bon déroulement de la vie de tous les jours. Ou du moins en préservait l'hygiène. Elle vit Siegfried, le chat noir de Freya, son familier, rentrer discrètement par la chatière.

— Les filles ont invité de nombreux petits rongeurs pour toi ici, n'est-ce pas ? (Elle rit, le prit dans les bras et caressa sa douce fourrure.) Je suis navrée de t'apprendre que ça ne va pas durer, *liebchen*.

Sans baguette magique, une maison partait à la dérive, songea Joanna. Si elle pouvait se servir de la magie pour nettoyer la maison, elle n'aurait pas besoin d'un lave-vaisselle. La sonnette retentit. Elle essuya ses mains sur son jean, ouvrit la porte doucement, et sourit.

— Gracella Alvarez ?

— *Sí*, lui répondit une petite femme brune plantée sur le pas de la porte et lui rendant son sourire ; elle était accompagnée d'un petit garçon.

— *Bueno !* Entrez, entrez, dit Joanna en les invitant d'un geste à pénétrer dans le salon à moitié peint. Merci d'être venue si tôt. Comme vous pouvez le constater, nous avons grand besoin d'aide, ajouta-t-elle en regardant la maison comme si elle la découvrait pour la première fois.

Des moutons de poussière obstruaient les coins, de grands sacs de linge sale fleurissaient dans l'escalier, les miroirs étaient si voilés qu'il devenait impossible d'y voir son reflet.

L'agence avait chaudement recommandé les Alvarez. Gracella s'occuperait de la maison pendant que son mari, Hector, entretiendrait les extérieurs, ce qui

46

incluait pièce d'eau, aménagements paysagers, jardins et toit. Gracella lui expliqua que son mari terminait un travail à la périphérie de la ville mais qu'il les rejoindrait l'après-midi même. La famille serait logée dans la petite maison au fond du jardin et avait apporté ses affaires dans la voiture.

Joanna acquiesça.

— Et qui est ce chérubin ? demanda-t-elle en se penchant pour chatouiller le ventre du garçon.

Celui-ci fit un bond en arrière et battit des bras en gloussant.

— Je vous présente Tyler.

Encouragé par sa mère, le garçon s'exprima.

— J'ai quatre ans, dit-il posément, se balançant sur la pointe des pieds. Quatre. Quatre. Quatre. Quatre. Quatre.

— Merveilleux.

Joanna se souvint de son propre fils, il y avait fort longtemps. Elle se demanda si elle le reverrait un jour.

Le tee-shirt Mickey Mouse de Tyler était taché, ses yeux brillants et joyeux. Quand Joanna tendit la main pour serrer la sienne, il recula, timide, mais il la laissa lui tapoter la tête.

— Ravie de te rencontrer, Tyler Alvarez. Je m'appelle Joanna Beauchamp. À présent, le temps que ta mère s'installe, ça te dirait d'aller te promener sur la plage avec moi ?

Tyler passa l'après-midi à courir en décrivant des cercles. Joanna l'observait affectueusement. De temps à autre, il jetait un coup d'œil par-dessus son épaule pour s'assurer qu'elle était encore là. Il parut se prendre d'amitié pour elle immédiatement ; sa mère fit une remarque à ce sujet avant de le laisser accompagner Joanna jusqu'à la plage. Quand il en eut assez de courir, ils ramassèrent des coquillages ensemble. Joanna en trouva un à la forme parfaite que le garçon porta aussitôt à l'oreille. Il rit du murmure qu'il produisait et elle sourit à ce spectacle. Malgré tout elle ne pouvait s'empêcher d'éprouver une appréhension, même dans ces moments de joie partagés avec son nouvel ami. Elle la ressentait juste en deçà de ce moment idyllique, affleurant à la surface.

Quelque chose la tracassait. Quelque chose qui avait un rapport avec ces trois oiseaux trouvés morts sur la plage, ce matin-là, ceux qu'elle avait enterrés un peu plus loin dans le sable. Mais elle n'arrivait pas à le définir pour l'instant. Était-ce une menace ? Un avertissement ? À propos de quoi ? Et de la part de qui ?

CHAPITRE 4

Every Little Thing She Does Is Magic[1]

Avant l'embauche d'une certaine serveuse aux cheveux bouclés l'automne dernier, le North Inn était un
petit bar somnolent, le genre de pub miteux où les
locaux aiment se retrouver pour échanger des commérages, sans avoir à se battre avec des BCBG ivres pour
avoir une table. Le Memorial Day annonçait l'arrivée
officielle de l'été et, même dans une ville inconnue, la
houle saisonnière de touristes dans l'East End amenait
bon nombre de visiteurs. Plusieurs nouveaux établis-
sements avaient commencé à satisfaire la demande.
Mais pas le North Inn. Les cocktails y étaient forts et
de mauvaise qualité, et en dehors d'une belle vue sur
la mer, il n'avait pas grand-chose pour lui.

Cela avait bien changé. C'était toujours un bar local,
mais il n'était plus somnolent ni calme. L'estaminet,
comme on disait, débordait d'animation. Un juke-box
passait de la musique rythmée à un certain volume,
seulement de la bonne musique, des morceaux datant
de l'époque où le rock'n' roll était joué par de vraies
rock stars : encore une espèce en voie de disparition

---

1. « Il y a de la magie dans tout ce qu'elle fait. » Référence à
une chanson de The Police.

dans la nouvelle ère. Les hommes au pantalon moulant qui chantaient la luxure, les drogues et la dépravation étaient relégués au rang de marionnettes parodiques, ou à des shows de téléréalité dans des centres de désintoxication. La démarche assurée des rockers était maintenant l'exclusivité des rappeurs, le rap étant le seul genre de musique célébrant l'indulgence sous toutes ses formes. Les garçons, la guitare à la main, s'étaient mis à écrire des chansons tristounettes pleines d'émotion, des valeurs sûres sur lesquelles on ne pouvait pas danser.

Freya aimait bien le rap, et elle était connue pour passer à fond, de temps à autre, le dernier tube de « gangster », mais au North Inn, elle préférait écouter les classiques. Les Britanniques : les Sex Pistols. Les Clash. Les stylistes de l'opéra rock des années soixante-dix : Queen. Yes. Le Genesis des débuts (détail crucial : le Genesis de Peter Gabriel, pas celui de Phil Collins, qui faisait mal aux oreilles). Du métal : Led Zeppelin. Deep Purple. Metallica. Du hard FM : AC/DC. Def Leppard. Mötley Crüe si elle était d'humeur ironique. Depuis son arrivée au North Inn, on y passait toujours des musiques à fond, guitares hurlantes, et les chansons les plus populaires de la piste de danse, sur lesquelles on brandissait le poing en rythme et qui faisaient se lever les foules.

Mais comparée aux cocktails qu'elle servait, la musique était sans importance.

La serveuse aux cheveux blonds avait une façon de les préparer juste comme il fallait. Gins tonic acidulés et vivifiants, dark'n' stormies succulents qui donnaient un coup de fouet. Chaque soirée se terminait en fête, les clients dansant sur le bar, débarrassés de leurs inhibitions et, à l'occasion, de leurs vêtements ! Si l'on venait au North Inn seul et qu'on n'avait pas le moral, on repartait soit avec un nouvel ami, soit avec la gueule de bois, parfois les deux.

Cependant une semaine après sa fête de fiançailles, le bar, tout comme Freya, était un peu trop calme. La musique était toujours forte mais une mélancolie pointait sous les décibels. Les Rolling Stones chantaient « Waiting on a Friend » : « I'm not waiting on a lady, I'm just waiting on a friend... »[1], les cocktails n'étaient pas frais mais sucrés, le gin-fizz ne pétillait plus, le champagne était éventé, la bière devenait tiède en quelques minutes seulement. Des phénomènes semblables à ceux qui s'étaient produits lors de la fête de fiançailles, mais en pire. Elle était soulagée qu'Ingrid ne soit pas là pour le remarquer ; elle ne voulait pas rendre sa sœur plus méfiante qu'elle ne l'était déjà. Ce qui s'était passé avec Killian ce soir-là était un acte impulsif. C'était terminé à présent, tout irait bien. Inutile de paniquer. Qu'importait si elle ne rêvait plus que de Killian ? Qu'importait s'il avait envahi sa conscience, s'il était devenu le sujet de toutes ses pensées ? Quand elle fermait les yeux, elle voyait encore son beau visage juste au-dessus du sien. Elle chasserait cette image. Elle le chasserait, lui. Si seulement Killian s'était trouvé à l'autre bout du monde, et non pas son cher et tendre.

Bran avait appelé plus tôt : il était bien arrivé au Danemark et était en route pour une réunion. Elle savait qu'elle devait s'y habituer ; dès le début il lui

---

1. « Je cherche une amie » : « Je ne cherche pas une femme, je cherche une amie. »

avait expliqué que sa vie et son travail impliquaient de nombreux voyages et qu'il était rarement à la maison, mais qu'il avait l'intention de ralentir la cadence après le mariage. Entendre sa voix lui avait quelque peu remonté le moral, pourtant sa mauvaise humeur continuait de grandir tandis que, adossée au bar, elle regardait les clients arriver. Dan Jerrods et sa nouvelle petite amie, Amanda Turner, entrèrent, et une image apparut brièvement dans la tête de Freya : Dan et Amanda contre un mur, tous deux haletants et s'agrippant l'un à l'autre, le chemisier d'Amanda déboutonné, le jean de Dan à ses genoux. Cette scène avait eu lieu quelques minutes avant qu'ils ne partent pour le bar. Leur relation commençait, et le sexe était encore leur façon de se dire bonjour. Freya comprenait ce langage.

Juste après le couple qui venait de faire l'amour entra le maire, Todd Hutchinson (qui s'était masturbé avec ferveur la veille au soir devant son ordinateur), accompagné de son ami, le promoteur immobilier tape-à-l'œil Blake Aland (une dispute avait éclaté dans sa voiture la semaine précédente : c'était flou et la vision refusait de se préciser, mais Freya sentait une frustration sexuelle), puis le bon révérend et sa femme (elle eut une vision fugitive de fouets en cuir et de masques au cours d'un week-end prolongé). Parfois Freya était prise de vertiges devant toutes ces informations. Elle aurait dû être habituée à son talent, depuis le temps (elle refusait de le qualifier de « don »), pourtant il la surprenait toujours.

Il n'était qu'une manifestation de plus de sa nature, de sa capacité à percevoir les émotions fortes, et il ne s'agissait pas que de passion sexuelle ou d'histoire d'amour romantique. Freya voyait également la colère

intense et la haine, l'opposé de l'amour : la rage meurtrière, l'inquiétude écrasante. Au fil des siècles, son
talent s'était révélé très utile. Même s'il n'y en avait
pas beaucoup, North Hampton n'était pas immunisé
contre le crime. Quand quelqu'un se faisait assassiner,
l'acte était généralement scandaleux et spectaculaire,
comme ce meurtre à faire froid dans le dos d'une
mondaine empoisonnée lors d'un dîner qu'elle avait
elle-même donné, ou bien triste et inhabituel, comme
ce qui était arrivé à Bill et Maura Thatcher. On les
avait retrouvés sur la plage l'hiver dernier, tous deux
saignant de blessures à la tête. Bill avait succombé aux
siennes mais Maura était toujours en soins intensifs,
comateuse, à l'hôpital.

Freya avait joué un rôle déterminant dans l'arrestation du meurtrier de la mondaine. Une gouvernante
contrariée, cliente occasionnelle du bar, était responsable de la mort de l'héritière. Freya avait vu exactement sa façon de procéder, versant une goutte de
poison dans le champagne avant de remettre le bou-
chon avec habileté. Elle avait mis la police sur la bonne
piste, de sorte qu'ils avaient réussi à rassembler des
preuves. Les détectives avaient trouvé une bouteille
de la substance toxique parmi les affaires de la gouvernante, ce qui avait mené à une condamnation, une
conclusion palpitante pour tous.

Elle était ravie de se rendre utile, de pouvoir se
servir de ses talents naturels avec discrétion, ce qui,
techniquement, rentrait toujours dans les limites de la
Restriction qu'on lui imposait. Elle ne pratiquait pas de
magie, après tout. Elle n'y pouvait rien si elle voyait
les motifs, les intentions et la culpabilité des gens, et
puisque presque tous les habitants de North Hampton

fréquentaient le North Inn, Freya était à l'écoute de ce qui se passait. Elle savait toujours qui avait volé dans le tiroir-caisse, qui était entré par effraction dans la pension de famille ou avait vandalisé l'école secondaire publique. Si les policiers s'étaient au départ montrés sceptiques face à ses allégations, ils ne l'étaient plus à présent, à l'exception d'un détective qui la harcelait afin qu'elle explique ses intuitions. Il était donc étrange qu'elle n'ait toujours pas la moindre idée de ce qui était arrivé aux Thatcher, un couple apprécié de tous. Peut-être la police avait-elle raison, peut-être était-ce l'acte isolé d'un vagabond, un étranger. Quoi qu'il en soit Freya était frustrée de ne pas savoir.

Elle servit leurs verres à Dan et Amanda, et sourit au couple en lune de miel : les deux premières semaines d'une relation étaient toujours une lune de miel selon Freya. Les couples attendaient si longtemps pour se marier de nos jours, ou vivaient ensemble tellement d'années avant la cérémonie, que la plupart des lunes de miel n'étaient pas mielleuses pour un sou, et qu'on n'y voyait guère la lune. Le sexe, s'il y en avait, était généralement simple, en position du missionnaire. La plupart des couples étaient bien plus excités par leurs somptueuses chambres d'hôtel que par l'idée de se voir nus. L'époque des jeunes mariées vierges se glissant, tremblantes, entre des draps froids était depuis longtemps révolue. Voilà pourquoi Freya éprouvait de l'affection pour les nouveaux couples. Ces gens étaient les siens, ils vouaient un culte à son temple. Elle les bénissait de son sourire et par d'abondantes boissons gratuites.

Le révérend et sa femme lui commandèrent une bonne bouteille de vin, et Blake une bière. Elle prépara les consommations sur le bar puis se tourna vers son dernier client.

— Qu'est-ce que je vous sers, monsieur ? demanda-t-elle au maire.

— Un whisky sec, merci Freya.

— Tout de suite, monsieur le maire.

Todd Hutchinson était jeune, rusé et ambitieux. Il avait de grands projets pour North Hampton et avait été porté au pouvoir par une campagne financée grâce aux dons de gens comme Blake Aland. Le jeune maire était populaire en ville, même si Freya savait que sa sœur, Ingrid, n'en était pas fan depuis qu'elle avait eu vent de sa proposition de vendre la bibliothèque. La pauvre ne pourrait rien y faire si le projet était approuvé.

Contrairement à sa sœur, Freya n'avait rien contre Todd : il était poli et laissait de bons pourboires. Il était marié à une présentatrice du journal télévisé local dont on disait qu'elle était pressentie pour un poste sur le réseau national. Peut-être était-ce pour cette raison qu'il avait dû recourir à des sites pornographiques sur internet. Deux grandes carrières ne permettaient pas toujours à un couple de se consacrer l'un à l'autre. Dommage… Freya lui tendit son whisky et retourna au bar.

— Que se passe-t-il, ce soir ? C'est calme pour un vendredi, lui dit son patron, Sal McLaughlin, qui avait hérité de l'hôtel North Inn et son bar de son frère, lequel avait pris sa retraite.

C'était un homme joyeux de soixante-dix ans, les sourcils arqués et le rire gras. Il avait engagé Freya sur-le-champ et s'était comporté en grand-père honorifique. Sal toussa fort dans son mouchoir et respira bruyamment.

— Ça va ? Tu fais des bruits dégoûtants, le taquina-t-elle tandis qu'il se mouchait à nouveau dans un bruit de klaxon.

— Ce sont mes allergies. (Il haussa les épaules.) Sans doute à cause du changement de temps. (Il s'essuya le nez et soupira, les yeux larmoyants.) Ça m'arrive toujours vers le mois de juin.

La transition avait été étrangement brutale entre un printemps pluvieux et un été humide ; il faisait lourd, plus encore que d'habitude. La chaleur n'était géné-ralement pas si étouffante ni oppressante si tôt dans la saison.

— Les gens tirent une tête d'enterrement. Quelqu'un est mort ? plaisanta Sal en mettant en route la clima-tisation.

Freya haussa les épaules. Elle savait que c'était sa propre énergie qui causait la morosité ambiante, mais elle n'y pouvait rien. Elle n'était pas en forme, et alors ? On ne pouvait pas attendre d'elle qu'elle fasse durer la fête éternellement, si ? Quelqu'un lui fit un signe de la main et elle se dirigea vers le comptoir opposé du bar en U où Becky Bauman s'enfilait des dirty Martini comme s'ils avaient été des jus de fruit.

— Un autre ? demanda Freya.

— Oh, pourquoi pas.

Becky soupira, les yeux rivés sur son mari qui flirtait avec son rendez-vous de l'autre côté du bar. Becky et Ross s'étaient séparés récemment. Ils n'avaient pas été mariés très longtemps mais ils étaient parents d'un bébé de six mois. Freya percevait l'obscurité qui avait assombri l'amour qui les avait unis autrefois. L'épui-sement et le manque de sommeil avaient mené à des disputes incessantes, des querelles qui les rendaient tous deux toujours plus malheureux et insatisfaits, jusqu'à ce que Ross décide enfin qu'il en avait assez et déménage.

Ross était en pleine conversation avec Natasha Mayles, un ancien mannequin, l'une des « trop-trop-trop » de la ville : trop riche, trop belle, trop difficile à satisfaire. Trop bien pour qu'un homme l'approche, en résumé. Toutes les Natasha Mayles du monde avaient sans doute une trop haute opinion d'elles-mêmes pour se mettre en couple avec qui que ce soit. Il était donc surprenant qu'elle prenne un verre avec Ross Bauman, dont le divorce n'avait même pas été prononcé.

— Que nous est-il arrivé ? interrogea Becky qui regardait Freya préparer son cocktail. Je le déteste. Vraiment. Je ne sais pas ce que je vais faire.

Freya eut un autre flash : une dispute, très nette et effroyable cette fois, se terminant dans une violence absente jusque-là, on battait des bras, le bébé pleurait, on poussait quelqu'un en bas de l'escalier… Elle se détourna, hésitante. Quoi qu'en pensaient sa mère et sa sœur, elle ne faisait vraiment pas grand-chose aux boissons, hormis leur donner un meilleur goût, un des effets secondaires lié à leur préparation. Tout ce que Freya concoctait ou cuisinait était délicieux, conséquence de la magie dont elle avait hérité.

Mais la terrible scène à laquelle elle venait d'assister en vision – et elle ignorait qui, exactement, était en danger : Becky, Ross ou leur bébé, l'image ne le révélait pas – la fit réfléchir. S'il n'y avait pas eu une once d'amour entre eux, Freya n'aurait jamais envisagé de faire ce qu'elle était sur le point de faire. Mais il y en avait. Elle les voyait se jeter des coups d'œil furtifs quand ils pensaient que l'autre ne regardait pas. En outre, Natasha Mayles n'était pas du tout faite pour Ross. Elle était entrée dans le North Inn, avec son accent hautain et l'air de s'ennuyer, une attitude quasi européenne.

Franchement, cette règle était ridicule de toute façon, pourquoi ne pouvaient-elles pas se servir de la magie ? Pourquoi ? À cause de quelques idiotes qui avaient raconté des mensonges ? Une ou deux garces avaient donc le droit de gâcher leurs vies pour toujours ? Freya n'oublierait jamais la ruse dont ces affreuses avaient fait preuve pour élaborer leur histoire, un cinéma éperdu dans la salle d'audience, la liste grandissante de suspects, les équipages qui conduisaient les condamnés à la colline des potences. Comme elle s'était montrée têtue et aveugle alors ! Elle avait supposé que personne ne croirait leurs accusatrices, que nul individu sain d'esprit ne les croirait, Ingrid et elle, capables d'actes aussi maléfiques. Pour ajouter l'insulte au tort qu'elles avaient subi, les leurs, leur propre Conseil, les avaient privées de leurs pouvoirs après tout ce qu'elles avaient traversé. Un châtiment vraiment très dur. Eh bien, elle en avait assez. Elle était fatiguée d'avoir peur. Fatiguée de se sentir inutile, et de faire semblant d'être ce qu'elle n'était pas. Fatiguée de cacher sa lumière dans un coin. Sous un abat-jour, derrière un rideau, dans une salle sombre. *Fatiguée.*

Freya Beauchamp était faite de magie. Sans magie, elle était juste quelqu'un qui servait des verres. Elle s'était si bien comportée, si longtemps, sa mère et sa sœur aussi, et pour quoi ? À quoi cela servait-il au final ? Leurs talents étaient gâchés ; étaient-elles vraiment censées vivre dans l'ombre et s'effacer ? Agir comme si elles étaient ordinaires pour le restant de leur vie d'immortelles ?

Freya songea à tout ce à quoi elles avaient renoncé : voler, pour commencer ; elle se souvenait encore de la sensation que cela procurait, traverser le ciel en trombe, le vent dans les cheveux. Gambader dans les bois à minuit lui manquait aussi, les puissants rituels devenus tabous, maintenant que « païen » était devenu un gros mot. Le monde était passé à autre chose, bien sûr, il fallait s'y attendre ; peut-être cela se serait-il produit même sans la Restriction, mais elles ne le sauraient jamais. Comme le reste de sa famille, elle était coincée de ce côté du pont sans aucun moyen de rentrer chez elle.

Elle avait pris sa décision. Elle saisit le verre de bière de Ross et ajouta juste une pointe de racine de gingembre et un zeste de citron. Puis elle remua le tout avec la paille rouge du cocktail de Becky. La pinte de bière vira au rose vif une fraction de seconde. Cette fois elle allait vraiment à l'encontre des règles avec cette petite préparation, ce philtre d'amour. Bien sûr, elle avait pratiqué un peu de magie avant, ici et là : ce garçon à New York, le familier humain d'un vampire qu'elle avait guéri, par exemple. Mais c'était dans l'East Village, où elle était à peu près certaine que le peu de magie insignifiante et sans conséquence qu'elle avait exercé avait été ingénieusement dissimulé et absorbé par l'énergie cinétique de la ville.

Là, c'était différent, différent même des petits coups de main donnés à la police pour l'aider à résoudre des crimes. C'était le premier philtre d'amour qu'elle concoctait depuis… eh bien, quand le nombre d'années était si grand, qui continuait à compter ? De plus, il aurait été dommage de laisser un si beau couple se perdre, et elle frissonna à l'idée de ce qui aurait pu se produire si elle n'était pas intervenue : cette terrible dispute, un enfant grandissant sans ses parents, l'un mort, l'autre en prison. Freya augmenta la puissance des boissons qu'elle était sur le point de servir. Ce n'était pas une fatalité. Tout ce dont ils avaient besoin, c'était d'un peu d'aide pour surmonter cette mauvaise passe. Il fallait simplement qu'on leur rappelle un peu pourquoi ils s'étaient mis ensemble au départ. Elle posa le Martini devant Becky et la bière devant Ross.

— À la vôtre ! lança-t-elle en levant son verre.

— À notre santé, marmonna Becky.

Elle était probablement embarrassée d'en avoir tant révélé à Freya un peu plus tôt.

— Cul sec, dit Ross à Becky de l'autre côté du bar.

Il but une longue gorgée de son verre ; pendant un moment, son visage vira au gris et il sembla sur le point d'être malade et de vomir. Freya sentit son cœur palpiter : et si elle avait oublié de le mélanger correctement ? Et si elle l'avait empoisonné ? Et si elle avait oublié la quantité exacte à verser dans l'élixir ? Elle se précipita à ses côtés, espérant qu'elle avait encore le temps de lui servir un antidote, quand la couleur lui revint aux joues et qu'il inspira profondément.

— Qu'y a-t-il là-dedans ? demanda-t-il à Freya.

— Pourquoi ? Quelque chose ne va pas ? s'enquit-elle en s'efforçant de ne pas avoir l'air trop inquiète.

— Bien au contraire, c'est excellent ! déclara-t-il avant de finir son verre d'une traite.

Une fois terminé, ses yeux parurent s'illuminer, et il regarda sa femme de l'autre côté du bar d'un air émerveillé, tombant à nouveau amoureux d'elle. Becky lui rendit un sourire timide et, quelques minutes plus tard, ils riaient tous deux sottement, puis aux éclats, tandis que Natasha avait l'air déconcertée et revêche. Enfin Ross s'excusa auprès de son rendez-vous, alla rejoindre sa femme, la pencha en arrière et lui donna un baiser digne du « baiser de la victoire » de la photo prise sur Times Square à la fin de la Seconde Guerre mondiale.

Freya poussa un soupir de soulagement. Quelques minutes plus tard, elle souriait comme un chat du Cheshire. Sa potion avait fonctionné. Elle savait toujours exactement comment les concocter. En un instant, la musique du jukebox reprit soudain de l'entrain : Axel Rose braillant une chanson d'amour : « Sweet child o' Mine ». « She's got a smile that it seems to me, Reminds me of childhood memories... »[1] La musique emplit la nuit, lubrique et passionnée, incitant les filles à prendre les garçons par la main pour les mener jusqu'à la piste de danse *ad hoc* devant le juke-box. Dan et Amanda se mirent à danser collés l'un contre l'autre, façon Dirty Dancing, et même le révérend et sa femme commencèrent à tournoyer ensemble. Dans un coin, les Bauman se pelotaient tant – était-ce la main de Ross qui remontait sous le chemisier de Becky ? – qu'ils auraient dû songer à partir ; cela devenait un chouïa trop chaud. Même le maire avait l'air rêveur.

Freya pianota des doigts sur le comptoir, se balançant au rythme de la musique. Sal avait raison. Pendant un moment, le bar avait semblé figé en hiver. Mais la

----

1. « Ma douce enfant » : « Son sourire, il me semble, me rappelle des souvenirs d'enfance... »

glace avait fondu à présent. Bien sûr, elle se sentait toujours très mal quant à ce qui s'était passé avec Killian. Mais un peu de magie aidait beaucoup.

CHAPITRE 5

Discussion entre sœurs

— Tu n'as pas fait ça ! s'exclama Ingrid en levant la tête de son bol de céréales et en rangeant rapidement dans sa poche la lettre qu'elle était en train de lire.

— Si ! dit Freya avec jubilation.

Trop de jubilation, pensa Ingrid, ressentant une pointe de jalousie devant l'exubérance de sa sœur, tandis qu'elle prélevait quelques grains de raisin d'un bol pour nourrir son griffon domestique, un hybride mi-aigle mi-lion, la seule concession magique du passé que le Conseil ait accordée, et uniquement parce qu'il n'y avait aucun moyen de séparer une sorcière de son familier sans détruire l'un et l'autre. À vrai dire, Oscar devenait trop gros pour le sort d'invisibilité qu'elle lui avait jeté des siècles auparavant ; il avait presque la taille d'un labrador, mais son âme était celle d'un minou.

— Et il ne s'est rien passé ? s'enquit Ingrid, dubitative. Oh, Siegfried, je sais que tu as faim, mais tu n'aimes pas le raisin, rappela-t-elle au chat noir.

— Rien du tout ! triompha Freya tout en fouillant le placard à la recherche de farine. (Elle venait de rentrer de sa nuit de travail au bar. Une longue nuit bien

63

remplie, une de leurs meilleures, ces derniers temps.)
J'ai envie de pancakes, tu en veux ?

— Pourquoi pas. Alors que vas-tu faire ?

— À ton avis ? Je vais recommencer ! C'était si
bon, Ingrid. J'avais l'impression... d'être à nouveau
moi-même... tu vois ce que je veux dire ?

Elle entreprit de casser des œufs dans un bol, jetant
un coup d'œil autour d'elle et admirant la cuisine fraîchement nettoyée. Tout était tellement plus agréable à
la maison maintenant que les Alvarez s'en occupaient.
Joanna s'était vraiment prise d'amitié pour le petit
garçon. Ils étaient mignons, tous les deux. Elles le
trouvaient toutes adorable. Tyler était un enfant intéressant, plus sage qu'il n'aurait dû l'être à son âge. Il
était capable de battre n'importe laquelle d'entre elles
aux échecs et savait déjà faire des additions et des
soustractions difficiles de tête. Un jour, il leur avait
annoncé d'un air solennel que cinquante-sept marches
séparaient leur maison de la plage. Les desserts consti-
tuaient la majeure partie de son alimentation, ce qui
faisait de lui le compagnon idéal de Joanna qui n'avait
pas encore découvert de gâteau qu'il n'aimait pas.
Ingrid lui rapportait de la bibliothèque des livres sur
les échecs, et Freya lui courait après dans le jardin.
La maison était plus gaie maintenant que les Alvarez
y résidaient.

Elle remarqua qu'Ingrid lisait de nouveau une lettre
en douce. Sa sœur avait commencé à recevoir du courrier pendant l'été. Elles arrivaient toujours dans une
simple enveloppe blanche sans adresse au dos. Quel
que fût l'expéditeur, Ingrid ne le lui avait pas dit, et
Freya ne l'avait pas demandé. Depuis leur retour à
la maison, les sœurs entretenaient une relation pai-

sible. Freya n'avait pas non plus demandé à Ingrid pourquoi elle avait passé ces dernières années comme humble employée de bibliothèque, et Ingrid n'avait pas demandé à Freya pourquoi elle avait arrêté de suivre les cours de l'université de New York et vendu son bar là-bas. Si elles avaient envie d'en parler, elles le feraient. Elles partageaient leurs confidences comme leurs vêtements, mais elles respectaient la vie privée l'une de l'autre.

C'était amusant comme, de retour à la maison, elles reprenaient leurs vieilles habitudes et leurs places respectives au sein de la famille. Ingrid travaillait de jour, Freya de nuit, et elles se retrouvaient souvent pour le petit déjeuner, au début de la journée de travail d'Ingrid et à la fin de celle de Freya.

Au bout de quelques instants, elle retourna les pancakes. Pas besoin de magie pour savoir qu'ils auraient un goût fantastique : légers, fondants de beurre sans oublier un goût sucré de noisette. Elle les servit dans deux assiettes et les apporta à table. Elle versa un filet de sirop d'érable sur les siens, tandis qu'Ingrid les mangeait avec des fruits.

— Maman t'a-t-elle parlé des oiseaux morts qu'elle a trouvés sur notre plage l'autre jour ? demanda Ingrid.

Freya acquiesça tout en piquant un bout de pancake sur sa fourchette.

— Oui. Qu'est-ce que c'était ?

— Elle n'en est pas sûre. Elle pense que c'est un présage.

— C'est ça. Tu te souviens quand elle pensait que mon vieux professeur de littérature était un sorcier qui voulait notre peau après qu'il m'avait accusée de plagiat, en troisième ?

Ingrid ricana.

— Pauvre M. Sweeney, heureusement que maman n'a pas eu le droit de lui jeter un sort ! dit-elle, appréciant leur complicité fraternelle.

L'un des grands plaisirs de leur vie était de parler de leur phénomène de mère. Un sujet inépuisable.

— Ce dont maman a besoin, c'est d'un rendez-vous galant, reprit Freya en donnant à manger à Siegfried dans son assiette. Il faudra bien qu'elle se remette de papa un jour.

Les deux sœurs n'avaient pas vu leur père depuis que la Restriction leur avait été imposée : c'était l'un des sujets qu'elles n'abordaient jamais. Parler de leur père mettait leur mère en colère. Ce qui s'était passé entre leurs parents était regrettable, mais elles n'y pouvaient rien. Leur père était parti, leur mère ne souhaitait pas en parler, fin de l'histoire. Freya s'efforçait de ne pas en vouloir à sa mère, ni à son père, puisqu'il avait disparu de leurs vies et qu'il n'avait jamais essayé d'entrer en contact avec elles par la suite.

La vie était plus facile ainsi, tout comme il était plus facile de faire comme s'il n'y avait toujours eu que deux enfants dans la famille. Il était trop difficile et triste de penser à son frère jumeau disparu et, hormis allumer une bougie chaque année pour sa fête en février, elles ne le mentionnaient jamais. Quant à leur père, ni bougie ni souvenirs pour saluer son absence, seulement un vide, un siège vacant à table.

— Alors qu'en penses-tu ? Maman et Sal ? Je pourrais faire en sorte que ça se fasse. (Freya sourit malicieusement.) Il a le béguin pour elle.

— Non, ne fais pas ça à Sal. Maman n'en ferait qu'une bouchée. Tu dois cesser de croire que les problèmes de tout le monde peuvent être résolus en tombant amoureux, dit Ingrid, repoussant son assiette, visiblement mal à l'aise.

— Pfff ! soupira Freya, se levant de table et empilant les assiettes.

— Tu devrais être prudente. Tu as peut-être concocté une potion sans être inquiétée, mais qui sait ce qui pourrait se passer la prochaine fois ? Tu auras des ennuis si tu continues comme ça.

— Peut-être. Mais je n'en ai rien à faire. Je n'en ai plus rien à faire, c'est tout. Et tant qu'ils ne seront pas venus me voir pour me dire d'arrêter, je continuerai, annonça-t-elle. J'en ai assez de vivre les mains attachées dans le dos ! (Elle marqua une pause, laissant l'eau chaude couler sur les assiettes sales. Étrange comme la cuisine impeccable et la présence des Alvarez l'incitaient à nettoyer, ce qu'elle n'avait jamais fait auparavant.) Quoi qu'il en soit, n'en parle pas à maman.

— Ne parle pas de quoi à maman ? demanda gaiement Joanna, entrant d'un pas leste dans la cuisine et souriant à ses si jolies filles, Gilly volant à ses côtés.

— Rien du tout, marmonnèrent-elles toutes les deux.

L'espace d'un instant, elles étaient de nouveau enfants et venaient de finir d'enterrer la malheureuse gerbille zombie de Freya dans le jardin. Le sol avait continué de trembler pendant un laps de temps qui leur avait paru interminable. Ingrid avait trouvé un des vieux livres de Joanna, ceux qu'elles n'étaient pas censées toucher et que leur mère avait cachés quand la Restriction avait été instaurée. Elle avait fini par dénicher la bonne incantation pour mettre un terme au sort incontrôlable de Freya.

— Mmm…, dit Joanna en les regardant l'une après l'autre avec scepticisme. Pourquoi ai-je l'impression que personne ne me raconte jamais rien ici ?

CHAPITRE 6

Un nœud à l'estomac

Ingrid songeait au zèle retrouvé de sa sœur quand elle arriva au travail ce matin-là. Elle se rendit compte qu'elle n'avait jamais vu Freya aussi heureuse depuis bien longtemps. Pas seulement heureuse. Il y avait autre chose. Freya paraissait plus vibrante, plus présente. À vivre sans magie, elles s'étaient un peu effacées ; sans même le remarquer, elles étaient devenues aussi mornes et grises que le monde banal qui les entourait. Ingrid accrocha son vélo près du portail d'entrée et pénétra dans la sombre bibliothèque. En passant à côté du bureau désert de Tabitha, elle éprouva une nouvelle pointe de frustration. Pendant des années Ingrid avait gardé le silence, elle avait laissé la science et la médecine faire leur travail, mais elle ressentait à présent un courage imprudent s'éveiller en elle. Elle ne supportait plus de voir son amie souffrir autant. Souffrir autant pour rien.

Ingrid balaya du regard son environnement, inquiète. Avait-elle perdu la tête ? Elle n'était pas sa sœur, audacieuse et courageuse. Ingrid ne se rappelait que trop bien les journées passées dans sa cellule à mourir de faim, les railleries de la foule, la peur terrible qui l'avait habitée quand elle s'était retrouvée seule et haïe de tous. Si elle passait à l'acte, elle romprait l'accord qui lui avait permis de demeurer dans ce monde.

Mais qu'avait dit Freya, ce matin-là ? *J'en ai assez de vivre les mains attachées dans le dos.* Eh bien, Ingrid aussi. Elle en avait assez de se sentir inutile et insignifiante.

Quand Tabitha arriva au travail, Ingrid la prit à part.

— Tab ? Je peux te parler une seconde ? (Elle l'emmena dans la salle du fond où était conservé le matériel pour les archives.) Tu dois me faire confiance, d'accord ? ajouta-t-elle en éteignant les lumières.

La pièce baignait dans une obscurité verdâtre diffusée par le film de la fenêtre.

— Que se passe-t-il ? demanda Tabitha quelque peu nerveuse. Qu'est-ce qui te prend, Ingrid ? On dirait que tu es… possédée.

— Contente-toi de ne pas bouger, lui ordonna Ingrid.

Elle s'agenouilla par terre et se mit à dessiner un pentagramme autour des pieds de Tabitha. Les traits de craie blanche luisaient dans la pièce sombre.

— Est-ce que c'est un… ?

— Chut ! lui intima Ingrid, sortant une bougie blanche de sa poche et la plaçant au centre de la forme à cinq pointes qu'elle avait dessinée. Elle l'alluma et marmonna quelques mots. Puis, se tournant vers Tabitha :

— Tu me fais confiance, n'est-ce pas ? J'essaie de t'aider.

Elles étaient collègues mais aussi amies, et Ingrid espérait que Tabitha aurait sufisamment foi en leur amitié pour la laisser poursuivre. Elle reprit son travail

70

avec sérénité et sérieux, mais son cœur cognait dans sa poitrine. Voilà, elle pratiquait de nouveau la sorcellerie. La magie. Freya avait raison, il lui semblait que quelque chose de profondément enfoui dans son âme reprenait vie, comme si elle venait de découvrir qu'elle était capable de respirer sous l'eau depuis toujours. Elle était prise de vertiges. Elle n'avait rien fait de tel depuis… d'aussi loin qu'elle se souvienne. Elle s'attendait à être frappée par la foudre. Mais il ne se passa rien.

Avec sa vision de sorcière obtenue grâce au pentagramme, elle étudia longuement son amie jusqu'à ce que l'employée subalterne de bibliothèque se tortille sous son regard pénétrant. Le pentagramme révélait ce qu'Ingrid soupçonnait depuis le début. Quelque chose bloquait l'énergie de Tabitha, des ténèbres en son centre, une masse argentée tendue, un nœud, comme un poing ou une tumeur. Pas étonnant qu'elle n'arrive pas à tomber enceinte. Ingrid en avait déjà vu, mais jamais d'une telle ampleur. Elle posa une main sur le ventre de Tabitha et l'arracha d'un coup sec, manquant tomber à la renverse. Elle la lui avait entièrement enlevée. La tumeur maligne se dissipa dès qu'elle fut retirée de son hôte physique.

Tabitha dévisageait Ingrid comme si elle était devenue folle. Elle n'avait rien senti ; elle avait simplement vu Ingrid remuer les mains et marmonner.

— Tu as fini ?

— Pas tout à fait, répondit Ingrid. (Enlever la masse n'était que la première étape. Elle ralluma la lumière et éteignit la bougie.) Tu dois aussi faire quelque chose à tes cheveux, ajouta-t-elle.

— Mes cheveux ? Qu'est-ce que tu entends par là ?

Tabitha semblait sceptique.

Ingrid se rendit compte que, depuis le temps qu'elle la connaissait, elle n'avait jamais vu Tabitha les cheveux détachés. Cette dernière tirait ses cheveux si fort en arrière pour dégager son front que cela paraissait douloureux, puis elle les tressait jusqu'à ce qu'ils deviennent presque aussi épais qu'une corde. Ingrid remarqua aussi d'autres détails : les lacets de ses richelieus étaient très serrés. Son pull (il faisait frais à l'intérieur à cause de l'air conditionné) était attaché par des rubans au lieu de boutons. Tabitha portait plus de nœuds qu'un grand voilier. Si elle continuait comme ça, il était possible que la masse maligne argentée se reforme. Les ténèbres se nourrissaient d'étranglements ; elles les attiraient comme une flamme les papillons de nuit.

Elle murmura avec insistance :

— Essaie pour une fois. Détache tes cheveux. Et débarrasse-toi de ces chaussures. Et de ce pull. Porte des chaussures sans lacets. Un de ces cardigans ouverts devant. Pas de fermeture Éclair. Pas de boutons. Rien que du tissu flottant librement. *Librement.* Pas de nœuds.

— Quel est le rapport avec mes problèmes ?

— Essaie un mois ou deux. J'ai lu quelque part que ça pouvait marcher, c'est un peu comme le karma.

Ces temps-ci, la sagesse new age constituait une bonne justification pour un peu de magie blanche. Tabitha lui répondit qu'elle allait y penser, mais elle quitta la réserve en secouant la tête.

Ingrid effaça le pentagramme et retourna au travail, réfléchissant toujours à toute vitesse. Bien sûr, porter des vêtements flottants ne suffirait pas à résoudre son problème. Elle devait combattre le feu par le feu, ou les nœuds par un nœud bien à elle. Quand Tabitha ne la regardait pas, Ingrid subtilisa quelques cheveux qu'elle avait perdus sur sa chaise de bureau. Maintenant, tout ce dont elle avait besoin, c'était d'un cheveu de Chad... Puis elle se rappela que Tabitha gardait une couverture en laine dans leur voiture. Chad avait les cheveux bruns, il serait donc facile d'en trouver un qui lui appartienne puisque Tab était blonde. Pendant sa pause, Ingrid se faufila dans la Camry de Tabitha et trouva ce qu'elle cherchait. De retour au bureau, elle tissa les deux cheveux ensemble, confectionnant un minuscule nœud de la taille d'un insecte tout en psalmodiant rapidement les mots adéquats afin de jeter le charme nécessaire.

Son cœur tambourinait dans sa poitrine, et elle avait la chair de poule tandis que ses doigts travaillaient rapidement, nouant les cheveux. Ce n'était pas de la magie, ne cessait-elle de se répéter. Ce n'était que quelques mots. Un tout petit nœud. Nul ne le saurait jamais. Cette partie était plus amusante que celle où elle avait arraché la tumeur : au lieu de se contenter de sortir les poubelles, elle *créait* quelque chose. Ingrid sentait la magie bouillonner en elle, l'effervescence que suscitait le fait de canaliser et d'exploiter une puissance farouche et inimaginable, pour s'en servir ensuite à sa guise. Elle sentit ses joues rougir d'excitation. Cela lui avait manqué bien plus qu'elle ne saurait l'admettre.

— Que fais-tu ?

La voix la fit sursauter et brisa le sort. Ingrid rangea aussitôt le nœud dans sa poche.

— Matthew Noble ! Vous m'avez surprise.

Elle ne répondit pas à la question.

— Appelle-moi Matt, je ne cesse de te le dire.

Il sourit. Matt était officier de police haut placé et, même à trente ans, il ressemblait encore à l'athlète d'université qu'il avait été : grand, les cheveux châtain clair, un agréable visage irlandais, la peau pâle, le nez droit, des yeux bleus limpides. Il était vêtu de son uniforme : une veste de sport froissée et un pantalon marron. Elle sentait son intérêt pour elle à son regard : trop franc et aussi, eh bien… empreint de convoitise. Il était certainement beau garçon, mais elle n'était pas intéressée, pas du tout, et cela devenait quelque peu agaçant, ce béguin qu'il avait pour elle. Il la mettait mal à l'aise. Surtout qu'il ne faisait rien pour qu'il se passe quelque chose ! Si seulement il l'avait invitée à dîner. Elle aurait alors pu étouffer son béguin dans l'œuf. Mais non, il semblait se contenter de la regarder et de la harceler afin qu'elle lui fournisse des conseils de lecture. Elle doutait qu'il lise vraiment les romans qu'elle lui recommandait. Il n'avait pas l'air studieux.

— Désolé de t'embêter, mais il n'y avait personne à l'accueil. Et je me suis dit que tu aurais peut-être un livre à me conseiller.

Quand il sourit, ses dents étincelèrent.

— Mais bien sûr, répondit Ingrid, réfléchissant vite. Tenez, ajouta-t-elle en lui mettant dans les mains le dernier roman de J. J. Ramsey Baker.

Ha. Voyons voir ce qu'il penserait de ça ! Bien fait pour Matthew Noble (vivaient-ils dans *Our Town*[1] ? Son nom aurait-il pu être plus ringard et sentimental ?).

---

1. Pièce de théâtre écrite par Thornton Wilder en 1938, se déroulant dans une petite communauté fictive du New Hampshire.

Elle avait au moins trouvé un moyen d'employer à bon escient son attirance pour elle.

— Si vous aimez ce livre, j'apprécierais beaucoup que vous le recommandiez à d'autres.

Peut-être ainsi pourrait-elle le conserver sur les étagères, et son auteur susceptible ne lui ferait pas une crise en le découvrant dehors, songea-t-elle en tamponnant sa carte de bibliothèque et en rentrant la transaction sur l'ordinateur.

— Je n'y manquerai pas.

Matt acquiesça, rangeant le livre sans jeter ne serait-ce qu'un coup d'œil à la couverture. Il sembla sur le point d'ajouter quelque chose, puis se ravisa. Ingrid le regarda s'en aller, notant ses larges épaules et sa démarche fluide et naturelle ; puis elle reprit son tissage. Avant la fin de la journée, elle avait glissé le petit nœud de cheveux dans le sac à main de Tabitha.

Ce qui n'avait rien de magique. C'était juste un petit nœud porte-bonheur destiné à aider une amie, c'était tout, ne cessait de se répéter Ingrid. Nul ne le saurait ni ne le découvrirait jamais.

CHAPITRE 7

Un nouveau garçon

La maternité avait volé sa silhouette à Joanna, elle en était convaincue. Peu importaient les régimes qu'elle s'imposait (et elle les avait tous essayés : le régime Atkins et celui du juste milieu, l'hypocalorique et celui pauvre en glucides, le régime soupe au chou et celui à base de biscuits, le Jenny Craig et le Weight Watchers, le régime Miami et celui sans sucre des Sugar Busters, le thé et autres boissons drainantes, les heures interminables passées à faire du sport ; d'abord à courir puis à la salle de gym : les cours de step, le yoga et la méthode Pilates), elle n'arrivait jamais à se débarrasser de ces cinq derniers kilos tant redoutés, cette bouée autour de son ventre. Ses filles la réprimandaient d'être ainsi obsédée, lui répétant qu'elle était bien *pour son âge*. Et quel âge exactement ? Six mille ans ?

On dit que les femmes d'un certain âge n'ont que faire de leur apparence physique, mais c'est un mensonge. La vanité ne meurt pas de vieillesse, surtout chez les belles femmes et, oh, qu'elle était belle autrefois... Si belle qu'elle avait épousé le dieu le plus redoutable de tous. Il était trop tard pour songer au passé. Son mari l'avait abandonnée, ainsi que sa beauté, voilà fort longtemps. Certes sous une lumière avantageuse, elle était séduisante, supposait-elle, toujours « jolie », pourtant qui voudrait être qualifiée de jolie après avoir été belle ?

Le problème, selon elle, venait de ses grossesses : chaque fois qu'elle avait été enfin sur le point de retrouver sa silhouette, *boum*, elle se retrouvait de nouveau enceinte, et le cycle de prise et de perte de poids recommençait une fois de plus. Les enfants devaient renaître chaque fois qu'ils avaient des ennuis et qu'ils se trouvaient contraints de quitter le monde, ou qu'on les en avait chassés par accident (une collision entre deux voitures, peut-être ; Freya avait un jour péri dans l'incendie d'un hôtel), ou par malveillance (comme la crise qui leur avait coûté la vie au XVIIe siècle), et Joanna commençait à en ressentir les symptômes. Cela lui arrivait généralement après qu'elle n'avait pas eu de nouvelles des filles pendant un siècle ou deux. Tout d'abord, ses cheveux gris redevenaient blonds. Elle s'émerveillait devant son changement d'apparence : moins de rides, les joues grassouillettes, des mains fortes qui ne souffraient pas d'arthrite. Ensuite tout recommençait : les vomissements, les nausées, l'épuisement. Et elle se rendait alors compte qu'elle était enceinte !

Neuf mois plus tard, elle tenait dans ses bras un gros bébé qui pleurait et qu'elle devait pouponner et aimer. Cette fois les filles étaient nées à quelques années d'écart, de sorte que, dans cette vie, elles avaient à nouveau grandi comme des sœurs, se chamaillant pour leurs jouets, se taquinant mutuellement pendant les longs trajets en voiture. La vie était devenue un mélange joyeux mais aussi un peu fastidieux de maternelle, de piscine, de gymnastique et de fêtes d'anniversaire sans fin ponctué d'accidents de magie occasionnels : le griffon d'Ingrid avait causé des dégâts dans les parterres de fleurs, et Joanna s'était efforcée d'empêcher Freya de jeter un sort aux filles méchantes qu'elle n'aimait pas.

Il était assez facile de duper les voisins : la Restriction ne lui interdisait pas de se servir de ses pouvoirs considérables pour garder son immortalité secrète. Laisser les gens se demander pourquoi la « veuve » Beauchamp paraissait soudain faire la moitié de son âge et était enceinte de surcroît n'aurait pas été une bonne idée. La magie lui était utile au moins dans ce domaine.

Quoi qu'il arrive, cependant, et peu importait le temps écoulé, à chaque grossesse, elle était pleine d'espoir, mais elle ne retrouvait jamais son garçon. Jamais. Bien sûr, elle savait qu'il était inutile d'espérer que cela se produise. On avait été très clair avec elle sur ce point lors de l'annonce de la condamnation, après l'effondrement du pont entre les mondes. Joanna le savait toujours en vie, mais aucune sorcellerie ne pourrait plus l'aider. Il était hors de sa portée.

On pourrait croire qu'après tant de vies, la douleur s'atténue un peu, mais ce n'était pas le cas. Au contraire, chaque année qui passait l'accentuait encore un peu. Il lui manquait plus que jamais et elle pensait à lui tous les jours. C'était le problème de la maternité : non seulement cela faisait grossir et creusait des rides d'inquiétude sur votre front, mais l'amour que l'on ressentait – cet amour intense et dévorant pour son enfant – était comme posséder le couteau le mieux aiguisé et le plus fin au monde. Il frappait en plein cœur. Son garçon était en vie quelque part, mais il aurait aussi bien pu être mort, puisqu'elle ne le récupérerait jamais. On le lui avait pris. La pire condamnation pour une mère ; voilà pourquoi on la lui avait infligée.

Son beau petit garçon, son enfant le plus heureux. Son sourire était un soleil qui illuminait le monde entier. Ce qu'on disait des mères et de leurs fils était vrai : ils partageaient un lien spécial, une admiration mutuelle exclusive. Le reste de ce qu'on disait était vrai aussi : on aime tous ses enfants de la même façon, mais parfois on en apprécie un plus que l'autre. Elle l'avait pleuré si longtemps ; les filles étaient d'un grand réconfort. Malgré tout, ce n'avait jamais été la même chose. À présent, elle avait ce merveilleux nouveau garçon : ce petit Tyler Alvarez, qui battait bizarrement des mains et arborait un sourire malicieux, qui ne se laissait pas étreindre mais qui lui donnait un coup de tête s'il voulait un bisou sur le dessus du crâne. Il ne guérissait pas le vide dans son cœur, mais il comblait un manque présent depuis bien longtemps. Joanna se prit d'amitié pour le garçon immédiatement. Il l'appelait Abuela, ou « Lala » pour faire plus court, et elle l'appelait Bijou. Elle n'était pas sûre de l'origine de ce surnom, peut-être était-ce en rapport avec ses bajoues. Elle les pinçait sans cesse. Joanna aimait ses filles, mais ces dernières n'avaient plus besoin d'elle. Elles étaient adultes et géraient leurs propres problèmes. Avec Tyler, c'était différent.

Ils étaient en train de préparer une tourte. La maternité lui avait peut-être volé sa silhouette, mais pour être honnête, Joanna avait été complice en la matière. Hormis la rénovation constante de sa maison, son autre faiblesse était la confection de pâtisseries. L'odeur de beurre fondu régnait toujours dans la cuisine, et un parfum riche et crémeux de caramel les enveloppait. Joanna apprenait à Tyler comment préparer une tourte aux nectarines et aux mûres. Les fruits avaient été récoltés dans le verger familial, les nectarines étaient sucrées et les mûres acidulées.

Tyler tenait la cuillère-mesure.

— Combien de sucre ? demanda-t-il, les doigts suspendus au-dessus du sac sur le plan de travail.

Elle lui avait confié la tâche de sucrer le sirop.

— Plus, mon chéri, plus, lui conseilla-t-elle vivement tandis qu'elle pétrissait vigoureusement et abaissait au rouleau la pâte qui formerait la croûte.

Après que Tyler eut ajouté ce qui ressemblait à deux tasses de sucre dans le mélange, elle ouvrit une longue gousse noire de vanille et en racla le contenu, l'ajoutant à la garniture. Une fois la tourte terminée, Tyler l'aida à la mettre au four, une vieille cuisinière Aga qu'elle avait achetée au cours d'une précédente rénovation.

— Et maintenant ? demanda-t-il, le visage couvert de taches de fruits et les cheveux blanchis par la farine.

— Maintenant on attend, sourit Joanna.

La veille ils avaient préparé des brownies, le jour précédent des cupcakes, le jour d'avant encore un gâteau roulé moelleux. C'était une orgie de pâtisseries, plus encore que d'habitude, et Ingrid et Freya l'avait suppliée de mettre un terme à ce raz-de-marée de sucre. Elles étaient peut-être immortelles, mais leurs organismes n'étaient pas immunisés contre les ravages causés par un régime aux apports réguliers en pâtisseries.

Joanna leur avait répondu qu'elles devraient simplement gérer cela comme tout le monde, en faisant preuve de discipline et de modération. Ce n'était pas parce qu'elle cuisinait ces délicieux desserts qu'elles devaient les manger. Elle ne leur fourrait pas des brownies et des gâteaux dans la bouche, si ? De plus, Tyler adorait cuisiner, et elle s'amusait bien trop pour arrêter. Elle trouvait très divertissant d'agir comme la mère de l'enfant sans le fardeau des responsabilités. Tout ce qu'elle avait à faire, c'était être présente et le nourrir tandis que quelqu'un d'autre s'occuperait de la discipline et des punitions.

— Il nous faudra de la glace pour accompagner la tourte, dit Joanna, sortant une boîte du congélateur. Veux-tu une cuillère ?

Tyler acquiesça vigoureusement et elle lui ébouriffa les cheveux. Il y avait quelque chose de spécial chez les petits garçons. Les garçons adoraient généralement leur mère. Les filles étaient plus compliquées. Elle savait que ses filles l'aimaient, mais elle comprenait aussi que, au fond, elles la tenaient pour responsable de l'absence de leur père. Elles ne la comprenaient pas, et elle-même ne savait pas toujours comment leur parler. Tout ce qu'elle disait était considéré comme une critique, un jugement. Au fil des années, elle avait appris à ne plus faire de commentaires.

Avait-elle dit quoi que ce soit quand Ingrid était rentrée à la maison et que, au lieu d'accepter le poste qu'on lui proposait à l'université, elle avait choisi de travailler à la bibliothèque locale ? Non ! Mentionnait-elle jamais sa déception d'avoir vu sa fille si intelligente dotée d'un doctorat passer ces dernières années à exposer du papier à la vapeur ? Jamais ! Avait-elle fait la moindre remarque lorsque Freya avait ouvert un

bar à New York sans licence de débit de boissons ?
Non ! Suggérait-elle jamais à sa cadette de s'habiller
de façon un peu moins provocante ? Jamais ! Ou que
son futur mariage était précipité ? Bien sûr, Freya et
Bran étaient faits pour être ensemble ; un simple regard
à leurs visages heureux lui disait tout ce qu'une mère
avait besoin de savoir. Cependant même si elle n'ap-
prouvait pas, Joanna avait conscience qu'il ne fallait
pas aborder ces sujets avec ses filles. Car une remarque
aussi simple que « On a peut-être mangé assez de coo-
kies ? » (après tout, les filles en avaient déjà dévoré
trois chacune !) lui valait un regard de reproche. Celui
qui signifiait « Maman n'y connaît rien ».

Elle serait alors exclue de leurs conversations comme
elle l'avait été le matin même. Pensaient-elles qu'elle
ne le remarquait pas ? Joanna était parfois jalouse de
leur lien de sœurs, tout comme elle avait été jalouse,
il y avait fort longtemps, de la relation sereine qu'elles
entretenaient avec leur père. Les filles. Elles pouvaient
vous poignarder d'un regard.

Elle savait que Tyler ne la regarderait jamais ainsi.
Tyler l'adorait, et c'était réciproque. Joanna payait
maintenant pour qu'il suive les cours d'une école
maternelle sophistiquée ouverte toute l'année et, si
ses parents le déposaient chacun leur tour le matin,
c'était Joanna qui allait le chercher chaque après-midi,
un goûter ou une surprise à la main. Après l'école,
ils se rendaient à la plage où Tyler passait le reste de
l'après-midi à courir après les oiseaux et à ramasser
des coquillages sous la surveillance de Joanna.

Il ne s'était rien passé d'étrange depuis les trois
oiseaux trouvés morts une semaine plus tôt, et Joanna
commençait à se détendre. Peut-être cette inquiétude

qui la harcelait dans un coin de sa tête n'était-elle que la conséquence indirecte de leur histoire. Peut-être voyait-elle des signes là où il n'y en avait pas. La vie à North Hampton ne changeait jamais ; elle s'en était assurée lorsqu'elle y avait emménagé.

Oh là là, la tourte avait brûlé. Elle avait oublié de mettre en route le minuteur et, à présent, elle était noire et fumante. Si elle avait été Freya, ce ne serait jamais arrivé, mais sa magie était d'un genre différent. Le visage de Tyler se décomposa, menaçant de fondre en une avalanche de larmes. Lala avait *promis* qu'on mangerait de la tourte avec de la glace.

— Je suis vraiment navrée, mon chéri, soupira Joanna.

— Tourte, dit Tyler obstinément. Tourte.

— On va devoir en faire une autre...

— Tourte.

Joanna posa les mains sur ses hanches. Elle avait surpris la conversation de ses filles ce matin-là. Freya avait préparé un philtre d'amour – des trois, Freya avait toujours été la plus courageuse étant donné sa nature impulsive et audacieuse. Mais s'il n'était rien arrivé à Freya, alors... eh bien... ne serait-il pas logique qu'elle puisse en faire autant ? Un simple mouvement du poignet, une petite incantation et tout rentrerait dans l'ordre dans le monde de Tyler. Cela ne nécessiterait pas beaucoup d'énergie, après tout, et, sincèrement, l'oracle était demeuré silencieux pendant tant d'années ; qui savait même si la Restriction s'appliquait à un acte aussi anodin ?... Les mains de Joanna se mirent à trembler. Elle *voulait* le faire. Elle allait le faire. Ce n'était qu'une tourte, après tout, se dit-elle. Ça faisait tout simplement partie du processus de cuisson. Faire cuire la tourte. Brûler la tourte. Remettre la tourte en état.

— Ne le dis à personne, murmura-t-elle.

La guérison et le renouveau étaient sa spécialité. Elle recouvrit la tourte brûlée d'un torchon, murmura quelques mots et, quand elle l'enleva, la croûte était d'un marron doré parfait.

Tyler écarquilla les yeux et se mit à sauter sur place.

— Tu es une sorcière ! s'écria-t-il, jubilant.

— Chuuuuuuuuuut !

Les yeux de Joanna brillaient mais elle jeta un coup d'œil autour d'elle, apeurée. Nul ne l'avait appelée ainsi depuis des siècles. Cela lui rappelait trop de souvenirs, pas que des bons.

— C'est vrai ? Tu es une sorcière ?

Joanna rit.

— Et quand bien même ?

L'espace d'un instant, le petit garçon parut avoir peur et eut un mouvement de recul, pensant probablement aux sorcières des contes de fées, d'affreuses mégères qui enfournaient les enfants et les cuisinaient en tourtes.

Joanna passa les bras autour de lui et, pour une fois, il la laissa le serrer, le calmer d'un bisou sur la nuque. Le petit garçon sentait la lotion pour bébé et le sucre.

— Non, mon chéri. Jamais je ne te ferais de mal. Tu n'as rien à craindre de moi.

CHAPITRE 8

À cheval donné…

— Excuse-moi, Ingrid ? Quelqu'un demande à te voir, murmura Hudson Rafferty en entrant dans le bureau.

L'employé subalterne de la bibliothèque haussa un sourcil pour lui faire comprendre qu'il ne s'agissait pas d'un simple client voulant lui demander les horaires de lectures organisées pour les tout-petits, ou s'il serait possible d'ignorer une amende (la réponse était toujours « non », alors pourquoi continuait-on de lui poser la question ? Ingrid ne le comprenait pas).

— Qui est-ce ? demanda-t-elle en ôtant les lunettes dont elle se servait pour lire les petits caractères sur les vues en élévation.

— Je ne sais pas, mais il est *plutôt* pas mal, précisa Hudson avec sa tendance à la litote habituelle.

Hudson aimait les pulls en V sans manches à losanges, les boutons de manchette gravés et les nœuds papillons, et il était dans sa septième année d'étude pour l'obtention d'un doctorat en langues romanes à Harvard. Sa famille était pratiquement propriétaire de toute la côte Est et, à vrai dire, il n'avait pas besoin d'un stage d'été à ranger des livres sur des étagères.

Les autres bibliothécaires le raillaient et disaient de lui qu'il était le stagiaire le plus vieux (il venait d'avoir trente ans) et le mieux habillé au monde : ses costumes à eux seuls valaient plus que la totalité de leurs garde-robes. Il était exigeant dans son travail et se déplaçait posément. On n'aurait pas pu l'imaginer courir, par exemple, ni se dépêcher pour quelque raison que ce soit, ni transpirer. C'était un dilettante inné avec une large étendue de connaissances sur de nombreux sujets allant des lettres aux arts, doublé d'un voyageur expérimenté qui avait parcouru le monde. C'était à lui qu'il fallait demander si l'on avait besoin de savoir, par exemple, le prix d'une lithographie de Ruscha, où trouver les meilleures tapas de Madrid, ou qui appeler si votre hôtel du Caire avait soudain « égaré » votre réservation prépayée. Il possédait des « combinards » et un réseau de connaissances partout dans le monde, et se trouvait être l'un des meilleurs amis d'Ingrid, car ils partageaient l'amour du théâtre, de l'opéra et de la musique classique.

— Excuse-moi, mes allergies sont terribles cette année, dit Hudson en s'essuyant le nez et en toussant. Eh bien, ne fais pas attendre ce gentleman. Quelqu'un d'autre pourrait te le voler.

Ingrid crut un moment qu'Hudson parlait de Matt Noble, et elle fut irritée que le policier soit revenu si vite. Il ne pouvait quand même pas avoir déjà fini ce pavé de mille pages ? Mais lorsqu'elle se rendit à l'accueil, l'homme qui l'attendait n'était pas Matt.

Killian Gardiner s'appuyait sur le bureau principal. Son tee-shirt gris était criblé de trous et son jean tombait bas sur ses hanches. Même par cette chaleur, il portait un blouson noir de moto. Il ressemblait à une star de cinéma, avec ses lunettes de soleil d'aviateur ornées d'or et sa barbe d'un jour. Non, pas une star de cinéma. Plutôt une idole. Il avait le genre de visage que l'on imaginait plaqué sur des posters dans la chambre d'une adolescente. Quand il l'aperçut, il enleva ses lunettes de soleil et lui fit une bise sur la joue.

— Salut, Killian, dit-elle, cherchant à insuffler un peu de chaleur dans sa voix.

Quelque chose chez le frère cadet Gardiner l'énervait. Ce n'était pas seulement sa beauté extraordinaire : par principe, Ingrid était sceptique et hostile envers les hommes beaux – elle les trouvait vains, sûrs d'eux et égoïstes. Blake Aland avait confirmé cette idée au cours de leur premier et unique rendez-vous. Elle préférait les types sans charme ; non pas que Matt Noble soit sans charme, loin de là, ce qui expliquait sans doute pourquoi il l'agaçait, parce qu'elle l'aimait bien malgré son physique agréable. Les hommes beaux considéraient l'adoration des femmes comme un dû, et Ingrid n'appréciait pas les gens qui présumaient trop.

Killian Gardiner était un paon vaniteux, clairement conscient de sa beauté, avec ses cheveux bruns qui lui tombaient sur les yeux, et son corps mince et musclé sous son tee-shirt usé et son jean dans un sale état. Elle devinait la forme en V des muscles sculptés de ses hanches dépasser au-dessus de sa ceinture. Quand ils s'étaient rencontrés à la fête, elle lui avait demandé ce qu'il faisait dans la vie, et il avait pris soin de rester vague. Plus tard, elle avait découvert que c'était parce qu'il ne faisait visiblement pas grand-chose. Elle avait entendu dire que Killian était du genre à fuir les responsabilités, qu'il se déplaçait au gré des saisons, qu'il avait été à la tête d'un bateau proposant de la plongée sous-marine au large de l'Australie, travaillé comme chef de coquerie sur un cargo en Alaska. D'autres rumeurs couraient : qu'il avait mis une fille enceinte, qu'il avait fait de la prison, que c'était un drogué. Que ce soit vrai ou faux, Ingrid savait qu'un homme aussi beau ne pouvait attirer que des ennuis, et elle était persuadée que rien de ce qu'elle pourrait apprendre à l'avenir ne lui démontrerait le contraire.

— Je croyais que tu avais déjà quitté la ville, dit-elle. (Killian n'avait-il pas eu l'air d'être préoccupé et de s'ennuyer à la fête ?) En quoi puis-je t'aider ?

— À vrai dire, c'est moi qui vais t'aider, rétorqua-t-il en s'emparant d'un très grand fourre-tout L. L. Bean et en le posant sur la table. (Dans le sac se trouvaient plusieurs plans de bâtiments roulés.) Je t'ai entendue les demander à Bran lors de sa fête de fiançailles, et je me suis dit que je te les déposerais ce matin.

— Oh… C'est trop gentil ! Je ne m'attendais pas à les obtenir si vite ! Bran m'a dit qu'il m'en reparlerait : il n'était pas sûr de savoir où ils étaient ni même s'ils existaient. C'est merveilleux !

Elle prit le sac, le manipulant avec déférence. La bibliothèque préparait une exposition de ses archives qui présenterait les plans architecturaux des plus grandes maisons de la ville. Étant la plus ancienne et la plus éminente du coin, Fair Haven était cruciale pour leur catalogue. Beaucoup de maisons intéressantes d'un point de vue architectural avaient des plans qui traînaient quelque part. Les précédents propriétaires les conservaient en parfait état pour les nouveaux : cela faisait partie d'une tradition, celle de transmettre un objet d'art précieux en même temps que le bien immobilier.

Ingrid joignit les mains et adressa un large sourire à Killian qu'elle considéra cette fois avec beaucoup plus de tendresse. Ce qu'il faisait de son temps ne la regardait pas, après tout. Il était libre de gâcher sa vie dans l'indolence et l'apathie.

— Ça va vraiment être super !

— Content d'avoir pu aider, répondit Killian. J'ai hâte de savoir ce que tu en penses. Fair Haven est une vieille maison vraiment très intéressante, elle recèle beaucoup d'histoires. Si tu as besoin de quoi que ce soit d'autre, n'hésite pas à m'appeler. (Il jeta un coup d'œil à la boîte aux lettres en bois qu'Ingrid conservait sur le bureau principal pour les « Dons à la bibliothèque. ») Qu'est-ce que c'est ?

Elle lui expliqua la situation : le déficit de la ville, l'avenir précaire de la bibliothèque entre les mains du conseil municipal.

Killian fronça les sourcils.

— Tu ne collecteras pas de fonds en gardant une boîte près de la porte. Tu devrais plutôt faire payer aux gens un service que tu es la seule à pouvoir fournir, Ingrid.

— Je ne suis pas sûre de voir de quoi tu veux parler, répondit-elle, légèrement déconcertée. Mais merci pour les plans.

Il est vraiment charmant, songea-t-elle, en profitant de son sourire à cent mille volts. Si attentionné, aussi : venir déposer les plans sans qu'on le lui ait demandé, et poser des questions sur la bibliothèque comme si son avenir lui importait vraiment.

— Tout le plaisir est pour moi, dit-il en lui faisant un geste de la main. On se voit au bal, samedi soir ?

L'œuvre de bienfaisance d'un hôpital organisait un

bal populaire pour récolter des fonds ce week-end-là. Au programme : meules de foin et quadrilles, un thème classique pour les fêtes d'été de North Hampton.

Ingrid secoua la tête. Freya aimait être présente sur la scène sociale, mais Ingrid préférait rester à la maison pour tricoter, lire ou écouter de vieilles chansons sur son tourne-disque. Si elle s'aventurait hors de chez elle, c'était généralement avec Hudson, pour des soirées entre nanas pour aller voir un célèbre Truffaut remis à l'affiche.

— Je n'y serai pas, mais je crois que Freya, si.

En entendant le nom de Freya, Killian dressa l'oreille.

— Ah oui ?

Ingrid confirma.

— Alors tu restes ? Pour l'été ?

— Je crois, oui. Je vais voir si je peux faire bouger les choses, par ici. (Il lui fit un clin d'œil.) Ne t'inquiète pas, je serai sage.

— Dans ce cas je suppose qu'on se croisera.

Elle lui adressa un signe de tête.

Killian lui dit au revoir et partit sur sa moto dans un vrombissement si puissant qu'il fit trembler les carreaux.

Quand elle retourna à la salle du fond, Hudson l'attendait les bras croisés.

— Alors ?

— Alors quoi ?

— Le beau jeune homme t'a-t-il invitée à dîner ? Ou avez-vous seulement échangé vos numéros de téléphone (à ce moment-là, Hudson mima des guillemets avec les doigts) pour un prochain « plan cul » ?

Ses lèvres dessinèrent un petit sourire satisfait. Hudson était parfois un trentenaire approchant les quatre-vingts ans à sa façon de faire semblant d'adopter le langage des « djeunes », comme il les appelait.

— Non ! (Ingrid fronça le nez.) Bien sûr que non ! Il venait simplement déposer les plans de Fair Haven. Tu sais, pour l'exposition, ajouta-t-elle en lui montrant le sac. Et de toute façon, il est bien trop jeune pour moi.

— Oh. (Hudson parut déçu.) Quel dommage[1]. Tu avais l'air si heureuse que j'ai cru un moment que tu avais un rendez-vous.

Il reporta son attention sur les fiches de la bibliothèque. Il avait la tâche ingrate de rentrer sur ordinateur toutes les informations archaïques du fichier papier. Après avoir résisté pendant des années, la bibliothèque passait enfin au numérique. Il se mit à taper, cherchant les lettres et enfonçant les touches d'un doigt délicat.

Ingrid secoua la tête. Elle vérifia le dessin dans l'étuve. Quand elle en aurait fini avec celui-ci, elle commencerait à y passer les plans des Gardiner. L'exposition était prévue pour fin août et faisait partie du gala de la bibliothèque qui clôturait généralement la belle saison. Le dîner de collecte de fonds serait le dernier événement lié à la bibliothèque, et toutes les recettes aideraient à compenser les frais de déménagement, si on en arrivait là.

Caitlin Parker, qui occupait le bureau voisin de celui d'Hudson, fit semblant de ne pas entendre leur conversation. Contrairement aux autres, Caitlin n'avait pas d'affinité particulière avec les livres ni l'architec-

---

1. En français dans le texte.

ture et était arrivée là presque par accident. Elle était assez agréable et aimable, et ne participait jamais aux commérages sur quiconque. Jolie et douce, comme un professeur de jardin d'enfants. Ingrid aurait voulu apprécier Caitlin, il n'y avait rien chez elle qu'on ne pouvait apprécier, mais elle la trouvait ennuyeuse et insipide. Honnêtement, cette fille était presque trop gentille ; elle laissait toujours les clients sortir les livres rares qui n'étaient pas autorisés à quitter le bâtiment, et elle ne percevait jamais, jamais les amendes de retard. Cela rendait Ingrid folle.

Les trois bibliothécaires travaillèrent en silence un moment, jusqu'à ce qu'Hudson prenne la parole.

— Alors, tu l'as vue aujourd'hui ?

— Qui ? demanda Ingrid.

— Janis Joplin.

— De quoi parles-tu ?

Juste à ce moment-là, Tabitha entra. Ses cheveux étaient détachés. Elle portait un long tee-shirt, une jupe qui balayait le sol, et une sorte de cardigan à plis semblable à un cafetan. Son aspect global n'était pas sans faire penser aux hippies des années soixante-dix sur la plage.

Hudson se mit à fredonner « Summertime » tout bas.

— Qu'est-ce qu'il y a de si drôle ? demanda Caitlin en levant la tête de son ordinateur alors qu'Hudson étouffait un gloussement et qu'Ingrid arborait un large sourire. Je ne comprends pas.

— Ça me fait bizarre, admit Tabitha, l'air emprunté, comme elle s'asseyait à sa place près de la porte.

— Non, tu es superbe. Vraiment, lui lança Ingrid.

Elle n'avait pas besoin d'un pentagramme pour voir qu'il n'y avait plus trace de la menace argentée autour de Tabitha ; son amie respirait la santé et le bonheur. Défaire tous ses nœuds avait fonctionné. Elle voyait déjà la magie évoluer dans son corps, tisser une lueur invisible autour d'elle, ouvrant ses chakras, laissant entrer l'air, libérant son esprit, préparant son corps et son âme à créer une nouvelle vie et la faire venir au monde. Elle serait enceinte avant le milieu de semaine.

CHAPITRE 9

Love the one you're with[1]

Bran était de retour de son voyage à l'étranger et arriverait à North Hampton pour dix heures ce soir-là. Freya demanda à Kristy Hannagan, une serveuse que Sal avait embauchée pour l'été afin d'aider l'équipe, de travailler à sa place ; sinon elle devrait rester jusqu'à la fermeture, comme d'habitude. La famille de Kristy travaillait sur le littoral depuis des générations, son père et ses frères sur les chalutiers, à pêcher le homard, tandis que son petit-ami pêchait le thon ventru que l'on vendait à la criée à des marchands japonais. C'était une fille au regard dur, à la langue acérée et au sourire facile, et elle était bien vite devenue une des plus proches amies de Freya.

— Ça ne t'embête pas, dis, Kris ? demanda Freya.

Kristy secoua la tête et lui adressa un large sourire.

— Pas du tout. Si j'avais un homme comme le tien, moi aussi je prendrais ma soirée. Allez, va. (Kristy était deux fois divorcée et avait quatre enfants de moins de cinq ans. Elle comparait souvent son travail

_____

1. Chanson de Stephen Stills qui signifie « Aime celui avec qui tu es ».

de serveuse au fait de gérer un groupe de tout-petits querelleurs.) Je m'occupe de tout.

— À charge de revanche, promit Freya en tapotant affectueusement la hanche de Kristy et prenant la direction des toilettes pour se rafraîchir un peu.

Bran entrerait dans le bar d'un instant à l'autre. Freya s'aspergea le visage d'eau, s'efforçant de frotter assez fort pour en effacer la culpabilité. Elle appréhendait de le revoir mais elle ne pouvait plus retarder leurs retrouvailles. C'était la première fois qu'ils allaient se revoir depuis leur fête de fiançailles. (Et, bon sang, comme elle avait fait la fête ! se dit-elle, pensant à Killian et se réprimandant une fois de plus.)

Il l'attendait quand elle retourna au bar, assis sur son tabouret habituel, un journal ouvert devant lui, son apparence soignée et virile dans un costume noir et une cravate rouge.

— Te voilà, dit-il en l'attirant près de lui et en la serrant à la taille. Rappelle-moi de ne plus jamais te quitter, ajouta-t-il en baissant la tête pour la passer sous le menton de Freya.

Elle rit et le serra à son tour.

— Pardonne-moi de t'avoir fait patienter, mais Sal ne se sent pas très bien et j'ai dû attendre que la babysitter de Kristy arrive.

La vue de Bran suscitait en elle les mêmes sentiments qu'avant, le même amour chaleureux et solide qui l'avait attirée vers lui au départ, et ce constat la rassura. Il était toujours là. C'était bien lui qu'elle avait attendu, toutes ces années. Elle nicha sa tête dans son cou et se pressa contre lui, appréciant qu'aussitôt les battements du cœur de son bien-aimé accélèrent. Cela faisait longtemps qu'elle ne s'était pas sentie aussi bien.

— Pauvre Sal. C'est grave ? demanda-t-il, inquiet, tapotant la bague en or portant les armoiries familiales.

— Ça ira. Il est têtu et refuse de prendre ses médicaments contre les allergies.

Même s'il n'était arrivé que récemment en ville, Freya prenait comme un bon présage que Sal lui ait donné son approbation quand ils lui avaient annoncé leurs fiançailles. Pas seulement parce que Bran était le seul à prétendre aimer l'alcool de contrebande fait maison de Sal, même si c'était sans doute un bon point. « Ce garçon est quelqu'un de discret, lui avait un jour dit Sal. Il faut du temps pour le connaître vraiment. Ça me plaît. Il n'est pas une de ces andouilles volubiles qui n'arrêtent pas de parler pour ne rien dire. »

— Comment s'est passée ta réunion ? As-tu donné tout ton argent ? le taquina-t-elle.

Son objectif, avait-il expliqué à Freya, était de donner son héritage à ceux qui en avaient plus besoin que lui.

— Presque. (Il rit.) J'y travaille.

— Je suppose que nous ne sommes pas Elizabeth et M. Darcy : les nombreux équipages et Pemberley ne feront pas partie de notre avenir.

Elle soupira de façon théâtrale, et la main de Bran autour de sa taille descendit un peu sous son jean, frottant sa peau, marquant son territoire, montrant au monde qu'elle lui appartenait. Il n'était plus si timide que ça, apparemment.

— J'espère que tu n'es pas trop déçue, dit Bran avec un grand sourire car il connaissait déjà la réponse.

Qu'est-ce que c'est que ça ? demanda-t-il en s'emparant d'un des nouveaux menus de cocktails plastifiés.

— Oh, ce n'est rien, répondit-elle en haussant les épaules, même si elle en était fière.

Après son succès auprès des Bauman, elle s'était enhardie et avait élargi son champ d'action. Son nouveau menu de cocktails au North Inn avait connu un succès immédiat, et il n'était pas difficile de comprendre pourquoi. *Philtres d'amour*, annonçait-il en grosses lettres roses, *dix-sept dollars le cocktail*. Sal avait seulement précisé que, si elle comptait se servir d'excellents alcools et d'ingrédients frais, elle devrait les faire payer. Et la carte était ainsi composée :

Obsession : Un mélange d'eau de rose à l'hibiscus et de gin anglais. Il vous fera tourner la tête pour la soirée et vous inspirera une immense affection.

Irrésistible : Vodka, purée de cerises, poudre de quenouille et jus de citron vert. Attention, ce cocktail n'est pas pour les timides. Préparez-vous à perdre vos inhibitions.

Sans Retour : Liqueur Saint-Germain, lavande au miel et *prosecco*. Cessez de vous languir et commencez à aimer ! Vos désirs les plus chers seront comblés, nous vous le garantissons.

Pour toujours : Deux verres du meilleur champagne français, saupoudré de pétales de marguerite réduits en poudre. Pour raviver la passion.

— C'est juste un petit quelque chose que j'ai préparé pour Sal, expliqua-t-elle, espérant qu'il ne lui poserait pas trop de questions.

— C'est sympa, commenta-t-il en le reposant sur le bar. Tout ce que tu touches se transforme en or. (Seul Bran pouvait dire ce genre de chose sans que les mots fassent trop sentimental.) Au fait, j'espère que la fête ne t'a pas trop fait peur. (Son front se plissa.) Tu t'es bien amusée ?

— C'était magnifique. On ne me fait pas facilement peur, ne t'inquiète pas.

Elle sentit un léger frisson d'anxiété la parcourir et regretta qu'il ait mentionné la fête, car immédiatement une image de Killian et elle, tous deux unis dans une étreinte passionnée, lui vint à l'esprit. Elle se détourna de Bran un moment, ses cheveux d'or dissimulant son visage soudain rouge.

— Qu'as-tu pensé de mon bon à rien de frère ? interrogea-t-il, son sourire s'estompant quelque peu.

— Il est sympa, répondit prudemment Freya, espérant changer de sujet.

Heureusement, Bran ne sembla pas remarquer que quelque chose ne tournait pas rond. Ils quittèrent le bar et se dirigèrent vers sa voiture, main dans la main, tous deux heureux d'être ensemble.

Ils empruntèrent le pont menant à l'île des Gardiner, et Freya s'émerveilla à nouveau de la beauté de Fair Haven et de ses terres. Elle savait que Bran avait supervisé les modifications architecturales et qu'il avait préservé la majorité de la végétation qui poussait naturellement sur l'île pour ne perturber ni la faune ni la flore. Il rentra la voiture dans le garage et se tourna vers elle tout en coupant le moteur.

— Écoute, je sais que tout s'est passé si vite… Si tu veux qu'on modifie nos projets, si tu changes d'avis… Je comprendrais. Je peux t'attendre. Tout ce que je veux, c'est que tu sois heureuse. (Puis il la regarda de ses doux yeux bruns, et elle sentit son amour pour lui grandir encore. De près, elle distinguait quelques rides autour des yeux de Bran, mais elles lui donnaient un air distingué.) Je veux que tu sois sûre de ton choix.

— Chéri. (Elle soupira.) Je ne suis sûre de rien, si ce n'est de t'avoir choisi, toi.

Elle l'attira vers elle pour l'embrasser, et comprit à ce moment-là pourquoi elle avait accepté de l'épouser alors qu'elle le connaissait depuis moins d'un mois. De tous les hommes qu'elle avait rencontrés au cours de sa vie d'immortelle, il était le seul avec lequel elle se sentait en sécurité. Elle qui distribuait son amour ne se sentait aimée qu'entourée de ses bras forts.

Fair Haven était enseveli sous la brume et plongé dans l'obscurité, pourtant Bran choisit de ne pas allumer la lumière.

— Chut…, dit-il, ne réveillons pas Mme Grobadan.

— Tu as raison ! chuchota Freya.

Mme Grobadan était peut-être la belle-mère des garçons, mais elle les avait pratiquement élevés et demeurait une forte présence dans la vie de Bran. Freya en avait à moitié peur et l'avait laissée gérer la fête de fiançailles et prendre toutes les décisions, donnant docilement son accord à ses exigences impérieuses. Madame aimait les garçons comme s'ils étaient les siens et, avec sa posture intimidante et son attitude dédaigneuse, elle était par certains aspects plus effrayante qu'une vraie belle-mère.

Si c'était possible, la maison paraissait plus impressionnante encore que pendant la fête de fiançailles, avec ses grands espaces vides. Le piano à queue luisait au clair de lune, et Bran ouvrit les portes-fenêtres pour entendre le murmure de l'océan. La maison était si vaste, la grand-salle aurait pu contenir une armée entière, et l'aile résidentielle posséder un code postal à elle seule. Freya se dirigea vers le chariot qui faisait office de bar et prépara un Martini à Bran – extra-dry. Les olives en bocal paraissaient quelque peu chétives, mais Freya les tapota d'un doigt et elles devinrent rondes et juteuses. Puis elle les lui offrit à manger une à une et il but son verre d'une traite.

Bran posa le verre de côté, puis s'affala dans l'un des spacieux fauteuils clubs disposés près de la cheminée ; il desserra sa cravate, sa façon à lui de lui faire comprendre qu'il voulait qu'elle s'assoie sur ses genoux. Il s'était montré si peu sûr de lui et hésitant au début, comme s'il n'osait pas tout à fait croire qu'elle accepterait de se plier à ses désirs. Sa douceur virile était si attendrissante qu'elle s'installa bien vite à cheval sur lui, de sorte que ses longs cheveux épais et bouclés lui caressaient le visage. Il l'attira vers lui avec avidité, et bientôt ses mains firent glisser sa robe par-dessus sa tête ; elle détacha sa ceinture et l'aida à ôter son pantalon.

— Mais, et si... ? demanda-t-elle. Ne devrions-nous pas aller dans ta chambre ?

— Ils sont à des kilomètres de nous, et ils dorment... Nous ne ferons pas de bruit, murmura-t-il.

Au clair de lune, son corps était aussi parfait que celui d'une statue ; quand elle se laissa descendre vers lui, elle eut le souffle coupé par un afflux d'émotions, d'être ainsi pénétrée et prise. Ils se mouvaient doucement ensemble, de sorte qu'à chaque mouvement de bassin elle avait l'impression qu'il la pénétrait à nouveau. Il gémit, le visage tendu par le désir, tandis qu'il la soulevait et qu'ils ne faisaient toujours qu'un ; puis ils roulèrent au sol et il la retourna pour qu'elle soit à genoux, dos à lui, la tête dans les mains, frissonnant à sa façon de la tenir par la taille, de s'enfoncer en elle, ses mains fortes la déplaçant dans tous les sens, une fois sur le dos, puis sur le ventre, puis sur lui, maîtrisant sa force et la gardant haletante. Il avait toujours le contrôle, et elle n'avait sans doute jamais connu quelqu'un qui la fasse se sentir aussi...

Non, ce n'était pas tout à fait vrai, n'est-ce pas ?

Il y avait quelqu'un d'autre qui...

Elle chassa l'image de sa tête... mais elle était là.

Killian, ses mains fermes et précises sous sa jupe, tandis qu'elle descendait la fermeture Éclair de son jean...

Ce souvenir n'avait pas sa place ici... surtout pas maintenant... Pourquoi pensait-elle à lui ? Elle ne le voulait pas. Elle ne voulait plus penser à lui du tout, et certainement pas en ce moment précis. Cependant elle ne pouvait s'empêcher de se souvenir. La façon dont elle s'était mise à genoux, dont elle l'avait pris dans sa bouche, l'avait goûté ; Killian s'était pressé contre elle et elle avait cru exploser de désir...

Non... stop... par pitié... Il *fallait* qu'elle cesse d'y penser... qu'elle cesse d'en rêver... qu'elle cesse de penser à lui.

Puis elle chevauchait Bran à nouveau, les mains de son homme sur ses seins, et ses mains à elle sur les siennes, qui malaxaient et pinçaient. Ils serrèrent les poings et elle appuya ses hanches contre les siennes avec force, maintenant un rythme effréné... Elle s'efforça de chasser l'image de Killian, se concentrant sur le beau visage de Bran, sur son corps, son désir...

Contre sa volonté, l'autre visage lui revint à l'esprit.

Elle n'y pouvait rien : c'était mal, ce qu'elle avait

fait l'autre soir à sa propre fête de fiançailles – tous deux contre le mur des toilettes exiguës, ses jambes autour de la taille de Killian tandis qu'il s'enfonçait profondément en elle –, combiné à ce qu'elle était en train de faire… Elle gémit et se perdit dans la sensation malsaine d'être avec un homme tout en pensant à un autre. Elle se mordit la lèvre et perdit le contrôle de son corps secoué de spasmes…

Au même moment, sous elle, Bran poussa un rugissement rauque (au temps pour la discrétion !) et se pressa violemment contre elle encore et encore, et encore, jusqu'à ce qu'il frémisse, s'immobilise, et qu'ils s'effondrent l'un sur l'autre. Freya ressentit la souffrance du manque tandis qu'il se retirait d'elle tout doucement.

Bran l'embrassa sur la joue, geste doux de gratitude, comme s'il n'arrivait pas à croire en la chance extraordinaire qu'il avait. Freya sourit en sentant ses lèvres sur sa peau, tremblant tout entière. Quand elle ouvrit les yeux, elle aperçut une silhouette bouger dans l'ombre du couloir.

Ils n'étaient pas seuls.

Quelqu'un les avait observés, un homme aux cheveux bruns et aux yeux bleu vert brillants qui l'avait prise uniquement dans sa tête.

Lorsqu'elle regarda de nouveau, Killian avait disparu.

CHAPITRE 10

Affaires de sorcières

Comme Ingrid l'avait prédit, Tabitha fut bientôt enceinte. Il ne fallut qu'une semaine pour que la nouvelle fasse le tour de la ville, et seulement quelques jours avant que certaines femmes ne décident qu'elles aussi souhaitaient consulter la bibliothécaire locale pour leurs problèmes. Un beau lundi matin de juin, la future maman rayonnante régalait de son histoire un nouveau groupe de femmes assemblées autour du bureau principal. Elles l'avaient déjà entendue, mais cela n'empêchait pas Tabitha de la raconter de nouveau, et son public était ravi de l'entendre une fois de plus en attendant son tour pour consulter Ingrid.

— Les docteurs disent que c'est un miracle médical ! Parce que nous avions eu les résultats de nos examens, vous savez, et ils étaient *mauvais*. Ils m'ont dit qu'il était pratiquement impossible que je tombe enceinte, mais c'est arrivé ! Tout ça grâce à Ingrid ! Avez-vous appris ce qu'elle a fait pour Stéphanie Curran ? Elle l'a guérie de cette urticaire dont elle n'arrivait pas à se débarrasser ! Je vous jure, cette femme fait des miracles ! Enfin, ce ne sont pas des miracles, mais c'est peut-être une espèce de sorcière !

— Une sorcière ? répéta Mona Boyard, un peu choquée.

— Une sorcière ? Je vous en prie, interrompit Hudson, une main sur la hanche. Nous sommes à North Hampton. Nous préférons parler d'« experte en soins spéciaux ». Vous savez, comme une diseuse de bonne aventure ou un médium, ajouta-t-il gaiement.

Nul ne savait exactement comment Ingrid aidait les gens, seulement que cela fonctionnait sans explication médicale ou scientifique évidente. Ce devait donc être une sorte de… magie ? Mais qui croyait à la magie de nos jours ? Les femmes de North Hampton se moquaient du nom que l'on donnait à ses actes, elles s'inquiétaient seulement d'en profiter personnellement si cela fonctionnait.

Au début, Ingrid n'avait pas voulu s'attribuer le mérite de la grossesse de Tabitha, ni offrir davantage d'aide ou de services, mais il lui fut bientôt difficile de refuser. Étant donné qu'aucun éclair n'avait déchiré le ciel après qu'elle eut jeté à Tabitha le charme de fertilité, il lui paraissait juste d'aider ceux qui le lui demandaient. Peut-être Freya avait-elle raison, peut-être qu'après si longtemps, le Conseil les avait oubliées, peut-être ne se passerait-il rien, cette fois. Ingrid était prête à courir le risque. Elle ne pouvait pas le nier : pratiquer la magie à nouveau n'était pas seulement agréable, cela la stimulait. Sa vie avait retrouvé un sens. Elle avait gâché tant de temps et d'efforts à nier ses talents innés, s'oubliant dans de petites tâches sans fin et prenant un emploi à la bibliothèque : un travail qu'elle appréciait, bien sûr, mais quand même. Voilà ce pour quoi elle était sur terre. Au diable la Restriction. Après tant d'années, elles avaient sans doute obtenu une dérogation. Peut-être le Conseil ne le remarquerait-il même pas. En outre, les citoyens de North Hampton étaient éclairés, ni apeurés ni superstitieux. Ils étaient curieux et sceptiques, mais prêts à tenter de nouvelles expériences.

Elle fut surprise de trouver une quantité inhabituelle de malchance dans les récits de chaque personne qui venait quérir son aide. Certains problèmes, bien que mineurs, n'avaient pas pu être réglés avec les méthodes traditionnelles : d'étranges douleurs qu'aucune dose de médicament ne pouvait guérir ; des cécités passagères, de singuliers maux de tête, des cauchemars fréquents. Plusieurs femmes bien plus jeunes que Tabitha avaient également eu du mal à concevoir un enfant, leur énergie bloquée par la même masse argentée qu'elle avait décelée pour la première fois chez sa collègue. Ingrid travaillait dur, dessinant des pentagrammes, allumant de fines bougies, donnant quelques petits nœuds, jetant un charme ou un sort, ou les deux. Elle acceptait de recevoir ses clients, comme Hudson les appelait, seulement pendant sa pause-déjeuner. Après tout, elle avait une exposition à préparer et des documents à exposer à la vapeur. En compensation, Ingrid leur demandait de donner ce qu'ils pouvaient se permettre au fonds pour la bibliothèque, collectant ainsi de l'argent. Peut-être parviendrait-elle à combler le trou du budget, et leur maire ambitieux abandonnerait-il l'idée de vendre la bibliothèque ?

Sa dernière cliente fut Emily Foster, une femme séduisante proche de la quarantaine. Emily était une artiste estimée en ville, connue pour ses peintures murales géantes représentant des paysages marins et des chevaux. Elle vivait avec son mari, Lionel Horning, un artiste lui aussi, dans une ferme en marge de North Hampton où ils élevaient des animaux. Ils approvisionnaient les Beauchamp en œufs frais et en lait sans jamais les faire payer, puisque Joanna leur déposait régulièrement des légumes de son jardin.

— En quoi puis-je t'aider ? demanda Ingrid.

— C'est une requête si étrange, répondit Emily en se mouchant. Mais j'ai besoin de quelque chose pour… je ne sais pas… c'est si bête…

— Je ne juge personne, Em, lui promit Ingrid.

— C'est juste que… je n'arrive pas à me concentrer, ces derniers temps. Je n'avais jamais eu ce genre de problème… être bloquée, tu sais ? Mais on dirait que je ne peux même plus peindre. C'est vraiment étrange. Je veux dire, bien sûr, une fois de temps en temps, on reste coincé, mais voilà maintenant deux semaines que je n'arrive pas à me concentrer. Mon esprit semble tout simplement… vide, comme si je n'arrivais à rien voir, ni formes ni rien… juste de la grisaille. (Elle laissa échapper un rire nerveux.) Es-tu capable de guérir le blocage de l'artiste ?

— Je peux essayer.

— Merci. (Les yeux d'Emily se remplirent de larmes.) J'ai une exposition dans quelques mois. J'apprécierais beaucoup ton aide.

Ingrid plaça Emily dans un pentagramme, alluma une bougie et jaugea son énergie. Oui, elle était bien là, la même masse argentée, au beau milieu de son torse. Ingrid était maintenant experte pour l'extirper d'un coup sec. Elle comprit que la masse ne bloquait pas seulement la création de la vie, mais le processus de création lui-même. Elle se dit qu'elle ferait peut-être bien d'en parler à Joanna quand l'occasion se présenterait. Il y avait trop de cas ces derniers temps pour que ce soit un hasard. Il se passait quelque chose d'étrange.

Plus tard dans l'après-midi, Ingrid reprit son vrai travail et entreprit de préparer les plans des Gardiner pour l'exposition. Debout devant la table de conférence, elle déroula lentement le lourd ensemble de planches. Les feuilles étaient larges, presque autant que la table, et le papier jauni et fragile. Ingrid feuilleta les planches en professionnelle pour trouver le plan de masse. Elle commençait toujours par là. Une liasse de plans, c'est un peu comme un roman, un texte préparé pour le constructeur, une histoire écrite par l'architecte relatant comment on doit construire la maison. Le plan de masse était comme une introduction au roman.

Il présentait des lignes ondulées concentriques encerclant un point central, une forme massive dessinée au crayon noir qui représentait Fair Haven. Elle se pencha pour examiner de plus près les grosses lignes tracées au crayon. Chaque liasse de plans usait de ses propres repères comme d'une langue à part : des symboles et des marques qui renvoyaient à des dessins spécifiques pour chaque partie de la maison. Une liasse de plans fleurissait de l'extérieur vers l'intérieur, du plan de masse vers le plan du rez-de-chaussée pour passer à des vues en élévation spécifiques et aux détails.

Tandis qu'elle feuilletait les dessins, une image de la maison commença à prendre forme dans sa tête. Elle étudia le repère du plan du rez-de-chaussée, puis passa à la vue en élévation de la salle de bal principale, et retourna au dessin précédent pour s'assurer qu'elle l'avait lu correctement. C'était étrange. Le repère de la vue en élévation n'était pas le même que celui inscrit sur le plan de masse. La plupart des repères architecturaux étaient constitués de chiffres et de lettres comme « A 2.1/1 » à l'intérieur d'un petit cercle, mais celui-ci était décoré avec minutie de dessins sinueux.

Ingrid tira une chaise à elle pour s'asseoir et examiner de plus près le tout petit cartouche. Il y avait quelque chose d'intrigant dans ces dessins denses. Les lignes tourbillonnantes semblaient florales, suggérant les arabesques de l'Art nouveau et, comme elle continuait de les fixer, les formes se mirent à ressembler à des lettres ; mais s'il s'agissait bien de lettres, elles venaient d'une langue qu'elle ne comprenait pas et qu'elle n'avait jamais vue. Ce n'était pas des hiéroglyphes égyptiens ni aucune langue morte avec laquelle elle s'était familiarisée au cours de ses nombreuses années passées sur Terre.

Elle étudia d'autres dessins et trouva plusieurs références avec une décoration similaire, pas seulement des pièces et des murs, mais des installations fixes et des finitions, chacune arborant l'écriture élaborée, et chacune différente des autres. Elle n'avait jamais rien vu de tel sur aucune liasse de plans. Les repères architecturaux standards lui étaient familiers, et elle était certaine que quoi qui puisse être écrit autour des repères ne l'avait pas été à l'intention d'un maître d'œuvre ni d'un entrepreneur. Les repères dessinés étaient prévus pour faire passer le lecteur d'un dessin à un autre ; ceux-là, en revanche, avaient une autre fonction cachée, qui n'avait rien à voir avec l'architecture ni la construction d'une maison.

Ingrid sortit son téléphone de sa poche, zooma sur l'un des étranges repères, et prit une photo. Elle la mit en pièce jointe d'un e-mail. Même si elle ne savait pas lire cette langue, elle connaissait quelqu'un qui en serait peut-être capable, pensa-t-elle en songeant aux lettres qu'elle conservait toujours dans sa poche.

pas lire cette langue, elle comprenait quelque que qu'en
serait peut-être capable, pense-t-elle en longeant aux
lettres qu'elle contenait toujours dans sa poche.

CHAPITRE 11

Son rayon de soleil

Voilà donc ce que l'on ressentait quand on était grand-mère. Joanna n'avait jamais connu cela. Pas avec ses célibataires de filles, qui avaient choisi de vivre seules pendant des siècles. Peut-être était-ce pour le mieux : la création de tous ces demi-dieux n'avait pas eu que de bonnes conséquences chez les Grecs. Quel bazar ! Peut-être Freya changerait-elle d'avis quand Bran et elle seraient mariés, mais Ingrid était probablement une cause perdue.

Aucun doute là-dessus, le petit Tyler Alvarez avait ravi son cœur. Après l'incident de la tourte aux mûres, Joanna, comme ses filles, était devenue de plus en plus audacieuse dans sa pratique de la magie. Elle prenait grand plaisir à le surprendre. Elle donnait vie à ses soldats de plomb, et ils passaient des heures à envoyer leurs troupes à la guerre. Avec Joanna dans la salle de jeu, les ours en peluche parlaient et les marionnettes dansaient sans fil. Elle était nourrice et prestidigitateur, la meilleure camarade de jeu qui soit. Elle lui montra même le griffon domestique d'Ingrid.

— Voici Oscar, lui dit-elle. Personne en dehors de

la famille n'a le droit de le voir. Mais je voulais te le présenter.

Oscar blottit son bec dans la main de Tyler et cingla fièrement l'air de sa queue de lion quand Tyler lui donna à manger son casse-croûte préféré, des Doritos au fromage.

— C'est notre secret, précisa-t-elle.

Fidèle à sa promesse, le garçon de quatre ans n'avait jamais rien dit à ses parents de ce que Joanna était capable de faire. En outre, donner un semblant de vie à quelques objets inanimés était pour elle un jeu d'enfant. Il ne fallait pas grand-chose pour divertir un tout-petit.

Cet après-midi-là, elle s'attaqua au jardin. Elle gardait toujours un potager bien entretenu derrière la maison. Quelque chose de petit, même si, bien sûr, avec ses talents pour faire pousser les plantes, elle avait les légumes les plus gros et les plus juteux des Hamptons. Elle cultivait du maïs et des courgettes, des concombres et des choux, et des tomates cœur-de-bœuf aussi grosses que des ballons de basket. Joanna désherbait le petit coin de potager quand son téléphone portable sonna. Elle jeta un coup d'œil au numéro qui s'affichait et son cœur se mit à battre à tout rompre quand elle vit qu'il s'agissait de l'école maternelle Sunshine. L'école n'avait pas pour habitude d'appeler pendant la journée, ce qui ne pouvait vouloir dire qu'une chose : il y avait un souci avec Tyler. Ses mains se mirent à trembler alors qu'elle répondait.

— Joanna ? demanda la voix calme de la directrice.

Marie May avait fondé l'école trente ans plus tôt et, dans une petite ville comme North Hampton où tout le monde se connaissait, les deux femmes devisaient souvent quand elles se croisaient par hasard à l'épicerie, la station essence ou l'étal de fruits.

— Marie, qu'est-ce qui ne va pas ?

Si quelque chose était arrivé à Tyler, la directrice ne se serait pas montrée si calme, songea-t-elle. S'il s'était cogné la tête ou s'était gravement blessé, Marie aurait eu l'air un peu plus paniquée, non ? Joanna regretta de ne pas posséder le talent d'Ingrid pour voir l'avenir. Que se passait-il ? Pourquoi l'école l'appelait-elle à cette heure-ci ? Gracella avait déposé le garçon à neuf heures et Joanna devait aller le chercher à quatorze heures. Elle allait lui montrer comment faire des bulles de savon indestructibles aujourd'hui, à l'aide d'un sort de fortification.

— Joanna, je ne veux pas te faire paniquer, mais quelque chose ne va pas chez Tyler. Il n'est pas tombé et ne s'est pas fait mal, mais il n'arrête pas de pleurer. Nous avons tout essayé pour le calmer, et j'ai cherché à joindre ses parents, mais aucun des deux ne répond au téléphone. Tu étais toi aussi inscrite comme numéro d'urgence. Est-ce que ça t'embêterait… ?

— Juste ciel ! Bien sûr ! Hector et Gracella sont dans le New Jersey pour aider le frère d'Hector à déménager. Ils m'ont confié l'enfant. J'arrive tout de suite.

Le cœur de Joanna battait si vite et ses jambes tremblaient tant qu'il lui fallut un moment avant de prendre conscience qu'elle volait. Elle avait sorti par magie un balai de son râtelier sans s'en rendre compte et s'était envolée dans le ciel, toujours vêtue de son bob et chaussée de ses sabots de jardinage. Elle monta en chandelle bien au-dessus des grands arbres et des maisons à pignons, prenant soin de se dissimuler derrière un voile de nuages pour échapper aux yeux des curieux sur terre. Ça, ça allait vraiment à l'encontre des règles, mais elle n'en avait rien à faire ; elle l'avait fait instinctivement. À présent qu'elle avait renoué avec la pratique de la magie, il lui semblait qu'elle ne l'avait jamais quittée. Pourquoi Tyler n'arrêtait-il pas de pleurer ? Qu'est-ce qui n'allait pas ? Marie avait été assez prévenante pour s'efforcer de masquer ses craintes, mais Joanna avait senti une pointe d'inquiétude dans sa voix.

Tyler ne pleurait jamais. C'était l'enfant le plus gai que Joanna ait jamais connu, joyeux à l'ancienne, ses yeux brillant sur son adorable visage de lilliputien. Bien sûr, il était loin d'être parfait ; comme beaucoup d'enfants de quatre ans, il piquait à l'occasion une terrible crise de colère, surtout si l'on essayait de lui faire manger quelque chose qui ne faisait pas partie de ses quatre groupes d'aliments préférés. Il ne mangeait que des pommes, du thon, des biscuits salés en forme de poisson rouge et des desserts. Il reniflait le pain que sa mère confectionnait pour ses sandwichs pour s'assurer que c'était le bon, car autrement il ne les mangerait pas. Joanna sentait déjà son cœur se serrer à l'idée qu'il lui soit arrivé quelque chose.

L'école maternelle Sunshine était constituée de deux petites maisons basses entourées d'une barrière métallique au bord de la plage. Chaque fois que Joanna venait chercher Tyler, il tenait toujours à la main un objet d'art qu'il avait confectionné – des macaronis collés à une assiette en carton ou une nouvelle création en rouleaux de papier toilette – et on leur envoyait une lettre d'information hebdomadaire enjouée avec des pièces jointes : des photos ou des vidéos des enfants dans le bac à sable. L'école était propre, sûre et joyeuse, et Tyler aimait y aller. Joanna avait oublié le code du portail sécurisé et l'ouvrit sur-le-champ d'un mouvement de main. Elle n'avait pas le temps : elle voulait voir le garçon tout de suite. Elle se répétait de ne pas paniquer alors même que, dans sa tête, des scénarios apocalyptiques effrayants se bousculaient. Tant de maladies pouvaient affecter les enfants de nos jours, une foule de grippes incurables et de maux mystérieux qui s'attaquaient au système immunitaire en développement. Tout en courant, elle se mit à imaginer le pire : la grippe porcine, la méningite, une infection à staphylocoque. Marie se trouvait dans son bureau et se leva dès qu'elle vit Joanna.

— Il va bien : il pleure toujours. Je m'en veux de t'avoir alarmée, mais j'ai pensé qu'il valait mieux appeler…, dit-elle.

À ce moment-là, l'un des professeurs, une douce et forte Jamaïquaine, la préférée de Tyler, entra dans le bureau, le garçon gémissant dans les bras. Son visage était tout rouge et il sanglotait, de grosses larmes roulant le long de ses joues rebondies. Il montra son oreille droite du doigt et se mit à hurler.

— Je suis navrée, nous avons tout essayé, s'excusa le professeur. Quelques enfants ont contracté un méchant virus qui les a empêchés de venir à l'école ces deux derniers jours. Tyler l'a probablement attrapé.

— C'est sans doute une otite, c'est très douloureux, ajouta Marie, d'un air connaisseur. Nous avons pensé qu'il était un peu prématuré d'appeler une ambulance puisqu'il ne vomissait pas et qu'il n'avait pas de fièvre, mais peut-être vaudrait-il mieux le conduire chez le pédiatre.

— Bien sûr, bien sûr, acquiesça Joanna, prenant le garçon en pleurs dans ses bras et l'embrassant sur ses joues humides. Tylerino, dit-elle doucement, tout ira bien mon bébé.

Elle les remercia et prit congé promptement pour sortir aussitôt, ses sabots cliquetant sur le chemin pavé.

Le cabinet du médecin n'était qu'à quelques rues de là, une bonne chose puisque, dans sa hâte, Joanna avait oublié qu'elle n'avait pas de véhicule. L'infirmière les conduisit dans une salle d'examen dès leur arrivée. Tyler pleurait toujours, doucement à présent car il était épuisé, respirant bruyamment et reniflant. Sa chemise était trempée de sueur. Joanna lui serrait fort la main et espérait, en dépit de tout, que Marie avait raison. Que c'était un simple rhume, un virus qui avait muté. Le médecin qui s'était occupé des filles dans leur enfance examina Tyler et se prononça. Bien sûr, les filles n'avaient jamais été malades, pas une fois de leur vie. En tant qu'immortelles, elles étaient immunisées contre la maladie.

— On dirait une inflammation aiguë de la muqueuse de la cavité tympanique. Ça circule en ce moment, annonça-t-il en jetant l'abaisse-langue.

— Qu'est-ce que c'est ? demanda Joanna, serrant fort le garçon.

— Une otite. (Il rédigea une prescription sur son bloc pour un régiment d'antibiotiques.) Assurez-vous qu'il les prenne tous. Êtes-vous son responsable légal ? J'aurais besoin d'une autorisation parentale pour les médicaments.

Joanna sentit une vague de soulagement la submerger.

— Non, je ne le suis pas, mais je vous l'obtiendrai

dès que possible. Ses parents devraient rentrer en ville d'ici à ce soir.

Tyler avait enfin cessé de pleurer et reniflait maintenant en clignant des yeux. L'infirmière lui donna un autocollant ainsi qu'une cuillère à café de Tylenol pour enfants, pour la douleur.

— Ça te dirait de la glace ? suggéra Joanna en l'embrassant sur la joue.

Le petit garçon acquiesça, trop fatigué pour parler. Joanna le serra fort dans ses bras. Tyler irait bien. Elle n'avait jamais été aussi reconnaissante envers la médecine humaine.

CHAPITRE 12

Pénalité

Quand Ingrid arriva au travail, le lendemain, un message l'attendait dans sa boîte de réception de courriels. Elle ne quitta pas des yeux l'écran d'ordinateur. Elle n'avait envoyé les photos des repères qu'hier après-midi, et il avait déjà répondu. Elle s'y attendait mais était malgré tout surprise d'avoir reçu une réponse si rapide.

« Content d'avoir de tes nouvelles. C'est intéressant, ce que tu as là. Je te recontacterai avec une analyse. Ça fait longtemps. Je suppose que cela veut dire que tu as reçu mes lettres ? »

Oui, elle avait reçu ses lettres. Elle en avait presque assez de les lire, à vrai dire, même si elle se demandait ce qu'elle ressentirait si elle cessait d'en recevoir. Si une semaine passait sans qu'une lettre n'arrive, serait-elle heureuse ou triste ? Elle se massa les tempes. Elle n'aurait pas dû lui répondre. Sa mère et sa sœur n'approuveraient pas. Mais il ne s'agissait pas d'elles, ni d'elle-même, ni même de lui. Ces repères ornés cachaient quelque chose. Quelque chose de primordial, elle le sentait, quelque chose qu'elle avait oublié, et il était le seul à être capable de les déchiffrer. Le seul à pouvoir l'aider à résoudre le mystère du code. Elle lui répondit.

« J'ai bien reçu tes lettres. Pas sûre que ce soit le bon moment pour se voir. Mais j'espère que tu m'aideras quand même ? »

La réponse fut instantanée.

« Bien sûr. Inutile de me poser la question, tu le sais. »

Elle soupira et ne répondit pas. Le moment était venu de son « heure de sorcellerie », comme l'appelait Hudson. La queue devant le bureau d'accueil allait jusque dehors. Certaines femmes étaient arrivées avant l'ouverture de la bibliothèque. Elles avaient attendu patiemment toute la matinée, certaines lisant les titres des ouvrages sur les étagères, d'autres lisant des livres, la plupart se contentant d'attendre debout, tout simplement. Les résultats impressionnants du travail d'Ingrid ne cessaient d'affluer : des cauchemars avaient cessé, d'étranges douleurs étaient guéries, et les tests de grossesse positifs se multipliaient.

Becky Bauman, qui s'était récemment réconciliée avec son mari, fut l'une de ses premières clientes. Elle s'assit en face du bureau d'Ingrid.

— En quoi puis-je vous aider ? demanda Ingrid.

— J'ignore si je suis au bon endroit pour demander ça, ni si vous pourrez m'aider. C'est juste que… j'ai l'impression que notre maison est hantée. La nuit, j'ai la sensation étrange que quelqu'un est là. Ross m'a conseillée de venir vous voir, même si lui n'a jamais rien ressenti de tel. Pourtant je suis tout à fait certaine qu'il y a une présence dans la maison. Les lumières s'allument et s'éteignent. La télévision se met en marche de façon inopinée. Croyez-vous aux fantômes ?

— Non, répondit Ingrid doucement.

Les fantômes n'existaient pas, mais elle savait aussi que ce que les humains appelaient des fantômes – des apparitions spectrales dans la pénombre, ainsi que d'autres phénomènes surnaturels – étaient généralement dus à la proximité d'un repli, des endroits où le monde physique et le monde du glom étaient si proches que ceux de l'autre côté pouvaient sentir la présence d'un autre monde juste au-delà du visible. Le repli était en théorie maintenu par un envoûtement puissant de fixation que Joanna avait jeté longtemps auparavant quand elles avaient emménagé à North Hampton. Il était naturel, supposait Ingrid, que les sorts faiblissent avec le temps, même si ça ne s'était encore jamais produit à sa connaissance. Elle confectionna pour Becky un talisman qui aiderait à maintenir les frontières fermées et la débarrasserait de ces désagréments paranormaux : plus de télévision qui se mettrait à hurler à trois heures du matin, en tout cas.

Ingrid s'occupa de l'habituel assortiment de griefs inexplicables jusqu'à l'arrivée dans son bureau d'un visiteur inattendu.

— Salut, Ingrid. (Matt Noble entra. Il était si grand qu'il avait l'air comique assis sur le petit tabouret devant son bureau.) J'ai entendu dire que tu aidais les gens.

— C'est vrai. Qu'est-ce qui t'amène, Matt ? s'enquit Ingrid, lissant sa jupe, incapable de le regarder dans les yeux.

Cela l'irritait de constater qu'elle agissait comme une vieille fille troublée en sa présence.

Matt se pencha au-dessus du bureau et elle s'efforça de regarder ses yeux bleu clair.

— J'ai un problème…, commença-t-il d'une voix rauque.

— Quel est-il ?

— J'aime bien cette fille, tu vois. Elle me plaît vraiment. Elle est intelligente, belle, douce, et elle paraît sincèrement se soucier des gens. Mais j'ai l'impression qu'elle, elle ne m'apprécie pas spécialement.

Ingrid se crispa.

— Je vois.

— Donc je suppose que j'aimerais savoir… Comment faire pour qu'elle dise oui quand je l'inviterai à dîner ?

Ses yeux étincelaient et l'ombre d'un sourire se formait sur son visage.

Elle se renfrogna. Ingrid n'aimait pas que les gens se moquent d'elle ; elle avait le sens de l'humour mais elle ne goûtait pas les plaisanteries dont elle était la cible. Il était évident qu'il parlait d'elle, et si c'était sa façon de l'inviter à dîner, il aurait vraiment dû faire preuve d'un peu plus de bon sens. *Traite-le avec ménagement*, songea-t-elle. Le pauvre garçon était visiblement amoureux d'elle, et elle ne voulait pas le blesser. Elle n'était pas totalement sans cœur.

— Écoute, Matt, tu es un type bien, mais je…

— Bon sang ! Tu penses vraiment que Caitlin ne sortirait pas avec moi ? l'interrompit-il.

Il fallut une seconde à Ingrid pour reprendre ses esprits, le temps d'un éclair, mais le policier ne le remarqua pas. Il parlait de *Caitlin*. Sa collègue. Celle qui ne lisait même pas. Ingrid repensa à l'époque où ils l'avaient engagée. C'était à peu près à cette époque que le beau policier avait commencé ses visites régulières à la bibliothèque. Ainsi, tout ce temps, il s'était intéressé à Caitlin, pas à elle. Elle s'était tant trompée que c'en était embarrassant. Et pourquoi son cœur s'était-il serré quand il avait prononcé le nom de sa collègue ? Ce n'était pas comme si cela lui importait. En fait, elle était incroyablement soulagée. Elle lui adressa un sourire crispé.

— Pour tout dire, ce genre de chose n'est pas de mon domaine. L'amour, je veux dire. Tu ferais mieux d'aller voir ma sœur au North Inn. Demande-lui de te servir un cocktail de son nouveau menu sophistiqué. Dis-lui ce que tu viens de me dire, et peut-être qu'elle t'aidera.

— Vraiment ?

Elle acquiesça et le raccompagna hors du bureau d'un bon pas. Elle regarda sa montre. Elle avait l'intention de ne travailler qu'une heure mais il était presque quatorze heures trente et elle n'avait pas encore déjeuné. Freya lui avait préparé un sandwich de pain au froment à la salade de thon. Comme tout ce que faisait Freya, il était délicieux, mais pour elle ne savait quelle raison, aujourd'hui, il avait le goût du sable.

Eh bien. J'avais tort. Il aime bien Caitlin. Qui n'aime pas Caitlin ? Tout le monde en ville aimait Caitlin, qui ne prenait pas les livres au sérieux, ne faisait pas la morale pour une amende de bibliothèque oubliée ni sur le bon soin à prendre des manuscrits, et ne fatiguait pas les gens à leur parler de vieilles maisons et de plans architecturaux. Caitlin ne générait pas de méchants surnoms comme « Ingrid la frigide », et les gens ne la trouvaient pas réservée et étrange parce qu'on faisait la queue pour lui réclamer à cor et à cri des charmes et des sorts. Elle était simplement une gentille fille

121

normale, jolie bien que plutôt barbante, le genre de fille qu'Ingrid n'avait jamais été et ne serait jamais.

Après son repas insipide, Ingrid retourna à ses documents, déterminée à ne plus penser à Matt Noble.

CHAPITRE 13

Séisme

— Reviens ici, femme, grogna Bran en attirant Freya dans le lit.

— Je suis déjà en retard pour le travail, arrête.

Elle rit, s'efforçant de mettre ses chaussures tandis qu'il enfouissait sa tête dans son cou. Ses mains chaudes encerclaient sa taille et elle abandonna, enlevant ses baskets d'un coup de pied et le laissant l'attirer sous les couvertures.

Elle avait évité tout contact physique avec lui depuis la nuit où ils avaient fait l'amour près du feu, trop honteuse de ses pensées pour Killian. Elle avait feint des maux de tête, l'avait supplié de remettre ça à plus tard car elle était épuisée. Mais elle savait qu'il ne la laisserait pas refuser aujourd'hui. Bran repartait l'après-midi même. La séparation serait brève : il passerait seulement quelques jours à Stockholm, cette fois, et Freya en était soulagée. Elle ne pensait pas avoir le courage de devenir une veuve de la fondation et, même si elle comprenait le bien qu'il promouvait de par le monde, il lui manquait.

Il lui enleva son tee-shirt et embrassa la vallée de ses seins ; elle passa ses doigts dans ses doux cheveux bruns.

— Ne t'en va pas, murmura-t-elle, comme à elle-même.

Bran leva les yeux vers elle, inquiet.

— Je n'en ai pas envie, crois-moi. Je préférerais être ici, avec toi.

— Je sais. Ne fais pas attention à ce que je dis.

Elle secoua la tête et détourna le regard vers la fenêtre ouverte. La chambre de Bran était exposée au nord, et elle apercevait tout juste le dock où les bateaux étaient à l'ancre, plus bas.

Bran soupira et se pencha pour lécher un téton rose. Elle gémit consciencieusement et referma la main sur ses cheveux, l'attirant plus près ; elle le chercha de son autre main, le trouvant dur et prêt, puis le guida à l'intérieur d'elle. Il la pénétra, et elle s'accrocha férocement à lui ; tandis qu'ils se mouvaient et haletaient ensemble, il couvrit son visage de baisers et elle suça sa langue aussi fort qu'il la pénétrait. Mais le cœur de Freya n'y était pas. Peut-être parce qu'elle était déprimée qu'il parte une fois de plus, ou parce qu'elle essayait de toutes ses forces de juguler son esprit afin qu'il ne s'égare pas là où il ne le devait pas. Elle n'arrivait pas à prendre du plaisir ; elle se contentait d'accomplir mécaniquement les mouvements. Killian avait tout gâché, et ce n'était pas la faute de Bran, c'était la sienne.

Ils s'habillèrent et quittèrent la maison. Comme ils sortaient, Bran s'arrêta, manquant trébucher sur le petit tapis du couloir.

— J'ai oublié quelque chose, dit-il en remontant l'escalier en courant.

— Ton passeport ? lui lança Freya. (Elle le trouva sur une console.) Il est en bas.

— Et ma bague.

Bran fit un signe de la tête en descendant, tenant sa bague en or aux armoiries de la famille en hauteur avant de la passer à son doigt. Il la remercia pour le passeport d'un baiser.

— Pourquoi es-tu obsédé par cette bague, au fait ? le taquina-t-elle.

— C'était celle de mon père. Elle a une grande valeur à mes yeux. C'est tout ce qui me reste de lui.

Freya acquiesça, confuse. Elle savait que Bran et Killian étaient devenus orphelins alors qu'ils n'étaient encore que des enfants.

Il la déposa au travail ; elle avait des excuses plein la tête en arrivant au North Inn, sachant que la foule d'un samedi soir occuperait abondamment tout le monde. Mais au lieu de la confusion habituelle, elle fut surprise de constater que l'on avait éteint la musique et que tout le monde était entassé devant la toute petite télévision.

— Que s'est-il passé ? demanda-t-elle à Sal en rangeant son sac à main sous le comptoir.

Elle leva les yeux vers l'écran qui montrait la côte Atlantique vue d'un hélicoptère. Une sorte d'explosion s'était produite sous l'eau, en profondeur, non loin du rivage. Un tremblement de terre peut-être, les experts n'en étaient pas encore sûrs, annonçait la présentatrice du journal télévisé local. De nombreux poissons morts flottaient un peu partout, et une espèce de matière visqueuse gris argenté suintait dans l'eau. Les experts avaient écarté la thèse d'une fuite de pétrole puisque l'oléoduc le plus proche se trouvait à des kilomètres.

— Regardez-moi ça, dit quelqu'un alors que la caméra s'écartait de la présentatrice pour montrer une masse dense grandissante dans les eaux bleu gris de l'Atlantique. Ça ne présage rien de bon.

À présent, un scientifique interviewé pour les informations locales affirmait qu'il s'agissait d'une catastrophe naturelle, probablement une explosion volcanique souterraine qui avait libéré une toxine similaire à du pétrole dans la mer. Il avertissait que la substance grise goudronneuse ne menacerait pas seulement la faune environnante et son habitat, mais qu'il ne serait plus sûr de pêcher ni de manger du poisson ou des fruits de mer provenant des eaux de North Hampton. En outre, jusqu'à nouvel ordre, personne ne devrait se baigner sur les plages locales jusqu'à ce que la toxine ait été analysée.

— Mince alors ! dit Freya, à personne en particulier, tandis que la foule du bar se mettait à murmurer nerveusement.

— Ce que je me demande, c'est…

Une voix limpide à côté d'elle : Killian Gardiner était assis au bar sur un tabouret, et regardait la télévision tout en sirotant sa bière. Il n'avait pas l'air de l'avoir remarquée non plus car il n'avait d'yeux que pour l'écran.

— Tu n'as pas terminé ta phrase, l'encouragea-t-elle.

C'était la première fois qu'ils s'adressaient la parole depuis la nuit de sa fête de fiançailles, et elle s'efforça de conserver une voix normale. Elle rougit en repensant à l'autre nuit : l'avait-il vraiment vue, avec Bran ? Et pensait-il encore à ce qui s'était passé entre eux le week-end du Memorial Day ?

— Je me demande… depuis combien de temps cela se trouve dans l'eau.

126

Il jeta à peine un coup d'œil à Freya en avalant le reste de sa pinte, et quitta le bar sans un mot de plus.

Durant le week-end, tout le monde en ville ne parla que de la catastrophe et, lundi matin, même Ingrid et le personnel de la bibliothèque se sentaient nerveux à ce sujet. Même si North Hampton avait sa part d'ouragans, c'était un coin chanceux : pas de feux de broussailles l'été comme à Malibu, pas de crues éclair ; la ville ne se trouvait pas sur une ligne de faille. Le séisme sous-marin et la boue grise qui en résultait étaient ressentis comme de la malchance, un mauvais sort, une malédiction jetée sur leur petite oasis. La bibliothèque avait un vieux téléviseur dans le bureau du fond, que l'on garda en permanence allumé sur la chaîne d'information. On y montrait la masse grisâtre grandissant dans l'eau, s'approchant des côtes de North Hampton. Le tremblement de terre avait-il empêché les clients de venir ? Ingrid n'en était pas sûre, mais pour une fois elle fut en mesure de déjeuner à l'extérieur de la bibliothèque. Un visage familier l'attendait à son retour.

— Je viens de vous voir à la télévision ! s'exclama Ingrid en ouvrant la porte qui donnait sur le bureau du fond.

Corky Hutchinson lui adressa un sourire ironique.

— Je fais une pause. Je n'ai pas besoin de retourner au studio avant les informations de seize heures cet après-midi.

La femme du maire était belle, ses traits exagérément maquillés pour la caméra. Elle n'avait pas l'air à sa place dans cet environnement morne.

— Vous êtes là pour une consultation ? s'enquit

Ingrid. Je suis navrée mais je vais devoir vous demander de revenir demain, car je ne les donne qu'entre midi et une heure.

— Je sais, votre assistante me l'a dit. (Corky renifla.) J'espère cependant que vous pourrez faire une exception.

Ingrid se renfrogna. Elle savait que cela finirait par se produire. Il y aurait toujours des gens comme Corky Hutchinson qui se croyaient trop bien pour faire la queue. Elle n'aimait pas non plus que Corky qualifie Tabitha d'« assistante » ; Tab n'était pas une secrétaire. Mais Ingrid savait que les femmes comme Corky Hutchinson, avec leur BlackBerry et leur emploi du temps surchargé, n'aimaient pas qu'on leur dise « non ».

— Juste une fois, je suppose. Entrez. Savent-ils enfin ce qu'est cette chose ?

— Ils n'en sont toujours pas certains. On l'a envoyée à plusieurs labos. Il y a eu un cas similaire dans le Pacifique, il y a quelques mois, près du port de Sydney. Et la même chose s'est produite au Groenland, apparemment. Même phénomène : des poissons morts, un poison inconnu dans l'eau… Ça a décimé une bonne partie de la population locale de baleines. Une activité volcanique sous-marine, mais ils n'en étaient pas certains.

— C'est curieux. (Ingrid se rappelait vaguement avoir lu quelque chose à ce sujet mais n'y avait guère prêté attention.) Quoi qu'il en soit, je sais que vous n'êtes pas venue me parler de ça. En quoi puis-je vous aider ?

Elle connaissait quelques aspects de la vie de Corky. Le maire et elle formaient un couple très influent. Leur mariage avait été l'événement social de l'année et, lors de son élection, il y avait eu un article de cinq pages sur leur histoire d'amour dans un magazine sur papier glacé.

Corky hésita avant de lâcher :

— Je crois que Todd me trompe.

Ingrid n'était pas surprise. Les sœurs se racontaient parfois les secrets qu'elles découvraient sur leurs connaissances communes, et Freya lui avait confié que le maire avait été beaucoup plus intime avec son ordinateur qu'avec sa femme ces derniers temps. Ingrid ne se sentait pas mieux de connaître des histoires salaces sur son ennemi, et ces dernières semaines elle avait considéré Todd Hutchinson comme rien de moins que son ennemi juré. Le projet de vendre le terrain de la bibliothèque pour réunir des fonds publics serait voté par le conseil municipal avant la fin de l'été. Il était sur la table et, aux yeux de Blake Aland, c'était déjà chose faite. Il était venu avec ses assistants, l'autre jour, pour mesurer où frapperait exactement le boulet de démolition.

Ingrid s'efforça de rester neutre. Peu importait qui était le mari de Corky Hutchinson, cette femme avait droit au même service que n'importe qui d'autre de sa part.

— Qu'est-ce qui vous fait croire ça ? demanda-t-elle.

— Tous les indices habituels. Il travaille tard. Quand il rentre à la maison, il sent le parfum. Il ne répond pas à son portable quand j'appelle et quand je lui demande pourquoi, il a des tas d'excuses. Il a changé ses mots de passe pour tous ses comptes de courriels. Sa messagerie vocale aussi. J'ai vérifié, précisa-t-elle amèrement. J'étais devant la caméra tout le week-end à cause de la catastrophe, et je n'ai pas eu une seule fois de ses nouvelles.

— Que voulez-vous que je fasse ?

— Je me moque qu'il ait des maîtresses. Je ne veux pas le pousser à la confrontation. Je ne veux pas vraiment savoir. Je veux juste… Je veux qu'il me revienne. Je le veux avec moi à la maison. Je sais que j'ai beaucoup travaillé, pas seulement cette semaine, mais toute l'année. Malgré tout je ne mérite pas ça. J'aime mon mari. Et je crois qu'il m'aime encore. J'ai apporté ça. (Elle poussa un sac en papier en direction d'Ingrid.) J'ai entendu dire qu'il fallait apporter des… cheveux… pour… ce que vous faites. Les nœuds. (La femme du maire souffla.) Enfin, vous pratiquez sans doute juste des trucs de vaudou, et je ferais peut-être mieux de régler ça moi-même, mais bon.

Ingrid accepta le sac. L'espace d'un instant, elle eut envie de lui dire de s'en aller, qu'elle ne pouvait rien pour elle. Elle trouvait étrange qu'une femme comme Corky Hutchinson – glamour, confiante, agressive – décide de résoudre les problèmes d'infidélité de son mari en consultant une sorcière. Ce n'était pas son style. Elle était plutôt du genre à jeter au visage de son mari ses certitudes sur son infidélité pour s'engager dans un concours de celui qui crierait le plus fort. S'ensuivrait une réconciliation faite de rapports sexuels passionnés, avec un peu de chance. Freya en saurait plus là-dessus.

Ingrid n'était pas sûre que l'aider était la chose à faire, surtout que Corky Hutchinson avait employé le mot en V – vaudou –, ce qui signifiait qu'elle n'avait guère de considération pour les talents d'Ingrid. Mais elle savait aussi qu'une fonceuse comme Corky ne

130

quitterait pas son bureau sans avoir obtenu ce pour quoi elle était venue. Quel mal y avait-il à l'aider ? Si le maire était heureux dans sa vie privée, peut-être cesserait-il d'essayer de lui prendre sa bibliothèque en la vendant. Ingrid ouvrit le sac et se mit au travail, confectionnant un petit nœud avec les cheveux de Todd, les tissant avec un fil provenant du chemisier de sa femme qu'Ingrid lui avait subrepticement pris quand elle lui avait serré la main. Elle mit le nœud dans une petite bourse en velours et tendit le talisman à la femme du maire.

— Mettez ceci sous votre matelas. Cela évitera qu'il s'égare, et vous l'aurez pour vous toute seule à partir de maintenant. Il restera à la maison, comme vous le souhaitez. Mais il faut que vous donniez de votre temps également. Si vous n'êtes pas assez souvent chez vous, le pouvoir du nœud faiblira.

Corky acquiesça.

— Combien vous dois-je ? demanda-t-elle en ouvrant son sac à main.

— Je demande simplement un don au fonds pour la bibliothèque. Quelle que soit la somme que vous mettrez, elle sera grandement appréciée.

— C'est tout ? rit Corky en faisant son chèque. Vous ne savez vraiment pas grand-chose sur les gens, je me trompe ?

Ingrid ressentit aussitôt de l'antipathie pour la présentatrice de journal télévisé arrogante. Elle n'aurait probablement pas dû l'aider. Eh bien, le nœud empêcherait le maire de s'égarer, mais ça ne l'en empêcherait pas bien longtemps si sa femme ne faisait pas en sorte qu'il ait envie de rester chez lui. Elle repensa à ce généreux article de cinq pages sur la nouvelle vie fabuleuse de Todd et Corky Hutchinson dans le magazine local sur papier glacé. Ils débordaient de joie et d'amour. Un couple si parfait qu'Ingrid n'avait pu s'empêcher d'être un peu jalouse, comme le voulait la revue : des gens parmi nous avaient des vies plus glamour et plus hautes en couleur qu'on ne pouvait l'imaginer. Comme il était amusant de constater que la vérité n'était pas aussi parfaite. On ne savait jamais vraiment rien des gens, songea-t-elle. Le mariage était comme la surface d'un océan, apparemment calme et serein ; mais si l'on n'y prenait pas garde, il pouvait bouillonner et être démonté par des séismes sous-marins.

CHAPITRE 14

Sexe entre amis

À North Hampton, la seule réponse appropriée à une catastrophe était d'organiser une collecte de fonds prodigieuse. « Partir en croisade pour une bonne cause », comme on appelait ça, mobilisait la communauté en nombre. La fête avait lieu sur la place de la mairie : Todd Hutchinson serrait des mains, promettant de faire vigoureusement pression afin d'obtenir des fonds nationaux et fédéraux pour faire nettoyer les eaux. Pourtant il n'y avait toujours pas d'explication officielle quant à la nature de la mystérieuse substance océanique. Nul scientifique ne parvenait à l'identifier.

Les Gardiner étaient les principaux donateurs de l'événement. Bran était censé faire le discours d'ouverture mais son avion avait été retardé, et Killian dut le remplacer dans son rôle d'hôte.

— Merci à tous d'être venus aujourd'hui, dit-il, désignant de la main la foule assemblée. (Le cadet des Gardiner était beau et sérieux sous les projecteurs. Il s'éclaircit la voix.) North Hampton est une ville très spéciale, et nous voulons la préserver. Elle représente beaucoup pour ma famille. Je sais que nous n'étions pas revenus depuis longtemps, mais malgré mon court séjour ici, je m'y sens chez moi.

Il s'exprimait bien et se déplaçait tout en continuant d'évoquer la forte connexion historique entre sa famille et cette région, et l'argent qu'elle investissait pour réhabiliter les eaux côtières et aider ceux dont les revenus en dépendaient.

Freya assistait à l'événement avec sa mère et sa sœur. Une catastrophe de cette ampleur forçait Ingrid à sortir de son attitude antisociale, et Joanna s'était engagée à aider la communauté par n'importe quel moyen. Freya savait que sa mère mourait d'envie de se servir de ses talents pour restaurer l'équilibre écologique délicat de la région, mais la Restriction l'en empêchait. Elle était impressionnée par le discours de Killian, même si elle s'efforçait de se convaincre du contraire.

— Quel imbécile pompeux, murmura-t-elle à sa sœur.

Ingrid parut interloquée par sa véhémence.

— Seigneur... J'ai trouvé son discours sympa. Qu'est-ce que tu as contre lui ? Chaque fois que l'on prononce son nom, tu fais cette tête.

Elle prit une mine revêche, imitant la grimace de Freya.

— Je n'ai rien contre lui, marmonna sa sœur. Oublie ce que j'ai dit. (Elle ne voulait pas parler de Killian. Au lieu de cela elle fit le tour de la place, discuta avec le maire qui n'avait pas l'air très frais – de sombres cernes marquaient ses yeux.) Cette histoire vous empêche de dormir ? lui demanda-t-elle.

— Oui. J'ai des difficultés à trouver le sommeil

en ce moment, je ne sais pas pourquoi. Mon médecin m'a prescrit des somnifères, mais ils ne font pas effet.

Freya l'étudia attentivement. Elle remarqua les traces d'un sort et le reconnut comme étant l'œuvre d'Ingrid. C'était un charme de fidélité qui voilait son historique sexuel, puisque la magie de chaque sœur annihilait celle de l'autre. Freya espéra que sa femme savait ce qu'elle faisait. Les nœuds de fidélité de sa sœur n'étaient pas une plaisanterie.

Freya continua d'évoluer à petits pas au sein de la fête, prenant soin d'éviter Killian à tout prix. Elle n'avait vraiment rien à lui dire et ne voulait pas rendre leur relation plus délicate qu'elle ne l'était déjà. Elle ne l'avait pas croisé depuis ce jour au bar où l'on avait appris l'explosion. Alors, quand elle le découvrit à côté d'elle dans la queue pour le buffet, elle sourit poliment, saisit une brochette de fruits et la posa sur son assiette. Malheureusement, Killian ne l'entendait pas de cette oreille. Il semblait avoir beaucoup de choses à lui dire, cette fois.

— Je t'ai vue, lui murmura-t-il à l'oreille. (Il était si proche d'elle que son souffle faisait se hérisser les poils de sa peau.) L'autre nuit. Devant la cheminée.

Elle avait donc raison. Il l'avait bien vue. Elle sentit le rouge lui monter aux joues.

— Tu étais *sublime*.

— Arrête, siffla-t-elle. Arrête.

— Je sais que tu pensais à moi. Je le sentais. C'est ce qui m'a attiré en bas. Dis-moi, pensais-tu à moi quand tu...

— Killian. Je t'en prie. Pas ici.

— Alors où ? s'empressa-t-il de demander.

— Nulle part.

Elle secoua la tête et regarda autour d'elle pour s'assurer que nul n'avait remarqué leur manège. Les yeux d'Ingrid étaient mélancoliquement posés de l'autre côté de la salle, sur le beau policier, Matt Noble, le seul qui avait remis en question le droit de Freya à travailler au North Inn, en mentionnant son bac obtenu récemment (le tour du permis de conduire n'avait pas fonctionné sur lui pour une raison qui demeurait obscure). Il discutait avec l'une des jeunes bibliothécaires qui travaillaient avec Ingrid, un bras autour de ses épaules. Pendant ce temps, Joanna mangeait des profiteroles à une table voisine ; son visage était un masque de béatitude.

— Je te le répète, comme je te l'ai dit cette nuit-là. On ne peut pas se revoir, murmura Freya.

— Tu en as envie, insista Killian.

— Non. Non, je n'en ai pas envie.

Oui, ils avaient fait l'amour le soir de sa fête de fiançailles… Non, ils avaient *baisé*. À l'instant même où il avait fermé la porte à clé derrière lui, elle s'était pratiquement jetée sur lui, lui avait arraché ses vêtements pour pouvoir toucher sa peau. Elle avait dû user de toute sa volonté pour ne pas hurler quand il avait passé sa main entre ses jambes. Quand il l'avait plaquée contre le lavabo et qu'il était parvenu à ses fins, elle s'était offerte, affamée, et ensuite… ensuite… elle avait regardé son beau visage et avait eu envie de pleurer. Alors il s'était remis à l'embrasser et ils avaient fait l'amour une deuxième fois, plus doucement, savourant chaque instant, ce qui avait rendu l'acte plus intense encore que le précédent…

C'était tout. Elle était ensuite revenue à la raison. Elle lui avait dit qu'en aucun cas ils ne pourraient recommencer, car elle avait commis une terrible erreur. Elle s'était enfuie de la fête sans se retourner, pas une seule fois.

Freya était consciente de ne pas être parfaite et elle n'avait jamais prétendu l'être. Mais elle ne ferait rien qui pourrait blesser quelqu'un qu'elle aimait si fort. Ce qui s'était passé avec Killian était un écart, un accident, sans doute la fameuse frousse de la future mariée, liée aux problèmes d'engagement. Après tout, cela faisait *très* longtemps qu'elle n'avait pas eu de mari… mais elle était maintenant déterminée. Elle aimait Bran et un moment (ou deux, en fait, si l'on comptait bien) de faiblesse avec Killian ne changeait pas ça. Ça ne changeait rien.

— Killian, j'aurais dû te téléphoner pour en parler. Pardonne-moi de ne pas l'avoir fait. Je pensais ce que je t'ai dit ce soir-là, je ne sais pas ce qui m'a pris, j'ai perdu la tête et j'ai commis une terrible erreur de jugement.

Il posa une fraise sur l'assiette de Freya, mûre et appétissante.

— Appelle ça comme tu veux… tu sais où me trouver. (Il glissa une clé dans sa poche.) Elle te donnera accès au *Dragon*, il est amarré tout au bout de l'île des Gardiner. Ne t'inquiète pas, Bran ne s'y rend jamais. Je t'y attendrai tous les soirs de la semaine. Si tu n'es pas venue me voir d'ici à dimanche soir, je ne t'embêterai plus.

Avant qu'elle puisse répondre, il avait disparu dans la foule.

— Désolé ! Qu'est-ce que j'ai raté ? demanda Bran apparaissant enfin à ses côtés, l'air épuisé par ses voyages. La vente aux enchères par écrit a-t-elle commencé ? s'enquit-il en saisissant la brochette de fruits de son assiette et en en prenant une bouchée. Je suis mort de faim ! Il reste quelque chose à manger ?

— Allons voir, répondit Freya.

Elle embrassa son bien-aimé sur la joue, la clé lourde et brûlante dans sa poche, comme un tisonnier de fer.

CHAPITRE 15

Un peu de magie sauvage

Sa robe la serrait à la taille, et Joanna se tortilla dans sa gaine démodée. Voilà pourquoi elle ne se rendait pas souvent à ces fêtes huppées, ces derniers temps, car elle avait une sainte horreur de porter des vêtements serrés. Était-ce le fruit de son imagination ou sa robe était-elle beaucoup plus petite que dans son souvenir ? Elle avait aussi mal aux pieds ; pourquoi avait-elle laissé Freya la convaincre de mettre des talons ? C'était pourtant une belle manifestation, et il était bon de voir la communauté se serrer les coudes après la catastrophe. Un certain malaise et beaucoup d'incertitudes planaient dans l'air. Nul n'était sûr des conséquences que ce fléau aurait sur l'économie locale, et l'industrie de la pêche n'était certainement pas la seule en danger, les nombreux restaurants locaux spécialisés dans les fruits de mer issus des eaux côtières l'étaient également. C'était tellement dommage. Personne n'en parlait car la simple évocation de ces problèmes à venir était trop douloureuse, même si les répercussions se faisaient déjà ressentir : au lieu de l'habituel festin d'été typique du nord-est, ils avaient eu droit pour plat de résistance à du poulet très fade.

Joanna dit au revoir à ses filles : Freya se trouvait quelque part pelotonnée contre Bran, tandis qu'Ingrid était assise à une table avec quelques-unes de ses acolytes de la bibliothèque. Elle quitta la fête et entreprit de rentrer chez elle à pied. La place de la mairie était située à quelques rues du front de mer, et sa maison ne se trouvait qu'à un kilomètre en longeant le rivage. C'était une belle soirée d'été, et les dunes herbeuses donnaient à ce bout de plage un aspect encore plus privé que le reste du littoral.

Joanna entendait à peine le brouhaha de la fête qu'elle laissait derrière elle quand elle fit un premier pas sur le sable chaud. Elle ôta ses chaussures pour les tenir par les lanières, et s'avança sur les cristaux tièdes. La chaleur de la journée émanait toujours du sol et était agréable sous ses pieds, comme le carrelage en marbre chauffant qu'on trouvait dans les salles de bains des chambres d'hôtel haut de gamme.

Les hautes dunes formaient un couloir privé où elle pouvait se promener avec pour seule compagnie le grondement de l'océan et les cris des goélands. Ce soir-là le silence était plus profond que d'habitude. Les vagues étaient calmes et les goélands absents. Peut-être cette masse grise dans l'océan avait-elle fait taire les oiseaux ? Elle se tourna vers la mer qui lui parut plus sombre que d'ordinaire, comme si ce qui se produisait au large avait terni le chatoiement de l'eau. L'océan semblait mort et vide, plus noir que le ciel qui le surplombait.

Elle regretta de ne pas porter son trench-coat, car les premières brises fraîches lui parvenaient du large. Elle n'entendait plus du tout la fête, seulement le roulement précipité des vagues. Elle s'arrêta pour étudier le cercle de ruban jaune de la police tenu en hauteur par des poteaux métalliques, à sa gauche. Le ruban était en loques et volait au vent ; il y était depuis janvier, depuis qu'un joggeur matinal avait trouvé Bill et Maura étendus par terre. Joanna n'était proche d'aucun des deux, mais elle avait partagé avec ce couple une attirance particulière pour ce cadre. Le soir, elle les voyait souvent se promener sur les hautes dunes, parfois perchés en haut du promontoire le plus élevé, les yeux posés sur l'océan ou levés vers les étoiles scintillantes. Joanna décrivit un grand arc de cercle autour du périmètre délimité par la police, ne regardant le ruban jaune en lambeaux que du coin de l'œil.

Le sable au bord de l'eau était froid et humide, c'est pourquoi Joanna préféra gravir la dune. Elle grimpa, sentant l'herbe épaisse et les tiges de fleurs fanées lui chatouiller les jambes, jusqu'à ce qu'elle atteigne le sommet. Le vent y était plus froid, mais la vue bien plus belle. On voyait jusqu'à l'île des Gardiner et Fair Haven, jusqu'au phare que Bran avait fait restaurer. Joanna décida de s'asseoir pour se reposer une minute, saisissant négligemment une tige parmi les longues herbes mortes qui recouvraient le monticule. Elle détestait voir des plantes mortes, et le brin gris cassant commença à grandir dans sa main, sa couleur cendrée passant de l'argent à un vert radieux tandis que la vie coulait à nouveau en lui. Attendez un peu… qu'était-il en train de *se passer* ? Elle n'avait rien fait pour le faire renaître, elle en était tout à fait sûre. Joanna regarda, fascinée, le vert se répandre comme une vague sur la dune, ramenant toutes les plantes à la vie. Elle jeta la tige et observa l'épaisse herbe verte, émerveillée. Elle était luxuriante et douce au toucher, et avait poussé jusqu'à hauteur de taille.

Elle faillit rire, mais un chatouillement sur sa nuque la fit soudain se retourner. Tout autour d'elle, l'herbe s'était multipliée et s'élevait de toutes parts. Le vert intense paraissait maintenant plus sombre, comme si une ombre flottait au-dessus. Les tiges étaient violemment fouettées par le vent. Ce n'était plus du tout mignon, et ça n'avait rien à voir avec sa magie, si ça avait jamais été le cas. Elle se retourna pour partir mais, avant qu'elle en ait eu le temps, elle sentit quelque chose la tirer avec force et fut projetée à terre. Les étoiles disparurent tandis qu'une vague d'obscurité l'engloutissait, et que l'herbe s'enroulait autour de sa gorge et de sa poitrine. La texture de l'herbe n'était plus douce mais rêche, les brins plus durs et plus denses. Joanna lutta, mais alors que l'étreinte de l'herbe se resserrait, elle forma une sorte de camisole de force naturelle, ligotant ses bras et aplatissant sa poitrine. Elle sentit une masse la comprimer comme pour forcer l'air à sortir de ses poumons. Elle hurla et entendit l'écho de sa voix sur la plage désolée. La fête était loin, ses bruits assourdissants inaudibles.

Joanna tira sur le brin d'herbe le plus proche de sa tête et le serra fort, hurlant une incantation dont elle ne s'était pas servie depuis bien longtemps. Les mots firent effet, et l'enchevêtrement autour de son visage se desserra. Elle aperçut de nouveau les étoiles, et les tiges s'affaiblirent et s'éloignèrent d'elle, s'affinant sous ses yeux comme les cheveux d'un vieillard.

Ce qui avait donné vie aux plantes s'était dissipé, et tout autour d'elle l'herbe était grise et desséchée, comme avant. Elle ne savait pas avec certitude si les plantes avaient réagi à sa présence, ou si sa magie les avait accidentellement perturbées. Ce genre d'incident pouvait se produire à North Hampton, étant donné la proximité du repli. Ingrid avait mentionné quelque chose l'autre jour : elle avait remarqué des ténèbres grises dans l'énergie des gens de la ville. Joanna avait eu l'intention de mener son enquête, mais elle avait été occupée par la rénovation de la maison et avec Tyler. Le garçon s'était remis de sa mauvaise otite et avait repris ses habitudes : disposer ses trains en ligne, courir en décrivant des cercles, refuser de manger autre chose que des sandwichs au thon.

Joanna se reprocha de s'être laissé distraire : une vigilance constante était de mise pour garder North Hampton protégé. Elle se leva et se précipita en bas du promontoire, arrachant des herbes mortes en les traversant pour rejoindre la plage. D'abord les trois oiseaux morts, maintenant ça. Il y avait quelque chose de nouveau et d'étrange en ville. Quelque chose de maudit.

CHAPITRE 16

Ami ou imposteur

— Dois-je faire entrer la horde enragée ? demanda Hudson, appuyé contre la porte du bureau, la main sur la poignée.

Ingrid savait qu'il trouvait toute cette entreprise plutôt amusante : il insistait pour l'appeler la « Sorcière blanche de la bibliothèque », et avait menacé de lancer une gamme de tee-shirts, ou pire, créer un site Web.

— Ne te moque pas.

Ingrid fronça les sourcils tout en rangeant ses dossiers et son bureau pour se préparer. Elle préférait qu'il paraisse neutre quand les clients entraient et non pas en désordre, couvert de plans de maison et de matériel d'archivage.

Hudson parut blessé.

— Je ne me moque pas. Je trouve tout ça très mignon, à vrai dire.

— Tu crois ce qu'on dit de moi ? demanda-t-elle.

Ils n'avaient jamais vraiment parlé de ce qu'elle faisait ; tout s'était passé si vite qu'ils n'avaient pas eu une minute à eux pour discuter. Avant, ils avaient l'habitude de déjeuner ensemble, mais Ingrid n'avait guère eu de temps pour la camaraderie entre collègues récemment.

— La magie ? interrogea Hudson. Les sorts et les charmes ? (Il posa un doigt sur sa joue.) Je ne suis pas certain de croire à quoi que ce soit, en fait. Je crois que tu leur dis tout simplement ce qu'ils veulent entendre. N'est-ce pas ainsi que fonctionnent les soi-disant médiums ? Comme ce charlatan barbu sur le réseau câblé qui parle aux morts ?

— Hudson ! Tu me prends pour un imposteur !

Ingrid éclata de rire, s'efforçant de ne pas se sentir offensée. Elle s'attendait à ce qu'il se dise sceptique ou dubitatif, mais pas à ce qu'il présume qu'elle se contentait de réaliser des tours de magie de salon.

— Ce n'est pas le cas ? répéta Hudson, le visage innocent. Je croyais que c'était une ruse pour faire venir les gens à la bibliothèque et lire des livres, les inciter à faire des dons pour notre cause. C'est vraiment très intelligent. Tu cherches toujours comment rendre la bibliothèque plus populaire… J'ai supposé que tu avais enfin trouvé une solution.

Présenté de cette façon, cela paraissait logique, mais Ingrid mourait d'envie de lui montrer ce dont elle était capable. Elle lui lança un regard qui en disait long.

— Attends une minute, ce n'est pas le cas ? demanda Hudson.

— Tu n'as qu'à vérifier par toi-même. Il y a sûrement quelque chose que tu désires et que tu ne peux obtenir.

— Tu ne peux rien pour moi.

Hudson haussa les épaules. Il extirpa de sa poche arrière une brochure défraîchie. Ingrid la déplia lentement et lut le gros titre : GAI ? CE *N'*EST *PAS*

UNE FATALITÉ ! L'HÉTÉROSEXUALITÉ EN 12 LEÇONS !

— Ma mère insiste pour que je consulte ce... « thérapeute ». Un de ceux qui peuvent, tu sais, me guérir de ma *maladie*.

— Oh là là...

Ingrid porta la main à sa bouche.

— Je suppose que c'est amusant.

Hudson soupira, roulant des yeux, d'accord avec elle.

— Bien sûr que non. C'est juste que... Hudson, c'est ridicule. (Elle lui rendit la brochure et lui tint la main un peu plus longtemps que nécessaire.) Hudson ?

— Oui, madame ?

— Viens dans la pièce du fond avec moi, laisse-moi lire ta ligne de vie.

— Non merci. Je n'aime pas connaître l'avenir. Je ne sais même pas où je serai demain.

— Tu seras ici, à travailler à la bibliothèque jusqu'à ce que le boulet de démolition frappe le bâtiment. Viens, j'insiste, ajouta Ingrid, le menant vers la réserve.

Elle le plaça au milieu de la pièce et dessina un pentagramme à ses pieds.

Hudson s'efforça de ne pas rire.

— Ça donne la chair de poule ! dit-il.

— Chut ! répondit Ingrid, s'efforçant de lire sa ligne de vie.

Avec sa vision de sorcière obtenue grâce au pentagramme, elle aurait dû être nette, mais quelque chose lui masquait la vue : une brume grise, un vide à l'endroit où la ligne aurait dû se trouver. Elle alluma une autre bougie et murmura quelques mots : la brume grise se dissipa quelque peu et elle fut en mesure d'y voir plus clair.

Elle ralluma la lumière et fit face à son ami.

— Ça vaut ce que ça vaut, mais ta mère changera d'avis un jour. (Elle l'avait vu dans sa ligne de vie, le lent réchauffement du cœur têtu de sa mère, l'homophobie enracinée – ce n'était pas grave que son coiffeur, son décorateur d'intérieur, son chef de cuisine personnel soient gais, mais son *fils !* – luttant avec l'amour féroce qu'elle vouait à son séduisant garçon. Il lui manquait à chaque Noël passé seule. Les pas lents et hésitants vers la réconciliation et le pardon. Le voyage à Paris d'une mère avec son fils et son gendre.) Elle t'aime, Hudson. Ne renonce pas à elle.

— Mmm, fut tout ce qu'Hudson répondit, mais elle le savait ému.

Plus tard, il lui laissa un bouquet de ses fleurs préférées sur son bureau.

Au cours de l'heure qui suivit, Ingrid aida diverses femmes : encore des maux de tête et d'étranges infections de la peau, un ou deux animaux domestiques morts subitement. Ingrid n'était pas certaine de ce qu'on attendait d'elle pour les animaux, mais elle en prit note, pensant aux oiseaux morts que sa mère avait trouvés plus tôt cet été-là. Emily Foster, l'artiste bloquée, entra à la fin de l'heure.

— Pardonne-moi de t'embêter, dit-elle à Ingrid, blafarde, vêtue d'une tunique indienne et d'un pantalon de soie taché de peinture.

— Tu ne m'embêtes pas, Em. Tu es de nouveau bloquée ?

— Non, non, le travail se passe bien. C'est Lionel, dit Emily, la voix cassée. Je ne sais pas si tu l'as appris, mais il ne va pas bien du tout.

— Je l'ignorais. Que s'est-il passé ?

— Il était en mer le jour de l'accident : tu sais, cette grosse explosion au large de nos côtes. Il sort toujours son Sunfish le matin. Les vagues l'ont assommé et il a avalé beaucoup d'eau. (Emily s'essuya le coin des yeux de ses mains tremblantes et inspira profondément.) Il serait mort... Il se serait noyé... mais par chance des surfeurs l'ont trouvé et l'ont ramené sur la rive.

— Oh mon Dieu.

— Je sais. (Emily acquiesça.) Ils savaient pratiquer le massage cardiaque, ils ont donc redémarré son cœur et l'ont conduit à l'hôpital.

Ingrid parut soulagée.

— Donc il est vivant ?

— À peine. Il est sous respirateur. Les médecins disent qu'il est en coma dépassé.

Emily ne cachait plus ses larmes.

— Je suis vraiment navrée, murmura Ingrid en prenant la main d'Emily par-dessus la table et la serrant pour lui témoigner sa compassion.

Lionel était un bon ami de leur famille : c'était vers lui que les Beauchamp se tournaient pour remplacer les ampoules difficiles à atteindre et effectuer de petits travaux de menuiserie ou de bricolage dans la maison.

— Je n'arrive pas à y croire. Je veux dire, il allait bien ce matin-là, et maintenant... il est en état de mort cérébrale ? (Emily se mit à pleurer.) Sa mère me déteste, par-dessus le marché. Elle me met à la porte.

— Pardon ?

— Tu comprends, techniquement, c'est la maison de Lionel. Nous ne nous sommes jamais mariés. Nous n'avions pas l'intention d'avoir d'enfant, donc nous ne voyions pas l'intérêt. Mon Dieu, comme je regrette d'avoir été aussi têtue à l'époque ! Moi et mes idéaux de bohème ! Aujourd'hui, ils veulent récupérer la maison. Ils me donnent jusqu'à la fin du mois pour faire mes bagages. Ils y emménagent pour être plus proches de lui, et quant à moi, bon débarras. Ils ne m'ont jamais aimée de toute façon, ils ne m'ont jamais trouvée assez bien pour leur famille. Nous habitons cette maison depuis notre première rencontre. C'est ma maison. J'y ai mon atelier. Je ne sais pas où aller. Si seulement il pouvait se réveiller. Les médecins disent qu'il n'y a pas d'espoir. Qu'il est réduit à l'état de légume.

— Qu'attends-tu de moi ?

Emily leva les yeux de derrière son mouchoir humide roulé en boule.

— Je sais qu'il est à l'intérieur. Il ne peut pas me laisser. Il doit se réveiller. Il le doit. Pourrais-tu le réveiller, Ingrid ? S'il te plaît ?

— J'aimerais pouvoir le faire, vraiment, répondit Ingrid en secouant la tête. Mais ma magie… je veux dire, ce que je peux faire, ça ne fonctionne pas ainsi.

La femme éplorée acquiesça.

— Je comprends. J'ai pensé que je devais poser la question, au cas où.

Elle commença à rassembler ses affaires. Voir son amie vaincue et perdue remua quelque chose dans le cœur d'Ingrid. C'était le même élan qui l'avait poussée à aider Tabitha à tomber enceinte et à s'affranchir des limites de la Restriction.

— Attends un peu. Je ne peux pas l'aider, dit Ingrid en se levant de sa chaise. Mais je connais quelqu'un qui le pourra.

CHAPITRE 17

Songe d'une nuit d'été

Pendant une semaine de supplice, Freya garda la clé du bateau de Killian dans la poche et, le dimanche soir, elle se retrouva debout dans les ténèbres en retrait des docks. Ses rêves de Killian devenaient plus intenses chaque jour ; elle ne pouvait faire un pas ni respirer sans penser à lui. Ses baisers l'avaient marquée au fer rouge et, la nuit, elle sentait son désir étreindre le sien.

C'était un bateau de pêche sportive de taille moyenne, populaire au sein de la communauté pour ses bouts-dehors de vingt pieds. Son père avait été propriétaire d'un modèle semblable à une époque. Elle savait que Killian se trouvait à l'intérieur ; elle sentait sa présence toute proche qui attendait en silence. Si elle fermait les yeux et se concentrait, elle pouvait même visualiser ses pensées : la pâmoison de son corps contre le sien, ce qu'ils feraient une fois qu'elle serait à l'intérieur. Tout ce qu'elle avait à faire, c'était quitter la terre ferme pour monter à bord. Mettre la clé dans la serrure. Ouvrir la porte. Et tomber du haut d'une falaise. Elle sortit la clé de sa poche. On aurait dit qu'elle vibrait dans sa main, mais c'était uniquement parce que Freya tremblait.

Il y eut du mouvement sur le pont, et Killian sortit de sa cabine, la cherchant du regard dans la nuit noire.

— Freya... ? l'entendit-elle murmurer. Tu es là ? Entre.

Cela suffit à réveiller sa volonté. D'un geste héroïque, elle jeta la fichue clé dans l'océan et courut jusqu'à sa voiture. Elle la sentait se former en elle, une obscurité, une imprudence qu'elle ne serait pas en mesure d'arrêter, qu'elle ne pourrait contenir. Il fallait qu'elle s'en aille.

Plus tard le même soir, Freya fit un rêve. Il commença quand elle comprit qu'elle n'était pas seule dans son lit, et qu'un corps pesait lourdement sur le sien. Un poids familier ; elle lutta contre lui. Elle était incapable de parler, d'ouvrir les yeux, et elle finit par cesser de se débattre tandis que paix et calme la submergeaient. Quand elle cligna des yeux pour les ouvrir, elle se promenait dans les bois, main dans la main avec Killian.

Il lui sourit.

— N'aie pas peur.

— Je n'ai pas peur, lui répondit-elle.

Elle savait où elle se trouvait. Ils avançaient vers le cœur de la forêt derrière sa maison, vers une source secrète qu'elle était la seule à connaître, au beau milieu de cette jungle, le seul bois des vierges encore intact toujours sous leur protection, longeant les rives d'un étang d'un bleu limpide, une piscine naturelle.

— Comment connais-tu cet endroit ? demanda-t-elle à Killian dont les yeux bleu vert pétillaient de malice.

— C'est toi qui m'as amené ici.

Freya se demanda si c'était vrai. Elle ne savait pas si elle rêvait ou si c'était la réalité. Cela lui *paraissait* réel, c'était certain, mais elle trouvait une qualité singulière à ses perceptions. Comment était-elle arrivée là ? Elle ne s'en souvenait pas.

Elle s'approcha des rives de l'étang et, d'un mouvement fluide, retira sa robe pour dévoiler sa nudité. Elle le laissa l'observer, ses yeux caresser ses seins, la courbe de sa taille, son ventre ferme et ses jambes toniques. Son regard était aussi fort qu'une caresse physique.

— Suis-moi, lui cria-t-elle en plongeant dans l'eau.

Aussitôt il envoya valser ses chaussures, déboutonna sa chemise et jeta sa ceinture par terre avec son pantalon.

— Il n'y a là rien que tu n'aies déjà vu, dit-il avec un sourire malicieux, suivant son exemple et plongeant dans le lac, droit comme une flèche tombant gracieusement dans l'eau.

Il remonta à la surface en produisant une vague et un gigantesque jet d'eau qui l'éclaboussa.

La chaleur sur sa peau l'enveloppait comme une couverture quand elle replongea dans l'eau. Elle nagea aussi profondément que possible jusqu'à ce qu'elle ne puisse plus retenir son souffle. Elle poussa alors sur ses jambes pour remonter à la surface, et Killian la rejoignit. Ils nagèrent et jouèrent, s'esquivant l'un l'autre, se taquinant et riant, se coulant mutuellement chacun son tour.

Freya sentait l'eau bouger avec elle, son bonheur remplissant le ciel comme le cri des Valkyries. Elle se souvenait des traditions antiques : danser nue autour d'un feu de joie, couverte de goudron et de peinture ; les masques, les chants scandés, la communion extatique avec la nature et tout ce qui constituait la Terre.

Fut un temps, l'humanité avait partagé cette connexion mystique, mais ce n'était plus le cas aujourd'hui. Pourtant ici, avec Killian, elle était de nouveau elle-même, à danser, rire et célébrer la beauté d'être jeune et en vie pour toujours.

L'eau se gonfla et s'éleva en une fontaine espiègle qui luisait d'une lumière éblouissante, la magie de Freya grandissant avec sa joie, Killian souriant et riant d'émerveillement. La terre elle-même paraissait les bénir, l'herbe humide de rosée, le vent sifflant une mélodie dans les arbres. Elle plongea dans l'eau et nagea au plus profond du lac et, quand elle remonta à la surface, Killian passa les bras autour de sa taille et l'attira contre lui. Elle lui rendit son baiser et sentit la profondeur de sa passion pour elle. Son cœur battait de plus en plus vite, tandis que ses mains traçaient des cercles sur sa peau, sur ses seins, entre ses jambes. Il la ramena sur la berge et s'allongea au-dessus d'elle.

Elle ferma les yeux et se mit à consacrer le cercle, en appelant aux forces de la terre et de l'eau, les invitant à être témoins de leur union. Elle se mit à chanter tout bas. Les bois étaient animés par la magie ; tout le vivant, du brin d'herbe à la gracieuse canopée des chênes au-dessus d'eux, vibrait pour célébrer leur amour.

— Je me donne…

Je me donne à toi, allait-elle dire, sauf qu'elle ne fut pas en mesure de finir sa phrase, car le ciel se fendit d'un éclair au tonnerre retentissant, et Killian lui fut retiré ; la chaleur et l'électricité entre eux disparurent aussitôt. La magie avait pris fin. La force de la nature avait disparu. Killian n'était plus là.

Freya ouvrit les yeux. Elle était dans sa chambre et son téléphone sonnait. Elle décrocha.

— Chérie ? appela une voix inquiète.

— Bran !

Le soulagement la submergea. Elle retomba sur ses oreillers et poussa un soupir. Elle était sauvée : sauvée d'elle-même et de Killian.

— Tu me manquais… J'avais quelques minutes avant ma correspondance pour Oslo, alors j'ai eu l'idée d'appeler. Pardonne-moi de te réveiller.

— Je suis très contente que tu l'aies fait, répondit Freya, tremblante.

Que venait-il de se produire ? Qu'avait-elle fait ? Elle avait bien failli épouser Killian, nom d'un chien. Si elle avait pu prononcer les mots, c'était terminé – *ceux que les dieux ont unis, nul ne saurait les séparer* – telle était la règle, voilà comment cela fonctionnait, comment ça s'était toujours passé… Elle lui aurait appartenu à lui et à lui seul pour toujours. Ç'aurait été la fin de tout.

Elle s'accrocha au téléphone et à la voix de Bran, s'efforçant de chasser les derniers vestiges du rêve, jusqu'à ce que son cœur cesse de cogner et qu'elle se rendorme, bercée par le murmure des vagues de l'océan clapotant sur le rivage.

CHAPITRE 18

Le saint patron des causes désespérées

Pourquoi sa fille avait-elle promis ce miracle, Joanna l'ignorait. Elle savait, bien sûr, qu'Ingrid avait mis en place une sorte de dispensaire à la bibliothèque, accordant avec parcimonie les charmes et les talismans de sa fabrication, tandis que Freya offrait désormais à ses clients un tout nouveau choix de cocktails au North Inn. Ces deux activités allaient clairement à l'encontre de la Restriction, et pourtant Joanna n'avait pas le cœur de réprimander ses filles ni d'exiger qu'elles arrêtent. Comme elles se le disaient l'autre jour, lorsqu'elle les avait surprises, ce n'était pas comme si elle était totalement innocente en la matière. Des individus avaient déjà signalé avoir aperçu un ovni dans la région après qu'elle s'était envolée dans le ciel l'autre jour : Joanna ne s'était pas cachée derrière les nuages aussi soigneusement qu'elle l'avait cru. Un ovni, vraiment ! Elle n'avait pas pris tant de poids que ça, si ?

Au départ elle avait certifié à Ingrid qu'elle ne le ferait pas ; c'était tout simplement hors de question. Elle était toujours perturbée par ses péripéties après la fête de bienfaisance ; la nuit, elle sentait les plantes rampantes se glisser autour de ses jambes et l'étouffer en lui couvrant la bouche. Joanna avait vérifié l'état du repli pour découvrir qu'il s'était effiloché par endroits. Elle s'était abstenue de mentionner tout cela à ses filles, car elle ne voulait pas les inquiéter tant qu'elle ignorait de quoi il s'agissait.

De plus, c'était une chose que de faire courir partout des soldats de plomb et de remettre en état une tourte brûlée ; c'en était une autre de réitérer le miracle de Lazare comme le lui demandait son aînée. Car il s'agissait bien de résurrection, cette fois et, oui, on l'avait mise sur terre, elle, Joanna, précisément pour cette mission. Mais ces jours n'étaient plus : la Restriction s'en était assurée... Et puis il fallait aussi penser au Pacte des Morts. On ne s'approchait pas du territoire d'Helda à la légère. Il fallait rendre à César ce qui était à César, etc. D'accord, peut-être Lionel était-il techniquement toujours en vie, mais selon les médecins, c'était un légume. Joanna frissonna à ce mot : elle aurait préféré que les gens cessent de l'employer. Penser d'un homme qu'il n'était qu'une plante était trop... dégradant, d'une certaine façon. Bien sûr, c'était l'effet escompté : atténuer la peine pour que la famille lâche prise, puisque celui qu'ils aimaient n'était plus vraiment présent.

Mais Ingrid le lui avait demandé, et c'était vraiment une histoire affreuse : Emily, qui peignait ces magnifiques paysages marins, qui leur apportait de beaux œufs bruns de ses poules et du lait frais de ses vaches, allait se faire virer de sa maison à cause de méchants beaux-parents. Joanna connaissait bien le problème. Nulle n'était jamais assez bien pour le précieux fils de quiconque. Nul ne qualifiait jamais ses filles de « précieuses », pourquoi donc ? Les choses n'avaient guère

156

changé. Au final, les femmes comme Emily, Ingrid, Freya et Joanna ne pouvaient compter que les unes sur les autres. Les hommes étaient merveilleux quand ils étaient présents, mais leurs feux étaient trop vifs, ils vivaient trop près du soleil… Regardez ce qui était arrivé à son garçon, à son mari. Partis. C'est pourquoi elle accepta de faire de son mieux pour Lionel, pour le bien d'Emily.

En son for intérieur, Joanna avait commencé à se demander si ce n'était pas une bonne idée de provoquer le Conseil de toute façon. Les noces imminentes de Freya l'avaient mise d'humeur optimiste. Si la déesse volage de l'amour passait devant monsieur le maire le soir de la lune des moissons (le week-end de la fête du travail[1] tombait en même temps que leur fête traditionnelle – non pas qu'elles fussent encore autorisées à la célébrer, bien sûr), peut-être pouvait-on garder espoir que la situation change enfin par ici.

Mais si elle voulait s'acquitter de cette tâche, il lui faudrait les munitions appropriées. Ce serait peut-être une bonne idée de l'avoir avec soi de toute façon, après ce qui s'était passé l'autre nuit. Elles auraient besoin de se protéger de ce qui était tapi dehors, quelle que fût sa nature. Joanna monta les marches menant au grenier et fouilla l'espace restreint jusqu'à ce qu'elle trouve la fausse cloison dans laquelle elle avait caché leur plus grand trésor. Elle avait pris soin de s'assurer que le Conseil ne leur prenne pas *tout* à l'époque. Ha. La malle noire peu profonde se trouvait exactement à l'endroit où elle l'avait laissée, cachée sous une housse de piano tant d'années plus tôt. Elle retira la housse

---

1. Le premier lundi de septembre aux États-Unis.

poussiéreuse, ouvrit le couvercle et regarda à l'intérieur. La boîte était vide, à l'exception d'un simple écrin de bois ; de celui-ci Joanna retira trois baguettes magiques en ivoire, aussi parfaites et belles que le jour où elles avaient été confectionnées.

— Maman ? Que fais-tu là-haut ? entendit-elle Ingrid lui demander d'en bas. Nous devons partir tout de suite pour l'hôpital, avant que les heures de visite ne soient passées.

— J'arrive, chérie, répondit-elle.

Quand elle redescendit, elle tenait fermement les trois baguettes magiques dans sa main gauche. Elle en tendit deux à Ingrid.

— Assure-toi de donner la sienne à Freya quand elle rentrera à la maison. Mais n'oubliez pas d'être prudentes. Ne vous en servez qu'en cas de nécessité absolue.

— Es-tu sûre de ce que tu fais, maman ? demanda Ingrid en tenant les baguettes magiques avec déférence.

Elles étaient en os de dragon, taillées dans les squelettes des dieux antiques, plus vieux même que l'Univers, les os qui avaient créé la Terre, ceux-là mêmes qui avaient un jour soutenu le pont. Translucides, blanches à l'œil nu, elles brillaient d'une lumière irisée.

— Pas vraiment. Mais quelque chose me dit qu'il est temps qu'on les sorte de leur cachette. (Elle rangea sa baguette dans la poche de son manteau.) Maintenant, allons-y, allons voir si nous pouvons réveiller Lionel.

Elles arrivèrent à l'hôpital en fin d'après-midi, juste avant que les chambres des patients ne soient fermées aux visiteurs.

— Depuis combien de temps est-il dans le coma ?

demanda Joanna, remontant ses manches tandis qu'elles se rendaient au bon étage.

— Environ une semaine.

— Et il n'y a plus du tout d'activité cérébrale ?

— Un peu, mais pas assez pour garantir qu'il puisse se réveiller un jour.

Joanna acquiesça.

— Bien. Ce ne devrait pas être trop difficile, alors.

S'il y avait encore un peu d'activité cérébrale, cela voulait dire que Lionel avait à peine atteint le premier niveau du bas-voile et qu'il serait assez facile de le tirer jusqu'à la surface.

— C'est ce que je me suis dit. (Elles arrivèrent à la chambre mais, avant qu'Ingrid n'ouvre la porte, elle se tourna vers Joanna.) Merci, maman.

Joanna tapota le bras de sa fille. Elle n'aurait jamais accepté de le faire si Ingrid ne le lui avait pas demandé et, comme Ingrid ne demandait jamais rien, en tant que mère, elle ne pouvait le lui refuser. De plus, l'histoire d'Emily Foster avait piqué au vif son sentiment d'injustice. Les mariages ne tenaient pas debout grâce à des papiers, et cela la mettait en colère de penser qu'une femme pouvait être jetée hors de sa maison simplement parce qu'elle n'avait pas de chance et qu'elle avait d'affreux beaux-parents.

Ingrid poussa la porte pour trouver Emily Foster en pleurs au chevet de Lionel. Il était couvert d'un drap, et Ingrid échangea un regard surpris avec sa mère avant d'approcher.

— On l'a débranché pendant que j'étais rentrée à la maison me changer et m'assurer que les animaux allaient bien. À mon retour, une infirmière m'a informée que sa mère avait signé les formulaires de consentement. Elle savait que je ne serais pas d'accord, donc ils l'ont fait dans mon dos. Il est parti. Il est parti, Ingrid. Tu arrives trop tard, sanglota Emily.

Joanna baissa doucement le drap et prit le poignet du mort dans la main. Sa peau était grise, ses ongles blancs, dépourvus de sang, mais il y avait toujours une pointe de couleur sur les avant-bras.

— Il est encore chaud. Quand a-t-on fait ça... Il y a tout juste quelques minutes ? demanda-t-elle.

— Juste avant que vous n'arriviez, précisa Emily.

— Emily, voici ma mère. Elle va aider Lionel.

— Je me souviens de vous, dit Emily en se mouchant. Bonjour Mme Beauchamp.

— Ferme la porte, ordonna Joanna à sa fille. Tire les rideaux et fais-la sortir d'ici.

Ingrid fit ce qu'on lui demandait et mena Emily dehors.

— Que va-t-il se passer ? Je veux dire, il est mort, n'est-ce pas ? demanda Emily en se tournant vers les deux sorcières, apeurée.

Ingrid et Joanna échangèrent à nouveau un regard.

— Pas tout à fait. Même sans machine, le cœur continue de battre, c'est simplement indétectable tant le pouls est faible, expliqua Joanna, espérant que la femme nouvellement endeuillée croirait son pieux mensonge.

Il serait trop difficile de lui expliquer la vérité : qu'elle allait faire revenir Lionel d'entre les morts. Il n'était parti que depuis quelques minutes, même pas une heure, ce qui restait dans les limites du temps accordé.

Une fois seule dans la chambre, Joanna prit la main froide de Lionel dans les siennes. Elle ferma les yeux et pénétra dans le glom, le monde nébuleux des âmes désincarnées. Il s'y dessinait un chemin, un sentier dans le sable. Se servant de sa baguette magique pour éclairer sa route, Joanna vit que Lionel n'était parvenu qu'au deuxième niveau ; il gravissait la montagne vers le portail et, une fois le portail franchi, il serait bien plus difficile de le faire revenir. Car au-delà du Royaume des Morts se trouvait la Frontière de l'Enfer.

Le glom avait quelque chose de différent, une impression de malice et de désespoir qu'elle n'avait jamais ressentie avant.

— Lionel ! Lionel ! appela-t-elle.

Elle voulait sortir de là aussi vite que possible.

Lionel Horning se retourna. Il était chauve et avait l'air sévère, vêtu de ses éternels habits éclaboussés de peinture. Quand il l'aperçut, il sourit.

— Mme Beauchamp, que faites-vous ici ?

Joanna grimpa jusqu'à lui de sorte qu'ils surplombaient et observaient tous deux leur environnement.

— Je vous ramène à la maison.

— Je suis mort, n'est-ce pas ?

— Seulement selon la définition qu'en donnent les humains. Votre cœur a cessé de battre.

— Je me suis noyé ? Je crois me souvenir avoir été tout mouillé.

— Oui.

— Emily a toujours dit que l'océan aurait ma peau un jour.

Joanna analysa son énergie. Elle trouva des traces d'une toile d'araignée argentée autour de son âme ; elle n'avait encore jamais vu ça, et cela l'inquiéta.

— Préféreriez-vous demeurer ici ? lui demanda-t-elle.

Il regarda autour de lui.

— Pas vraiment. Où sommes-nous ?

— Considérez cet endroit comme une station à mi-chemin. Vous voyez ce portail, là-haut ? Une fois que vous l'aurez atteint, il sera plus difficile de vous faire remonter à la surface.

— Comment va Emily ?

— Pas bien. Elle est sur le point de se faire expulser de votre maison.

— Mes parents ! grogna-t-il. Je savais que j'aurais dû la forcer à m'épouser. Elle est têtue, vous savez. (Il soupira.) Je ne peux pas la laisser.

— Alors ne la laissez pas.

Il étudia le chemin luisant, le sentier de montagne qui s'élevait jusqu'au portail argenté. Elle savait à quel point cette décision était difficile pour lui. Il était dans le bas-voile, dans le glom depuis une semaine maintenant. Il avait oublié les épreuves et la peur ; il avait entamé sa transition vers le monde des esprits. Peut-être n'était-ce pas une si bonne idée. Peut-être n'aurait-elle jamais dû accepter.

Il regarda le portail qui brillait au loin.

— Bien. Alors allons-y.

Joanna lui prit la main pour lui faire redescendre la montagne. Il commença à marcher mais s'arrêta soudain.

— Je ne peux plus bouger, grommela-t-il. Mes pieds sont bloqués.

— Essayez encore, lui ordonna-t-elle. Elle sentait qu'on tirait fort de l'autre côté ; ce devait être sa sœur, Helda, qui s'accrochait à son esprit.

— Ne me cherche pas, ma sœur ! prévint Joanna, remuant sa baguette magique de sorte qu'elle dégage une lumière blanche et chaude. N'oublie pas que tu as accepté de respecter le Pacte ! Son heure n'est pas venue !

Elle gardait la main sur le bras de Lionel et tirait. Le vent mugit, les océans se déchaînèrent et il y eut des éclairs. Le Royaume des Morts ne renonçait pas à ses âmes si facilement.

Mais la magie de Joanna était la plus forte ; c'était un pouvoir ancré en elle, plus vieux que la Terre, plus vieux que la Mort, et sa volonté féroce ne lâcha pas Lionel, le tirant vers le haut pour lui faire quitter le sentier… Il y eut une formidable lueur…

Joanna était au chevet de Lionel, lui tenant la main fermement. L'homme mort cligna des yeux. Il toussa et regarda autour de lui.

— Où est Emily ?

Les parents de Lionel étaient aux anges de récupérer leur fils, bien qu'un peu vexés de perdre la maison, même s'ils essayèrent de ne pas le montrer. Joanna et Ingrid dirent au revoir.

— Comment pourrais-je jamais vous remercier ? J'ignore ce que vous avez fait, et comment, mais merci. (Emily pleurait.) Que puis-je vous donner… ? Tout ce que vous voudrez. Prenez la maison, dit-elle en riant. Lionel va faire mettre mon nom sur l'acte de propriété.

Joanna la prit dans ses bras et l'embrassa sur chaque joue.

— Prenez soin l'un de l'autre, dit-elle. Et gardez un œil sur lui. Il ne sera peut-être pas dans son assiette pendant un jour ou deux. Si vous remarquez le moindre changement dans son état, faites-le-nous savoir aussitôt.

Ingrid redescendait le couloir en tête.

— Bon, pour cette histoire de Restriction... Je dirais que ramener un homme à la vie enfreint à peu près toutes les règles imposées, non ? la taquina-t-elle.

Joanna sourit. Cette aventure avait été fantastique, c'était comme au bon vieux temps. Elle planta sa baguette magique dans son chignon.

— Qu'ils aillent se faire voir. Nous ferions bien de l'admettre. Nous sommes des sorcières. Qu'ils essaient de nous empêcher de nous servir de notre magie, cette fois.

Le quatre juillet

Quelque chose se trame

CHAPITRE 19

La fille du Rhin

— Salut, Matt. Caitlin finit juste d'enregistrer quelques nouveaux livres. Elle arrive bientôt, dit Ingrid avec un sourire qu'elle espérait amical.

Le beau policier acquiesça et prit sa place habituelle sur le banc en face du bureau d'accueil. Ingrid avait l'impression d'avoir cligné des yeux et, quand elle les avait ouverts, Matt et Caitlin formaient un couple. C'était arrivé si vite qu'elle soupçonnait Freya d'avoir glissé un de ses désormais célèbres philtres d'amour dans le café du policier. Sa sœur jurait ses grands dieux que Matt n'était pas venu au bar depuis un bon moment ; elle n'avait pas non plus servi Caitlin récemment : c'était une de ces filles saoules après un verre de vin et certainement pas une habituée du North Inn.

Ingrid s'efforça de se concentrer sur les dossiers devant elle, mais savoir Matt assis en face rendait la tâche difficile. S'il venait régulièrement à la bibliothèque avant, il était à présent impossible de lui échapper. Chaque après-midi, il apparaissait sur le coup de cinq heures sans faute. Bien sûr, aujourd'hui, on était jeudi, et c'était le début d'un long week-end, mais quand même. N'avait-il pas mieux à faire ? Comment pouvait-il avoir autant de temps pour flâner et attendre ? N'avait-il pas des meurtres à élucider ? Cela faisait plus de six mois qu'on avait retrouvé Bill Thatcher mort sur la plage, et la police n'avait aucune piste. Sa femme, Maura, était toujours dans le coma, ce qui était bien dommage puisqu'elle était le seul témoin de ce qui leur était arrivé.

La présence constante du policier était énervante, mais nettement moins que le spectacle de Caitlin se préparant pour ses rendez-vous galants. Elle s'y attelait dans la salle du fond, appliquant furieusement blush et rouge à lèvres, racontant en détail sa nouvelle relation à tous ceux qui se trouvaient à portée de voix. Même Tabitha et Hudson s'étaient laissés entraîner dans son cinéma : Tabitha parce qu'elle adorait la romance sous toutes ses formes, et Hudson parce qu'il absorbait le mélodrame comme une éponge. Ingrid avait tenté d'échapper au tapage des filles, mais pour trouver le policier oisif près de l'accueil.

Elle s'efforça de se convaincre qu'il n'était pas là, ou qu'elle était insensible à sa présence. Tâche difficile car, quand elle l'apercevait, sa gorge se serrait et elle se figeait au point que la chair de poule se formait sur son bras. Ingrid resserra son cardigan fermement autour de sa taille et s'efforça de ne pas frissonner. Elle ne le laisserait pas l'affecter de la sorte. Elle était si concentrée à feindre l'indifférence qu'elle ne se rendit pas compte que quelqu'un se tenait devant l'accueil jusqu'à ce qu'Emily Foster tapote du doigt sur son épaule.

— Ingrid ? Allô Ingrid, ici la Terre !

— Emily ! Pardonne-moi. Je…

— Rêvassais. (Emily sourit et lui tendit quelques livres.) Ne t'inquiète pas, j'ai l'habitude. Lionel a toujours le regard perdu au loin.

— Comment va-t-il ? demanda Ingrid, ravie de cette distraction.

Du coin de l'œil elle vit Matt pianoter sur son Black-Berry.

— Bien. Il va bien, répondit Emily. Un peu plus distrait que d'habitude, mais c'est sans doute parce qu'il est occupé à travailler sur une nouvelle série de peintures. Elles sont belles et un peu hagardes, des sentiers qui ne mènent nulle part, une espèce de montagne avec un portail argenté. Il n'a pas exposé à New York depuis longtemps et sa galerie est très enthousiaste.

— Contente de l'apprendre ; s'il te plaît, dis-lui bonjour de notre part, dit Ingrid en rendant à Emily sa pile de romans.

Jusque-là, depuis la résurrection de Lionel, elles n'avaient pas eu de nouvelles du Conseil. Aucun message de l'oracle, aucun indice montrant que leurs agissements avaient été remarqués et qu'on s'en inquiétait. C'était un peu troublant, et Ingrid se demanda si elles n'avaient pas respecté les règles trop strictement. Si le Conseil se moquait qu'on les enfreigne, alors peut-être auraient-elles dû se servir de leur magie depuis longtemps.

Quelques clients attendaient leur tour pour faire des provisions de livres pour le long week-end, et Ingrid fut occupée. Vous voyez, aurait-elle voulu crier à leur maire pédant, les gens viennent encore à la bibliothèque : elle a toujours sa place dans la vie de tous les jours. Il ne restait guère d'espoir, cependant. Elle avait entendu dire qu'on avait prévu de déménager les archives architecturales dans un entrepôt avec un minuscule bureau, mais c'était uniquement parce que le legs le permettait ; quant à la bibliothèque, son avenir s'annonçait morose.

La file s'amenuisa et il ne resta de nouveau qu'Ingrid et Matt. Le silence qui régnait allait la rendre folle. Elle décida d'agir.

— Je vais aller voir ce qui lui prend tout ce temps, proposa-t-elle en finissant de ranger l'accueil.

Elle retourna d'un bon pas vers le bureau du fond, où Caitlin, assise à sa table, pinçait les lèvres et étudiait son reflet dans son miroir de poche.

— Tu sais que Matt est là, dis-moi ? demanda Ingrid.

— Je sais, je suis tellement en retard. (Caitlin soupira, fermant le miroir dans un bruit sec.) Ça ne l'embête pas, bien sûr, mais j'ai horreur de le faire attendre. Tu sais comme il est à cheval sur la ponctualité ! Toujours à l'heure ; à côté de lui, je ne fais pas sérieuse. Je suppose que ça fait partie de sa personnalité. Savais-tu que son père était capitaine dans la police avant de prendre sa retraite ? Son grand-père aussi. C'est de famille… N'est-ce pas charmant ?

Il semblait à Ingrid qu'elle avait développé une personnalité en une nuit. Elle était soudain devenue un moulin à paroles ; impossible de la faire taire. Le personnel était au courant des habitudes de son cher Matthew pour ses repas (il les prenait pour la plupart au petit restaurant, au bord de la grand-route), ses opinions politiques (comme Ingrid, il n'avait pas voté pour le maire actuel), et ses ex-petites-amies (peu nombreuses). Il devenait de plus en plus difficile pour Ingrid de se retenir de lui jeter un sort. Il ne lui faudrait que treize bougies noires et un pentagramme pour que cette idiote se couvre de furoncles sans savoir pourquoi.

Ingrid aurait préféré ne pas en savoir tant sur Matt Noble. Surtout parce que Caitlin peignait le portrait d'un homme simple, honnête, travailleur, quelqu'un qu'elle ne pouvait s'empêcher de respecter et d'admirer, même si ce n'était que de loin.

— Tu trouves qu'elle me va, Hudson ? interrogea Caitlin, qui se tracassait pour sa tenue, une robe en lin blanc qui donnait un aperçu de son décolleté bronzé.

Hudson haussa un sourcil.

— Étant donné que je t'ai aidée à la choisir, je la trouve fabuleuse.

— Tu es très belle, confirma Tabitha qui la regardait avec envie. (On ne voyait pas encore qu'elle était enceinte, si ce n'était ses joues un peu plus rondes et la période quasi obligatoire de nausées du matin.) Où t'emmène-t-il, déjà ?

— À l'opéra en plein air, tu sais, près de la plage ? Je ne me souviens plus ce qu'on joue.

— C'est Wagner, *L'Anneau du Nibelung*, précisa Ingrid d'un ton glacial.

Elle avait prévu d'y assister, elle aussi. L'orchestre de North Hampton en interprétait une version instrumentale abrégée tous les ans pour le quatre juillet, avec un feu d'artifice à la fin. Ingrid avait eu l'intention de s'y rendre avec sa famille, mais Freya avait annulé à la dernière minute, et Joanna s'était excusée de manquer à la tradition annuelle, disant qu'elle ne se sentait pas d'attaque pour tout ce *Sturm und Drang*, cet été. Ingrid avait donc décidé de ne pas y assister. Elle n'avait pas envie d'aller seule à l'opéra.

— Attends un peu, intervint Hudson en resserrant la ceinture autour de la taille de Caitlin pour exagérer encore la silhouette de rêve. Voilà qui est mieux.

Il approuva d'un signe de tête. Le traître était le nouveau meilleur ami de Caitlin, se lamentait Ingrid. Hudson avait l'âme d'une fillette de treize ans. Il ne pouvait s'empêcher de se pâmer devant une nouvelle histoire d'amour. C'était plus sympa que de passer en revue les émissions de téléréalité de la veille, c'est certain.

Caitlin rougit et rit bêtement ; Ingrid s'efforça de ne pas l'écouter, songeant qu'elle n'était pas jalouse. Elle n'était *pas* jalouse. Si seulement elle avait pu faire quelque chose pour ne plus se sentir aussi mal. Elle aidait les autres femmes à résoudre leurs problèmes, et pourtant elle était incapable de résoudre les siens ! Freya lui conseillerait de boire un de ses philtres d'amour et de voler Matt Noble à Caitlin. Mais Ingrid ne voulait pas de ça. Elle ne voulait pas qu'il s'intéresse à elle grâce à un tour de magie. De toute façon, elle ne s'intéressait pas à lui. Pas vrai ? Il lui devenait de plus en plus difficile de se convaincre de son indifférence. Elle appréciait Matt Noble, et pas seulement parce qu'il était à présent hors d'atteinte. Ingrid ne souffrait pas de cette tendance à aimer les hommes qu'elle ne pouvait avoir. Pour être honnête, elle n'avait jamais vraiment aimé aucun homme, pas un seul au cours de sa longue vie. Elle préférait sa propre compagnie. Cette obsession pour Matt arrivait pile au mauvais moment. Elle avait cru qu'il l'aimait bien, et cela avait éveillé son intérêt. Elle s'était trompée, sauf que maintenant, elle ne paraissait plus rien pouvoir faire quant à ses sentiments.

Hudson murmura quelque chose à l'oreille de Caitlin qui la fit terriblement rougir, la rendant plus jolie encore qu'elle ne l'était déjà.

— Eh bien, si tu veux vraiment savoir, dit-elle, et Ingrid ne put s'empêcher d'entendre, aujourd'hui est son jour de chance !

— Son jour de chance pour quoi ? demanda Tabitha. Oh ! Oh ! ajouta-t-elle quand elle comprit de quoi Hudson et Caitlin parlaient, et elle gloussa malicieusement.

— On se voit depuis maintenant deux semaines, et je crois que le moment est venu, expliqua Caitlin bien sagement.

— Est-ce une règle que je ne connais pas ? s'enquit Hudson. La règle des deux semaines ?

Il se tourna vers Ingrid et Tabitha, attentif.

— Pas pour moi, gloussa Tabitha. Chad était un coup d'un soir.

— Tab, quelle traînée tu fais, la taquina Hudson. Un coup d'un soir qui a duré quinze ans, c'est ça ?

— Je suppose, oui.

Elle sourit.

— Et toi, Ingrid ?

Ingrid croisa les bras. Il y avait des jours où elle avait vraiment l'impression d'être la plus vieille vierge au monde.

— Une dame distinguée ne donne pas ce genre d'information.

Elle secoua la tête de dépit et s'excusa pour aller aux toilettes. Caitlin la suivit.

Aux lavabos, Caitlin lâcha soudain :

— Je te jure, c'est trop bizarre… Tout ce temps, j'étais convaincue qu'il était toujours là pour te voir.

(Elle fit couler l'eau et se lava les mains.) Il posait sans cesse des questions sur toi.

Ingrid leva les yeux dans un sursaut.

— Vraiment ?

— Oui. Quel genre de livres tu aimais lire. Quel genre de travail tu effectuais sur ces dessins. Je croyais qu'il en pinçait pour toi… (Caitlin pressa ses lèvres l'une contre l'autre fermement pour sécher son rouge à lèvres.) Mais il se trouve qu'il n'arrêtait pas de me parler de toi parce qu'il était nerveux quand il me parlait à moi ! N'est-ce pas rigolo ?

Hilarant. Ingrid fit claquer la porte des toilettes et sortit du bureau pour retourner à l'accueil. Le policier, sujet de tous les commérages, leva les yeux du livre qu'il lisait. Il le posa sur la table. L'opus de J. J. Ramsey Baker, le butoir de porte de mille pages qu'Ingrid n'arrivait à faire emprunter et lire à personne.

— Tu as aimé ? demanda-t-elle gentiment.

Matt Noble réfléchit un moment.

— C'était… intéressant, mais pas vraiment mon truc.

— Quel genre de livres aimes-tu, alors ? interrogea Ingrid, un peu sur la défensive.

— Je ne sais pas…

Il haussa les épaules. Elle avait raison, pensa-t-elle, satisfaite. Il n'aimait pas spécialement lire, c'était juste un rat de bibliothèque. Probablement l'un de ces cinglés qui aimaient faire la sieste dans les box.

— Eh bien, quel est ton livre préféré ? insista-t-elle, persuadée qu'il ne pourrait pas en citer un ou, dans le cas contraire, que ce serait quelque chose comme…

— *Ne tirez pas sur l'oiseau moqueur.*

— Vraiment ? répondit-elle, prise au dépourvu. C'est aussi mon livre préféré.

Mais disait-il cela juste comme ça ? Ou était-ce un renseignement que Caitlin lui avait donné ? D'ailleurs en avait-elle jamais discuté avec Caitlin ? Caitlin n'aimait pas lire. Elle passait son temps libre à mettre à jour le statut de son profil sur internet.

— Vraiment.

Matt sourit, et l'espace d'un instant il ressembla un peu à Atticus Finch, ou peut-être à Gregory Peck dans le rôle d'Atticus Finch, si Gregory Peck avait eu les cheveux châtain clair, des taches de rousseur et les yeux bleus. Il soutint son regard un moment et sembla vouloir ajouter quelque chose quand Caitlin fit enfin son apparition, radieuse dans sa robe blanche.

— Matthew !

Il se détourna et embrassa Caitlin sur la joue tandis qu'ils s'enlaçaient. Ce n'est qu'à ce moment-là qu'Ingrid remarqua qu'il tenait un panier de pique-nique à la main, une bouteille de vin et une baguette dépassant sur le côté.

Tabitha et Hudson la suivaient.

— La voie est libre, chef, dit Tabitha, ce qui voulait dire que la bibliothèque était vide.

Ingrid éteignit les lumières principales, enclencha l'alarme, et le groupe sortit ensemble du bâtiment. Il faisait chaud mais une brise soufflait et le ciel rougeoyait ; il ferait jour jusque tard dans la nuit. Un soir d'été idéal pour écouter de la musique. Ingrid eut un pincement au cœur.

— Hé, tu veux qu'on t'emmène au concert ? proposa Caitlin alors qu'Ingrid se dirigeait vers son vélo.

Elle y assiste tous les ans avec sa famille, expliqua-t-elle à son petit ami.

— Non, merci : ma mère et ma sœur ne peuvent pas venir cette année. Je crois que je ferais mieux de rentrer chez moi, répondit Ingrid tandis que Tabitha leur faisait au revoir de la main.

— Oh, eh bien, viens avec nous alors ! insista Caitlin.

— Je ne peux pas... Je ne voudrais pas gâcher votre soirée..., dit Ingrid, la chaleur lui brûlant les joues à nouveau ; si cela continuait comme ça, elle finirait par bronzer.

S'il y avait bien une chose dont elle n'avait pas envie, c'était de tenir la chandelle pendant un dîner romantique.

Mais pour une raison qu'elle ne s'expliquait pas, Caitlin insista.

— Pas du tout. Ça ne dérange pas Matt. Pas vrai, Matt ?

Il secoua la tête et sourit à Ingrid.

— Pas du tout. Joins-toi à nous, je t'en prie. J'ai prévu assez de fromage pour nourrir un régiment.

Hudson avait ôté l'antivol de son vélo et commençait à s'éloigner quand Caitlin sauta sur lui aussi.

— On pourrait y aller à quatre ! Hudson, viens à l'opéra avec Matt, Ingrid et moi... Ingrid a besoin d'un cavalier !

Rien ne paraissait pouvoir en dissuader Caitlin, et Ingrid se sentait incapable de résister.

Hudson jeta un regard interrogateur à Ingrid. Il lui avait proposé de l'y emmener ce matin même quand elle avait appris que sa famille l'avait laissé tomber, mais elle avait décliné son offre, et elle espérait que son ami ne le mentionnerait pas. Heureusement, Hudson se montra à la hauteur de la situation.

— Wagner est si ennuyeux. Je préfère Puccini. Mais pourquoi pas ?

L'orchestre s'était installé sur une petite scène, dans un champ d'herbe à quelques mètres de la plage. Une foule impressionnante attendait déjà. Ils trouvèrent un coin libre entre deux groupes de passionnés d'opéra qui portaient un toast à leur soirée munis de verres en plastique remplis de vin. Des ballons flottaient dans le ciel pour indiquer leur emplacement aux retardataires ou pour éviter que quelqu'un ne se perde en revenant des toilettes. Le soleil commença à se coucher à l'horizon, baignant la scène d'une lumière orange chaude, puis les musiciens se mirent à jouer. C'était un très joli spectacle, pourtant Ingrid n'y trouva aucune beauté.

Caitlin se pelotonna contre Matt toute la soirée et, quand ils ne se blottissaient pas l'un contre l'autre, ils s'embrassaient. Ingrid songea qu'elle pourrait bien brûler tous ses enregistrements de Wagner avant la fin de la soirée ; elle était écœurée. Sa magnifique bibliothèque allait être rasée pour faire place à des immeubles, et l'homme qui lui plaisait avait fini avec une de ses collègues. Elle se promit de se remettre de Matt Noble d'une façon ou d'une autre. Même si elle devait avaler un des antidotes au goût amer de Freya pour ça.

CHAPITRE 20
Face aux ténèbres

Les Alvarez avaient invité Joanna à célébrer le quatre juillet avec eux. Le vendredi soir, après avoir participé à leur barbecue, elle se promena le long du rivage jusqu'à chez elle. Malgré ce qui s'était passé lors de sa dernière promenade, Joanna avait conservé cette habitude. Elle fit un tour dans le voisinage d'un bon pas pour se revigorer, et passer en revue les vicissitudes de la journée dans sa tête, sans parler d'essayer de perdre les quelques calories de trop absorbées avec la deuxième part du gâteau fourré aux fruits rouges de Gracella. Elle avait passé une agréable soirée et avait apprécié la compagnie de ses voisins et amis, et goûté cette occasion de prendre de leurs nouvelles. Plusieurs avaient entendu parler du miracle qu'elle avait accompli pour Lionel Horning et lui avaient demandé si elle pourrait étudier le cas de membres souffrants de leurs familles. Joanna avait promis de le faire dès que possible, mais les avait prévenus que le cas de Lionel était très particulier.

Les trois femmes Beauchamp commençaient à jouir en ville de la réputation d'être capables de réaliser des prodiges. Joanna se demanda comment réagirait le Conseil. Jusqu'à présent, elles n'avaient eu aucune nouvelle des puissances établies ; soit elles avaient décidé d'ignorer leurs actions, soit elles s'interrogeaient toujours sur la réponse à y apporter. Quoi qu'il en soit, la bravade dont elle avait fait preuve l'autre jour commençait à faiblir. Elle n'avait pas peur du Conseil à proprement parler, mais elle était impatiente de voir ce qu'ils feraient. Il était impossible de prévoir leur réaction. Elle aurait voulu que l'oracle descende, qu'il s'occupe d'elles maintenant, et qu'on en finisse : châtiment, réprimande, quel que soit ce qu'il choisirait de leur infliger. L'incertitude était trop douloureuse.

Elle fut ravie de constater, quelques rues plus loin, que Gilly l'avait rattrapée, le corbeau battant des ailes en silence. Ensemble, sorcière et familier flânèrent le long d'un chemin battu menant au rivage, passant devant de grandes maisons avec vue sur la mer. Joanna allait faire demi-tour pour rentrer chez elle, quand le corbeau se mit à voler vers la passerelle qui menait à l'île des Gardiner.

— Tu veux aller là-bas ? Pourquoi ?

Gilly la regarda avec attention. *Il faut que tu voies ça.*

— Ce soir ?

Viens. Tu as déjà trop tardé.

— Tu as raison, tu as raison, comme d'habitude. Je suppose que le moment est aussi bien choisi qu'un autre.

D'étranges événements se produisaient en ville ; Joanna ne pouvait plus le nier. Elle songea aux oiseaux morts, à la toxine argentée qui polluait leur océan, de même qu'à la menace herbeuse qui avait tenté de l'étrangler l'autre soir. Depuis qu'elle avait ressuscité

Lionel Horning d'entre les morts, Joanna redoublait d'inquiétude. Qu'était cette toile d'araignée argentée qui enveloppait son âme ? Elle n'avait jamais rien vu de tel. Avait-elle commis une erreur en le ramenant du Royaume des Morts ? Elle avait pourtant déjà ressuscité des âmes, et ce n'était pas si inhabituel. Parfois la résurrection se produisait naturellement. Les humains appelaient ça « frôler la mort », quand ils revenaient pour raconter qu'ils s'étaient vus flotter au-dessus d'eux-mêmes, ou qu'ils avaient entraperçu la lumière blanche au bout du tunnel. Le début d'un voyage que tout le monde devait entreprendre un jour ou l'autre.

Les âmes prises par la mort n'étaient pas enveloppées d'une brume argentée, elles rayonnaient d'un arc de couleurs. Joanna avait attribué cette anomalie au fait qu'elle n'avait pas visité le monde des morts depuis très longtemps. Peut-être avaient-ils refait la décoration ? Son attitude facétieuse lui valut une réprimande de Gilly qui lui pinça la joue et croassa. Joanna suivit l'oiseau jusqu'au pont. Fair Haven brillait vivement dans le noir, éclairant leur chemin. D'ici à la fin de l'été, sa fille serait maîtresse de la maison et de l'île, comme prévu. Mais si tout paraissait bien se passer, la date du mariage approchant (Freya avait même accepté de porter du blanc), Joanna ressentait malgré tout un certain malaise qu'elle ne pouvait s'expliquer, puisque tout se déroulait selon les prédictions d'Ingrid.

— Soyons discrets à présent, d'accord, Gilly ? Assurons-nous que personne ne nous voie, dit-elle alors qu'ils traversaient avec précaution le pont vers la plage déserte.

De singulières piles de bois flotté étaient dispersées un peu partout, mais quand Joanna s'approcha, elle comprit qu'il ne s'agissait pas de détritus rejetés par l'océan. La plage était jonchée de cadavres de balbuzards. Des centaines d'oiseaux, un épais dépôt visqueux recouvrant leurs plumes, les becs brûlés. Ils ressemblaient en tout point aux oiseaux qu'elle avait trouvés morts sur sa plage, plus tôt cet été-là. Elle avait donc raison. Les oiseaux étaient une prémonition, un présage, un avertissement. Elle avait soudain envie de dire à ses filles : je vous avais prévenues, même si avoir raison était une maigre consolation. Son cœur se brisait devant tant de morts autour d'elle. Elle pourrait ramener leurs âmes, mais c'était futile puisque leurs corps ne pouvaient être sauvés.

Pourquoi nul n'avait rien dit ? Elle se tourna vers Fair Haven, la maison qui contenait le fondement du repli protégeant la ville du monde nébuleux du glom. Joanna était présente lors de la construction du manoir ; il avait toujours été prévu qu'il resterait inoccupé. Elle avait été si surprise de l'arrivée des Gardiner. Peut-être leur apparition cachait-elle quelque chose ?

Joanna remarqua les immenses dunes de sable qui entouraient la maison. Elle ne se souvenait pas avoir vu de monticules aussi imposants sur l'île des Gardiner. En passant à côté, elle eut la nette sensation qu'on l'observait. Les dunes étaient comme de petites montagnes d'hommes, des buttes avec des yeux et des nez singuliers. Elle en effleura une : on aurait dit du granit plus que du sable. Elle plissa les yeux pour regarder au loin. Puis elle la vit. La tache argentée dans l'océan s'était déplacée. Elle clapotait sur les rives de l'île des Gardiner, l'entourant d'un sombre périmètre.

Elle chercha ses gants dans sa poche et les enfila, une jolie paire en cuir épais qui gardait ses mains au chaud en hiver, et elle s'agenouilla au bord de l'eau. Elle devait voir ce qui s'y trouvait.

Le corbeau croassa un avertissement et Joanna apaisa l'animal.

— Ne t'inquiète pas, ces gants sont en peau de serpent : rien ne les traversera.

La sorcière aux cheveux gris, à genoux sur les rochers glissants, plongea un doigt dans l'eau noire.

Elle frotta ses doigts et les leva à la lumière. Les scientifiques n'avaient toujours pas trouvé d'explication à l'explosion, ni n'étaient parvenus à identifier la substance toxique qui s'était répandue dans l'océan. On conseillait aux habitants de la ville de continuer de s'abstenir de pêcher, de se baigner et de manger les fruits de mer locaux. Pire encore, nul ne pouvait leur dire comment on prévoyait de nettoyer l'océan ni ce que l'on pouvait y faire. Nul n'était certain de la nature exacte de la toxine.

Elle frotta ses doigts les uns contre les autres pour étudier le liquide. Il avait l'air glissant à la vue et au toucher, mais quand elle appuya un peu plus fort, elle découvrit que ce n'était pas tout. Il était granuleux et cassant, un cristal transparent et dur. Joanna ressentit un profond malaise intérieur. C'était vraiment très grave. Quoi que ce fût, elle comprenait maintenant pourquoi elle avait évité d'y faire face le plus longtemps possible : elle s'était efforcée de ne pas s'attarder sur le repli déchiré, les ténèbres grises, le sentiment de désespoir et d'angoisse qui s'était abattu sur la ville. Elle se souvint de ce qu'Ingrid lui avait rapporté : que les femmes de North Hampton étaient stériles et qu'un certain nombre d'animaux étaient morts subitement sans cause apparente.

Joanna leva sa baguette magique. Son sort d'endi-guement ne tiendrait pas longtemps. Il empêcherait le poison de se répandre mais seulement pour une courte période. Elle ne pouvait faire face à ce danger inconnu seule ; cela allait au-delà de ses pouvoirs et de sa compréhension, et elle sut aussitôt qu'il lui faudrait demander de l'aide. Des renforts. Ses filles et elle ne pouvaient pas affronter cette menace à trois. Elle retira ses gants et les jeta dans l'eau. Il y avait un petit trou au bout de son doigt, juste à l'emplacement où elle avait tenu le sombre cristal.

CHAPITRE 21

Le seul moyen
de se délivrer de la tentation…

Le vendredi soir du week-end du quatre juillet, la baignade étant toujours interdite, les touristes avaient pratiquement disparu de la ville, mais les gens du coin faisaient quand même la fête. Au North Inn, Bon Jovi braillait, et même si on était encore bien loin de minuit, un groupe de filles dansait déjà sur les tables, les bretelles de caraco glissant le long de leurs épaules, le jean lâche tombant bas sur la taille.

Comme d'habitude, Bran était en voyage. Ce serait leur plus longue séparation jusqu'à présent, puisqu'il parcourait cette fois l'Asie du Sud-Est avec un grand groupe de donateurs. Freya se dit qu'elle devrait s'y être habituée et se réprimanda d'être si faible.

Pour se sentir mieux, elle augmenta encore le volume de la musique, alors même que Killian Gardiner entrait dans le bar. Elle s'efforça de ne pas se crisper mais se sentit rougir uniquement en l'apercevant. Elle eut alors une brève image de son historique sexuel, une vision d'elle-même dans ses bras tandis qu'il l'embrassait tout le long de son corps nu. Pourtant, l'image était fermement ancrée dans le passé et, tant qu'elle garderait ses distances avec lui, ça ne changerait pas. Peu importait combien de fois elle avait rêvé de lui. Et il pouvait fantasmer sur elle autant qu'il le voulait, il pouvait se rejouer la scène des toilettes encore et encore jusqu'à la fin des temps, il ne se passerait plus jamais rien entre eux, elle s'en assurerait.

— Salut, dit-il en s'approchant d'une démarche fluide et en prenant un siège juste devant elle.

Comment était-ce possible ? Elle était pourtant certaine que tous les sièges étaient occupés mais, à son apparition, la foule s'était ouverte comme les eaux de la mer Rouge.

— Killian, répondit-elle d'un ton cassant, je t'ai dit de me laisser tranquille.

— J'avais envie de te voir. Et puis Bran est en voyage en ce moment. La voie est libre, ajouta-t-il en souriant. (Il se saisit du menu des cocktails magiques plastifié.) J'adore les petits cœurs. Très mignon.

C'était Sal qui avait eu l'idée fleur bleue d'ajouter les cœurs. Freya regrettait de s'être laissée convaincre, mais elle n'avait pas voulu blesser son patron.

Elle observa Killian qui lisait le menu, un sourire sardonique aux lèvres ; elle aurait voulu qu'il soit n'importe où ce soir, mais pas ici. Elle n'avait vraiment pas besoin d'aggraver son cas. Le groupe d'amis mondains passionnés de chevaux de Bran ne fréquentait pas le North Inn, mais elle vivait malgré tout dans une petite ville, et les langues iraient bon train s'ils paraissaient trop bons amis ou intimes.

— Excusez-moi ? Mademoiselle ?

— Attends une seconde, lui dit Freya. (Elle se tourna vers sa cliente, un petit moineau de fille qui étudiait la liste de cocktails comme si elle la mémorisait pour un examen de fin d'études.) Qu'est-ce que je vous sers ? demanda-t-elle.

— Mmm... Je ne sais pas...

Molly Lancaster, de petite taille et nerveuse, récemment diplômée, était stagiaire d'été à la mairie. Freya entraperçut un échec amoureux, la cour numérique habituelle des adolescents par sexto.

— Je voudrais un Irrésistible, s'il vous plaît, finit par murmurer Molly.

— Pour moi également, la taquina Killian, repoussant le menu sur la table d'une chiquenaude.

Freya fit semblant de ne pas l'entendre et commença à préparer le cocktail de Molly. Elle conservait les quenouilles en fleurs dans un bocal en verre sur une étagère basse ; elle en sortit quelques-unes et se mit à broyer les épis au pilon.

— Attends, laisse-moi t'aider avec ça, dit Killian en passant derrière le comptoir pour se placer à côté d'elle et se pencher de sorte qu'elle sente son souffle chaud sur son cou.

— Killian, je t'en prie. Retourne de l'autre côté. Allez, dépêche-toi.

— Mais vous manquez de personnel, dit-il en désignant de la tête un type qui agitait un billet de vingt dollars. (Il lui servit promptement la pinte demandée, lui rendit la monnaie et ferma la caisse enregistreuse dans un claquement.) Allez, laisse-moi t'aider.

Cela paraissait effectivement une bonne idée ; le bar était bondé et tout le monde attendait d'être servi. Ça ne dérangerait pas Sal, et Kristy avait appelé pour dire qu'elle était malade. Freya soupira. Elle aurait bien besoin d'un coup de main.

— Alors, qu'est-ce que tu mets d'autre là-dedans ?

interrogea Killian en la regardant doser la poudre de quenouille pour l'ajouter dans le shaker.

— Rien. Juste une pointe de jus de citron vert, des cerises et une bonne dose de vodka.

— Ça me paraît plutôt inoffensif ; difficile de croire que ça pourrait transformer cette petite souris en Marilyn Monroe.

— Je n'indique pas tous mes ingrédients sur le menu, rétorqua-t-elle en saisissant un autre de ses bocaux noirs secrets qu'elle conservait dans le réfrigérateur sous le comptoir, et se mit à verser quelques gouttes de chaque dans le cocktail : aster, cheveu de Vénus, racines de vétiver.

Elle aimait sentir les yeux de Killian posés sur elle, avoir toute son attention quand il la regardait travailler, et elle se mit à frimer quelque peu. Elle sortit une petite bouteille d'ambre contenant du poivre du paradis, de minuscules graines remplies de magie puissante, et en saupoudra quelques-unes dans le mélange. Le philtre vira au rouge vif en un éclair. La boisson moussa et dégagea une fumée à la forte odeur de vanille et de miel.

— Cela sent presque aussi bon que toi, murmura Killian, blottissant sa tête dans son cou, sa main glissant sur sa taille.

— Eh ! protesta-t-elle, se tortillant pour s'écarter de lui mais sans trop d'efforts. Bas les pattes ! Et tu as des clients : tu es là pour aider, tu te rappelles ? dit-elle en versant son cocktail dans un verre à Martini.

Avait-elle déjà mis la racine de vétiver ? Elle ne s'en souvenait plus et en rajouta un peu pour être sûre.

Puis elle tendit le verre à Martini rempli d'un liquide violet mousseux à Molly.

— Et voilà. Un Irrésistible, annonça-t-elle brièvement.

Killian se montra compétent en tant que serveur, ce qui n'aurait pas dû la surprendre. Ils travaillèrent côte à côte, remplissant des verres, pilant de la glace, maintenant l'esprit de fête et une forte énergie.

— Allons, reconnais que je t'ai manqué, lui dit-il tout en préparant un plateau de shots pour un groupe bruyant de femmes. Eh bien, tu ne me parles plus, c'est ça ? soupira-t-il quand elle demeura silencieuse. Tu ne peux quand même pas toujours être fâchée contre moi pour ce qui s'est passé la nuit de tes fiançailles ! Si ? Comme tu es barbante. Ce n'est pas comme si tu étais venue me voir sur le bateau.

Freya en avait assez entendu.

— Killian !

— Oui, mon amour ?

— Je t'en prie.

— Je t'en prie quoi ?

— Je t'en prie, laisse-moi tranquille.

— Non.

— Non ?

Leurs regards se croisèrent et elle ressentit la même chose qu'à la fête de fiançailles. Elle ne pouvait nier la puissante attirance qu'elle éprouvait pour Killian. Elle était aussi forte que son amour pour Bran. Comme si une force invisible la poussait vers lui. À la pensée de Bran, son cœur se serra dans sa poitrine. Elle avait essayé. Elle s'était efforcée de son mieux de résister. Elle avait été si sage, si longtemps.

Killian baissa la tête vers elle, ses lèvres caressant sa joue, mais au dernier moment, elle se détourna de lui et courut de l'autre côté du bar, le cœur battant à tout rompre. Elle augmenta le volume du juke-box. Peut-être que si la musique était assez forte, elle étoufferait le tourbillon confus d'émotions qui s'était emparé d'elle.

— Inutile de te cacher de moi, dit-il en la trouvant quelques minutes plus tard dans le garde-manger de plain-pied où Sal entreposait les réserves. Je ne te mordrai pas, promis. Donne-moi ce bocal de cerises au marasquin.

Elle haussa les épaules, leva les mains en l'air en signe de reddition et lui tendit le bocal. Les doigts de Killian effleurèrent sa peau et elle sentit le feu qui couvait entre eux ; elle ne pouvait le regarder sans lire le désir et l'envie sur chacun des traits délicats de son beau visage.

— Que fais-tu ? demanda-t-elle tandis qu'il mettait le bocal de côté pour passer ses bras autour d'elle.

— Tu le sais parfaitement.

Il l'embrassa, se rapprocha d'elle et la chaleur entre eux la consuma… Qu'était-elle en train de faire… Pourquoi le faisait-elle ? Pourquoi était-elle incapable d'arrêter ? Pourquoi ne pouvait-elle même pas protester ?

— Freya, soupira-t-il.

Sa voix était grave et musicale, et jouait d'elle comme d'une flûte. Il mit les mains autour de sa tête et ils s'embrassèrent passionnément. Il l'embrassa partout sur le visage et dans le cou, et ils se pressèrent l'un contre l'autre. Leurs baisers étaient longs et doux, humides et inquisiteurs ; elle sentit son excitation grandir et eut l'impression de fondre sous sa langue.

C'est le début de la fin, pensa-t-elle. La première fois avait été une erreur, l'acte impulsif et irréfléchi d'une jeune idiote. Cette fois, elle aurait dû faire preuve d'un peu plus de bon sens… et pourtant, elle succombait malgré tout. Freya lui rendit ses baisers avec empressement et tomba la tête la première dans l'abîme.

CHAPITRE 22

Longue est la route

Au fond, on ne pouvait faire face au danger seul, peu importait le courage dont on faisait preuve. Quand Joanna rentra chez elle, elle se rendit dans sa chambre et entreprit aussitôt de faire ses valises. Elle ignorait où l'emmènerait ce voyage, ni le temps qu'il prendrait. Seulement qu'elle n'en avait que très peu et qu'elle espérait qu'après toutes ces années, il accepterait de l'aider. Ils avaient une responsabilité envers ce monde, après tout, ceux d'entre eux qui étaient coincés de ce côté du pont.

Joanna se remémora leur longue vie ici-bas. Cela la blessait de l'admettre, mais les Beauchamp, malgré leur fierté, leur histoire et leur magie, ne pouvaient se vanter de rien hormis d'un foyer brisé avec un fils en prison. Malgré son bon goût, son style, son obsession à améliorer la maison et ses « beaux » bijoux (elle était particulièrement fière d'une paire de boucles d'oreilles en perles, petites mais rares, qu'elle portait pour les grandes occasions), elle était essentiellement une ratée dans les domaines qui importaient vraiment. Elle avait manqué à ses devoirs envers son fils et envers son mari. Elle n'avait pas pu sauver le premier quand le monde était jeune, et avait reproché au second d'avoir échoué de la même façon quand leurs filles avaient été en danger. Une triste affaire. À présent elle allait agir pour tenter d'arranger la situation. Elle pourrait au moins rectifier un aspect de leur histoire.

— Maman ? Que fais-tu ? Tu t'en vas ?

Ingrid cligna des yeux sans ses lunettes. Elle portait une robe de chambre blanche et ses cheveux blonds tombaient sur ses épaules. Elle avait l'air bien plus jeune, et Joanna regretta qu'elle ne se détache pas les cheveux plus souvent ; elle était tellement plus jolie et plus douce ainsi.

— Juste pour un temps, répondit-elle, pliant un pull et le fourrant dans son sac de voyage en toile.

— Tu n'as pas répondu à ma première question, lui fit remarquer Ingrid.

— C'est plus sûr pour tout le monde si tu ignores où je me rends, répondit Joanna en glissant sa baguette magique en ivoire dans la poche de son trench-coat.

Elle espérait éviter des souffrances à ses filles si elle échouait dans sa quête. Il valait mieux qu'elles ignorent ce qu'elle essayait de faire. Elle savait à quel point *il* leur manquait, et à quel point elles voulaient *le* revoir. Évidemment. Elle était consciente de ce qu'elle avait fait subir à cette famille, la ligne irrémédiable qu'elle avait tracée ; elle l'avait divisée en deux. Mais elle n'avait pas le temps de s'apitoyer sur son sort pour l'instant. Il était impossible de changer le passé.

— Comment s'est passé le concert de Wagner, hier ? demanda-t-elle pour faire diversion.

— Oh…

Ingrid haussa les épaules. Joanna prit conscience que son aînée était désespérément et terriblement malheureuse. Elle aurait voulu être capable de la réconforter, mais Joanna n'était pas ce genre de mère, et Ingrid n'était pas ce genre de fille. Leur père, lui, était doué pour ces choses-là. Pour parler, écouter, soutenir affectivement : c'était vers lui qu'elles se tournaient jadis quand leur petit cœur était brisé, ou quand elles avaient de bonnes nouvelles à partager.

— Eh bien… Bon voyage, où que tu ailles, marmonna Ingrid.

— Prends soin de toi, ma chérie, répondit Joanna en serrant sa fille fort dans ses bras. Et fais attention à Tyler, tu veux bien ?

Elle ne supporterait pas de dire au revoir au garçon. Elle fut donc lâche et s'éclipsa au beau milieu de la nuit. Il aurait été trop douloureux de lui faire des adieux interminables. Tant pis. Avec un peu de chance, elle serait bientôt de retour. Elle partait pour assurer la sécurité de la ville et de ses habitants.

La famille de Dan Jerrod gérait le seul service de taxis de la ville ; il l'attendait devant la maison, dans sa voiture, une vieille Buick aux baquets imprégnés de l'odeur de cigare. Elle grimpa à l'avant, plaça sa vieille valise usée sur ses genoux et la cage de Gilly par terre.

— Où allons-nous, mademoiselle Joanna ? demanda-t-il.

— À la gare, s'il vous plaît, Dan, et vite.

— Bien sûr.

— Comment allez-vous ?

Elle aimait bien Dan, un des jeunes hommes sympathiques du coin, toujours prêt à donner un coup de main pour poser les doubles fenêtres en prévision des tempêtes de l'hiver. Dan serra fort le volant jusqu'à ce que ses articulations soient pratiquement blanches.

— Pas très bien en ce moment, mademoiselle Joanna. Amanda est à l'hôpital. Pardonnez-moi de vous casser les pieds avec ça. C'est juste que je m'inquiète pour elle.

— Pas du tout. Je suis navrée de l'apprendre… Que s'est-il passé ? Puis-je vous aider ?

— C'est une sorte de virus dont elle n'arrive pas à se débarrasser. Les médecins disent qu'ils le connaissent : il circule dans la région et elle devrait bientôt aller mieux, mais pour l'instant elle est sous respirateur artificiel.

— Je lui rendrai visite à mon retour, promit Joanna, serrant le bras de Dan en signe de compassion. Elle est entre de bonnes mains, Dan. Vous pouvez compter sur les médecins.

Le Long Island Rail Road ne s'arrêtait pas à North Hampton, ils se rendirent donc à l'arrêt le plus proche, à Montauk. La gare était déserte car il était presque minuit, et Joanna dut rassurer Dan : elle pouvait sans problème attendre seule sur le quai.

Le train express en provenance de New York arriva enfin. Il s'arrêtait, prenait les passagers, puis retournait à New York. Là, Joanna changerait de train pour le Metro-North afin de se rendre à New Haven. Elle attendit que la foule descende et remarqua un couple de beaux jeunes gens. Ils se disputaient. La fille était agacée et le garçon l'apaisait. Non, elle avait tort, comprit-elle : d'après leur conversation, il était clair qu'ils ne formaient pas un couple, ils étaient seulement amis.

— Quelle perte de temps ! s'exclama la fille. Nous ferions mieux de retourner au Caire. Je doute même de parvenir à trouver cette ville : elle est entourée d'une espèce de sort de protection.

— Tu as dit toi-même que tu pourrais y apprendre quelque chose. Que les anciens pourraient t'aider. En outre, nous avons déjà essayé et échoué : nous ne pourrons rien faire en Égypte si nous n'obtenons pas cette information. Et puis j'ai l'impression que nous aurons de la chance : la situation n'est jamais aussi désespérée qu'elle en a l'air.

— Qu'est-ce que vous regardez comme ça ? dit soudain la fille en s'adressant à Joanna.

Joanna eut un mouvement de recul : jusque-là elle n'avait pas remarqué qu'il y avait quelque chose de différent chez cette fille. Voilà longtemps qu'elle ne s'était pas trouvée en présence d'une Déchue.

La fille la dévisagea avec mépris, comme si elle comprenait que la vieille sorcière savait ce qu'elle était, et elle lui montra ses crocs.

Sale gosse arrogante. Joanna se renfrogna. De tout ce qui constituait une insulte dans l'imposition de la Restriction, le fait que les Déchus aient le droit de se servir de leurs capacités surnaturelles était le plus blessant. Elle se demanda vaguement ce qui avait amené la fille vampire et son compagnon humain à North Hampton, car c'était bien évidemment la ville qu'ils cherchaient. Ils ne semblaient pas être là pour célébrer la fête nationale. La fille avait tort, il ne s'agissait pas d'un sort de protection : ils étaient trop faciles à annihiler. Au lieu de cela, quand on avait établi North Hampton, des années plus tôt, on avait choisi de la construire dans l'une des rares poches de désorientation qui résultaient de l'effondrement du pont. North Hampton se situait quelque part dans l'Univers, ni ici ni là exactement, juste légèrement hors du temps, ce qui expliquait que la ville soit si proche du repli.

La fille ne quitta pas Joanna des yeux jusqu'à ce que le garçon l'attrape par le bras et la guide vers la rue.

— Mimi ! Viens, dit le garçon. Pardonnez mon amie, elle ne se sent pas très bien, s'excusa-t-il, et ils s'éloignèrent.

Joanna soupira et gravit les marches pour monter à bord du train. Elle aurait préféré voler mais elle devait se montrer plus prudente cette fois. Il ne serait pas raisonnable qu'un autre ovni soit aperçu dans la région. Elle trouva un siège au fond du train et rangea son sac de voyage en toile dans le porte-bagages au-dessus d'elle. La voiture était vide, et elle fut ravie de pouvoir s'étaler sur plusieurs sièges pour être plus à l'aise. Elle se prépara pour un long trajet en train dans le noir.

Après des siècles de séparation, Joanna Beauchamp partait rendre visite à son mari.

CHAPITRE 23

Disparue

Le lundi suivant le long week-end du quatre juillet, Freya eut l'impression de se réveiller d'une gueule de bois de trois jours. Elle ouvrit le bar, cet après-midi-là, quelque peu inquiète de ce qui l'attendait. Elle tourna la clé dans la serrure et poussa la porte, inspirant la douce puanteur familière du bar : sueur, cigarette et alcool renversé. Vendredi soir avait été une des nuits les plus folles jamais vues au North Inn, et bien des jours et bien des étés plus tard, ceux présents ce soir-là en parleraient encore : l'air qui crépitait de feu et de chaleur, la musique qui s'insinuait dans votre âme, dans vos membres, les cocktails succulents et addictifs, et tout le monde légèrement hors de contrôle. La fête avait continué de battre son plein, débordant sur le samedi et le dimanche, sans relâche ni repos. Freya avait gardé le bar ouvert non-stop tout le week-end, la musique de plus en plus forte, la foule un peu trop animée au point d'en devenir odieuse. Un carnaval, un cirque et un festival à la fois.

Elle était épuisée, aussi bien sur le plan physique qu'émotionnel, non seulement d'avoir fait la fête et travaillé, mais d'avoir passé trois jours entiers en compagnie de Killian Gardiner. Aucun des deux n'avait quitté les lieux pour manger ou dormir, ils avaient fait un somme dans l'arrière-salle pendant que l'autre s'occupait des clients. Peu importait qu'ils feraient bientôt partie de la même famille, qu'elle allait devenir la femme de son frère, qu'un mariage se profilait à l'horizon : seuls comptaient la chaleur, le désir et l'instant présent. Il n'y avait pas de lendemain. Il n'y avait que Killian, et Freya était vulnérable à ses moindres désirs.

Il lui avait même proposé de l'aider à nettoyer lundi matin, mais elle avait refusé. Elle avait besoin de passer quelques jours seule. En route pour le North Inn, elle avait appelé Bran sur son portable, mais il n'avait pas décroché. Elle avait malgré tout continué d'appeler pour écouter son message, comptant sur sa voix pour la ramener sur terre.

Elle était incapable de démêler l'écheveau de ses sentiments. Elle avait l'impression qu'on la tirait dans deux directions opposées, et si elle avait été sûre de Bran et de leur amour l'un pour l'autre, elle était désormais tout aussi certaine de ne pouvoir vivre sans Killian. Rien de neuf sous le soleil. Freya était le genre de fille à sauter dans un lit à la moindre invitation ; par le passé, elle avait eu beaucoup d'amants des deux sexes, et était constamment sujette aux affres de la toquade. Mais le sexe, c'était différent, c'était facile : un exutoire physique, un jeu, un peu d'amusement, une partie de jambes en l'air, comme on disait. Cela ne voulait rien dire. L'amour, c'était une autre paire de manches. Elle n'était pas prête à aimer deux hommes et ne voulait pas s'interroger sur ce que cela signifiait. Elle avait été si sûre de ses sentiments pour Bran ;

maintenant il y avait Killian, qui lui était devenu très cher en peu de temps.

Heureusement, le bar n'avait pas l'air en trop mauvais état. Freya commença par ramasser tous les soutien-gorge jetés par terre et par les mettre dans la boîte des objets trouvés. Sal avait proposé de les clouer au mur comme des trophées, mais Freya trouvait ça quelque peu vulgaire et l'en avait dissuadé. Les commis de bar avaient nettoyé la majorité de la crasse au sol, fait tourner le lave-vaisselle, sorti les poubelles et balayé tous les bouts de verre, si bien que, hormis remettre une chaise à sa place ici et là, elle n'eut pas grand-chose à faire. Elle leur en était reconnaissante. Elle commença sa préparation des cocktails : couper la menthe en petits morceaux, presser les citrons jaunes et verts, préparer l'eau sucrée, réapprovisionner le réfrigérateur en vodka. Même un lundi soir, le North Inn était sûr d'attirer les foules.

Freya était soulagée d'avoir quelque chose à faire de ses mains ; cela l'occupait et lui évitait de penser à Killian. Il l'avait déjà appelée plusieurs fois sur son portable, mais elle s'était refusée à répondre. Elle l'avait laissé dans son lit, ce matin-là, se glissant hors des couvertures sans même lui écrire un mot. Quel cliché, le départ honteux en catimini du lendemain…

— Nous ne sommes pas encore ouverts, désolée, cria Freya quand elle entendit la porte d'entrée du bar s'ouvrir et la cloche lui signaler l'arrivée d'un client.

Une femme vêtue de noir entra. Elle était de haute taille et superbe, ses cheveux blonds tirés en une queue-de-cheval serrée. Son visage n'avait pas d'âge et paraissait serein.

— Êtes-vous Freya Beauchamp ?

— Oui, c'est moi, qui la demande ?

— On m'a indiqué que je trouverais Killian Gardiner ici, dit la femme sans répondre à sa question, ce que Freya trouva un chouïa malpoli.

— Il n'est pas ici pour l'instant, rétorqua-t-elle en continuant de donner un coup de torchon au comptoir.

— Savez-vous où je pourrais le trouver ?

Freya hésita, se demandant si elle devait dire la vérité, mais elle n'avait pas de raison de mentir.

— Il est probablement sur son bateau. Il est à quai à l'île des Gardiner, à gauche de la maison, à l'extrémité de l'île. Vous ne pouvez pas le manquer.

— Merci.

Freya se souvint de ce que Bran lui avait raconté de la vie de nomade de son frère. Ingrid avait également entendu dire qu'il avait laissé derrière lui une traînée de cœurs brisés. Pourtant la sévère étrangère n'avait pas l'air d'une ex-petite-amie affligée ; elle avait plutôt celui, formel, de ceux qui œuvrent à faire respecter la loi. Killian avait-il des ennuis ? Il ne paraissait pas cacher quoi que ce soit. Quand elle lui avait posé des questions sur les rumeurs qui couraient à propos de son passé, il avait ri et lui avait répondu que les gens aimaient raconter des histoires, et qu'aucune n'était vraie.

Quelques minutes plus tard, la porte d'entrée s'ouvrit de nouveau et une jeune fille entra.

— On est fermé, désolée. Revenez dans une heure environ, suggéra Freya en levant les yeux de sa planche à découper.

— Je ne veux pas à boire, répondit la fille en fronçant les sourcils.

— Ça tombe bien puisqu'on n'est pas encore ouvert.

Freya sourit. Elle leva la tête et prit note de l'historique sexuel de la jeune fille qui défilait sous ses yeux :
une vierge de vingt-deux ans. Quelques baisers chastes
et plusieurs béguins non réciproques ; cela rappela un
peu à Freya l'expérience limitée de sa sœur dans le
domaine.

— Je cherche ma colocataire.

Freya balaya du regard le bar vide, dubitative.

— Et tu la cherches… ici ?

— Elle a dit qu'elle serait là. Vendredi soir, répondit la fille obstinément.

— C'était il y a trois jours.

— Oui. Je sais. (La fille soupira.) Je veux dire
qu'elle a disparu. Je m'appelle Pam, au fait.

Pam lui montra une photo d'une fille aux cheveux
châtains et aux grandes lunettes. C'était le petit moineau, celui qui avait commandé le philtre d'amour
Irrésistible vendredi soir. Freya plissa les yeux devant
la photo.

— Je me souviens d'elle. Molly, c'est ça ?

— Oui. Elle n'est jamais rentrée à la maison le
quatre juillet. Elle est adulte, alors la police m'a dit
que je devais attendre quarante-huit heures avant de
pouvoir lancer un avis de recherche. Ils pensent qu'elle
a simplement passé le week-end avec un garçon. Mais
je vous jure que ce n'est pas le cas. Je suis vraiment
inquiète. Elle n'a jamais rien fait de la sorte.

Freya se renfrogna, cependant son expérience lui
disait que Pam tirait des conclusions hâtives. Grâce
au philtre, Molly était sans nul doute arrivée à ses fins
avec un garçon vendredi soir. Elle était probablement
sortie prendre un brunch avec son nouveau petit ami en
ce moment même. Freya songea au week-end qu'elle

avait elle-même vécu : un mélange confus d'alcool, de travail et de Killian. Les trois jours étaient passés si vite, et nul ne savait où elle se trouvait, elle non plus ; ce n'était pas comme si elle avait laissé un message à Ingrid ou à Joanna. (Non pas qu'elles paniqueraient, car Freya allait et venait à sa guise.)

— En général, elle m'appelle pour me dire où elle est, continua Pam avec entêtement. Je m'inquiète pour elle.

Freya se souvint de Molly ce soir-là, dansant sur la table, chantant « You shook me all night long[1] » à tue-tête, ses lunettes en morceaux sous ses pieds, les cheveux détachés et en bataille, balançant au rythme de la musique tandis qu'un joyeux groupe d'étudiants aux joues rouges s'enrouait à force de crier son approbation. Molly avait l'air de s'amuser comme une petite folle. Plus tard, Freya l'avait vue embrasser un des garçons au fond du bar, tous deux s'enlaçant si fort qu'il était difficile de distinguer où commençait l'un et où finissait l'autre.

Il n'y avait pas de raison de s'inquiéter. Pam ne le comprenait peut-être pas puisqu'elle n'en avait jamais fait l'expérience : le temps accélérait et ralentissait dans les bras d'un amant, la vie de tous les jours s'effaçait. Le temps n'existait pas quand il s'agissait d'amour et de désir sexuel. Malgré tout, il valait mieux être prudent.

Freya prit la photo.

— Je vais demander autour de moi. Voir si quelqu'un connaît un des garçons avec qui elle était ce soir-là. Mais je suis convaincue que Molly va bien. Elle rentrera probablement cet après-midi.

---

1. Tu m'as secouée toute la nuit.

CHAPITRE 24

L'Ange de la Mort

Quand Ingrid arriva au travail, lundi matin, elle trouva dans la pile de courrier interne une note de service du bureau du maire l'informant que, en raison de fonds limités, le conseil municipal avait réduit le budget de la bibliothèque une fois de plus, ce qui impliquait de réduire encore les heures de travail de chacun. Ils ne disposaient déjà pas de beaucoup de fonds. Le maire avait inclus une note personnelle lui demandant son soutien dans son projet de vendre la bibliothèque au cours de la réunion du conseil, à la fin de l'été. Sa suffisance et sa condescendance étaient rageantes. Elle chiffonna la lettre en boule et la jeta à travers la pièce.

C'était une affreuse façon de commencer une journée déjà mal engagée ; le seul point positif était que Caitlin avait appelé pour dire qu'elle était malade et qu'elle ne viendrait pas au travail. Au moins, elle n'aurait pas à écouter les détails insoutenables de la nuit d'amour de Caitlin et Matt. Même si elle n'avait pas le don de Freya pour influencer son environnement, ses collègues en comprirent suffisamment pour ne pas l'approcher ce jour-là. Elle n'était pas non plus d'humeur à accomplir ses devoirs habituels de sorcière, et dit à Hudson de demander à tout le monde de revenir le lendemain.

Ingrid s'affaira à passer des plans à l'étuve, à étudier ceux des Gardiner et à communiquer avec sa source à qui elle avait envoyé un scanner de chaque page à examiner. Elle avait parcouru l'ensemble de la liasse et trouvé des dizaines de ces repères en spirale ; ils étaient partout sur les plans et leur sens demeurait un mystère. Juste pour être sûre, elle avait consulté l'un des architectes qui fréquentaient la bibliothèque afin de s'assurer que ce n'était pas un repère dont ils se servaient par le passé. Il lui avait confirmé n'avoir jamais rien vu de tel.

Elle roula la feuille de papier et la mit de côté pour le moment. De l'accueil elle entendit soudain la voix froide et nette d'une femme qui disait :

— Pardonnez-moi, mais j'insiste pour qu'elle me voie.

Quelques minutes plus tard, quand Hudson entra dans son bureau, il avait l'air absent et les yeux vitreux.

— Tu dois prendre le temps de la voir, dit-il d'un ton monotone.

Puis il quitta la salle et une magnifique blonde entra avec un maintien et une confiance en elle qui mirent aussitôt Ingrid sur la défensive.

Sa visiteuse avait environ dix-huit ans, des yeux verts durs et de longs cheveux épais platine qui lui tombaient dans le dos. Elle dégageait une odeur de pouvoir, de femme bichonnée et de fortune, que répandent ceux qui ont l'habitude qu'on leur accorde les privilèges les plus extravagants. Ingrid remarqua immédiatement que cette fille avait quelque chose de plus. C'était une

Déchue. Une sang bleu, un vampire immortel, un des enfants perdus du Tout-Puissant.

— Vous n'êtes pas d'ici, commença Ingrid sèchement, et je n'aime pas que l'on joue avec mes amis comme avec des jouets. Les vôtres se sont peut-être vu accorder une dérogation pour pratiquer votre branche de sorcellerie, mais je ne le tolérerai pas dans ma bibliothèque, surtout si vous venez chercher de l'aide pour votre cause. Elle est sans espoir, si vous voulez mon avis.

— Détends-toi, *Erda*, je ne suis pas ici en quête de rédemption, répliqua la fille, prenant un siège de l'autre côté du bureau et contemplant avec mépris son environnement minable.

— Bien, car ce n'est certainement pas dans nos compétences.

Ingrid se renfrogna, agacée qu'on l'ait appelée par son vrai nom d'immortelle. Les Beauchamp ne se servaient plus guère de ceux-ci ; ils n'étaient plus à la mode et cela attirerait trop l'attention. Le Conseil les avait mises en garde à ce sujet. Bien sûr, Freya avait obstinément gardé le sien toutes ces années, ce qui était une bonne idée puisqu'il était joli, comme tout ce qui se rapportait à sa sœur.

— Et que puis-je faire pour toi, Madeleine Force ?

Ingrid refusait de faire de même, et de s'adresser à la jeune fille par le nom donné au vampire dans son passé paradisiaque. Elles se trouvaient à North Hampton maintenant, au début du XXIe siècle. Tout cela n'avait plus d'importance.

La fille s'adossa à la chaise et croisa ses jambes bronzées.

— Tu sais qui je suis. (Elle balaya la pièce d'un

regard suffisant.) Un choix intéressant d'environnement, un coin paumé des Hamptons. Mais nous ne
sommes pas vraiment dans les Hamptons, pas vrai ?
Joli usage d'un espace désorientant. Par chance, j'ai un
ami qui peut les flairer, je ne sais comment. Il nous a
fallu un moment, mais nous avons déniché cette ville
miteuse. Le bar de notre hôtel avec sa musique de
bastringue offrait un sacré spectacle vendredi soir. Tu
devrais dire à ta sœur de se calmer un peu. Ça ne me
dérange pas qu'on renverse son verre sur moi une fois,
mais trois fois dans la soirée, c'est trop, même pour
mon teinturier, et il est courageux.

Ingrid se hérissa.

— Que veux-tu, Mimi ? C'est comme ça qu'on
t'appelle ces temps-ci, je me trompe ? Je lis la presse
people.

— Je veux la même chose que ce que tu accordes
au compte-gouttes à légion de gens qui ne le méritent
pas. De l'aide.

Mimi perdit sa façade décontractée un instant, et
son visage se fit grave tandis qu'elle tirait l'ourlet de
sa jupe sur son genou.

— Qu'est-ce qui te fait croire que je t'aiderai ? Le
traité entre nos deux peuples ne couvre pas cela, tu le
sais. De plus, je suis liée par notre Restriction, si tu
connais ton histoire, ajouta Ingrid, irritée.

— Oh, je n'ai pas besoin de ta stupide magie. Oliver a même dû me convaincre de venir te rencontrer.
Apparemment, il connaissait déjà ta sœur. Non pas
qu'elle se soit souvenue de lui hier soir. Pauvre sot, il
était tellement déçu.

Elle se pencha au-dessus du bureau et le tambourina
d'impatience de ses doigts manucurés.

Ingrid réprima le désir de balayer sa main.

— Si tu n'as pas besoin de ma magie, alors pour-quoi es-tu là ?

— J'ai besoin d'extirper une âme des enfers. Elle est tenue prisonnière sous le septième cercle par un *subvertio*. J'ai déjà tenté ma chance et échoué une fois. Je n'ai pas l'intention de réitérer cet échec.

— Tu connais les règles. Une fois qu'une âme est liée à Helda au-delà du septième cercle, elle lui appartient pour toujours. (Ingrid renifla.) Tu perds ton temps : c'est impossible. Ce sont les lois de l'Univers.

— Il doit y avoir un moyen. Un troc, un échange, quelque chose, insista Mimi, le désespoir pointant dans sa voix. Je me suis dit que tu saurais peut-être. Vous autres êtes là depuis plus longtemps que quiconque !

La sorcière soupira. Les Déchus et leurs problèmes ne la concernaient pas. Mais Ingrid savait que si elle ne se débarrassait pas de ce sale vampire, Mimi risquait de se servir de ses pouvoirs dans le glom pour causer des perturbations et des dégâts en ville… si elle ne l'avait pas déjà fait. Ingrid s'inquiétait pour son per-sonnel, sans parler du reste de la communauté. Bien sûr, les anges rebelles avaient été chassés du paradis, mais on leur avait pratiquement donné le monde du milieu : ils dirigeaient tout ici-bas, tandis qu'Ingrid et les siens avaient été relégués aux recoins. Mimi Force n'avait pas à jouer avec le Royaume des Morts.

— S'il te plaît, Erda, je t'en supplie, dit Mimi, des larmes lui montant soudain aux yeux. Je l'aime. Je ne peux pas perdre Kingsley. Si tu as le moindre ren-seignement à partager, quoi que ce soit qui pourrait m'aider… Je t'en serais redevable à jamais.

Ingrid soupira.

— D'accord. Il existe un moyen de récupérer une âme passée au-delà du *subvertio*. L'amendement Orphée. Tu connais ?

— Je croyais que ce n'était qu'un mythe, répondit Mimi.

— Chérie, *tu* es un mythe, la rembarra Ingrid. Helda a fait une exception un jour et, depuis, l'amendement Orphée est resté en vigueur. Les mêmes règles s'appliquent. Un regard en arrière et c'est terminé.

— C'est tout ?

— C'est tout.

— Je suis prête à prendre ce risque, affirma Mimi. (Elle se leva et serra la main d'Ingrid.) Merci.

— Oh, et il y a encore une chose que j'ai oublié de te dire. L'amendement Orphée exige un sacrifice pour payer la libération d'une âme.

— Âme pour âme, acquiesça Mimi, l'air sournois. Ne t'inquiète pas, j'étais déjà consciente de ce détail. Je ne serais jamais descendue en enfer sans y être préparée.

Ingrid espéra qu'elle n'avait pas commis une erreur en aidant le jeune vampire. Les Déchus pouvaient être de dangereux ennemis et elle fut ravie de la voir partir. Finalement, Mimi Force avait voulu la même chose d'Ingrid que ses homologues humains : une solution à une situation impossible. Ingrid ne pouvait que leur montrer la bonne direction. Le reste dépendait d'eux.

CHAPITRE 25

À qui montrera du doigt

Hormis la mort récente de la femme de la haute société, et le coup de gourdin assené à Bill Thatcher, on n'avait enregistré aucun meurtre à North Hampton depuis sa fondation. Freya ne regardait pas les informations, sauf si quelqu'un avait mis la télévision sur une chaîne spécialisée, ni ne lisait les journaux. Elle ne savait donc pas que Molly Lancaster avait officiellement disparu jusqu'à ce que Sal mentionne, la semaine suivante, que les garçons qui se trouvaient avec elle cette nuit-là au bar avaient été emmenés au poste de police pour être interrogés par le procureur.

— Attends un peu… tu es en train de me dire qu'on croit que ces garçons ont quelque chose à voir avec la disparition de Molly ?

— Où étais-tu, cette semaine ? se moqua Sal en remuant le journal sous ses yeux.

Il allait mieux depuis son souci de santé qui s'était révélé être une grippe, mais ses joues étaient encore rouges et ses yeux pleuraient. Il paraissait aussi avoir perdu un peu de sa bonne humeur. À son retour au travail, il s'emportait facilement et était vite agacé.

Freya ne répondit pas et continua de mélanger du

pas-d'âne et de l'ancolie pour une nouvelle préparation. Bran était toujours en voyage ; ils avaient pu
se parler brièvement l'autre soir, mais la ligne était
mauvaise et tout ce qu'elle avait entendu, c'était des
grésillements et des sifflements. Il lui paraissait de plus
en plus loin chaque jour. Elle avait fait de son mieux
pour éviter Killian, même s'il lui apparaissait en rêve
toutes les nuits. Si seulement elle pouvait revoir Bran ;
mais il ne rentrerait pas avant quelques semaines.

Elle lut l'histoire qui faisait les gros titres : Derek
Adam, Miles Ashleigh, Jock Pemberton et Hollis Arthur
avaient été conduits au poste pour être interrogés. Des
témoins présents au North Inn la nuit précédant le
quatre juillet avaient confié à la police que Molly s'était
comportée ce soir-là d'une façon qui ne lui ressemblait
pas du tout, à danser follement et à « flirter avec tous
les garçons du bar ». Elle avait quitté le North Inn
avec Derek dans la voiture de Jock, Miles et Hollis à
l'arrière. Par l'intermédiaire de son avocat, Derek avait
déclaré que Molly et lui s'étaient rendus à la plage pour
s'embrasser, mais qu'il l'avait laissée parce qu'elle lui
avait expliqué devoir y retrouver quelqu'un d'autre.
Une histoire que personne, y compris le journaliste qui
laissait entendre que les garçons mentaient pour sauver
leur peau, ne croirait probablement jamais. Les garçons
étaient âgés de dix-neuf à vingt-trois ans, ils étaient de
riches étudiants dont les familles avaient de profondes
racines à North Hampton. Le principal investigateur
de la police sur l'affaire, Matthew Noble, se refusait
à tout commentaire.

— Pauvres garçons, murmura Freya.

— Pauvres garçons ? (Sal prit la mouche.) Ils sont
cuits. Qui va croire qu'ils ont simplement laissé la fille

à la plage ? Je t'en prie, tu sais qu'ils l'ont tuée et ont caché le cadavre. Ils sont coupables.

Freya leva la tête. Elle ne s'était pas rendu compte qu'elle parlait à voix haute et se demanda pourquoi elle ressentait de la compassion pour les suspects. Puis elle comprit : elle les croyait. Molly avait commandé un philtre d'amour Irrésistible, une préparation qui ne permettrait jamais qu'il arrive du mal ou qu'on violente celui qui l'avait bu. Freya s'en était assurée quand elle l'avait créé ; elle y avait intégré un puissant sort de protection pour s'assurer que cela n'arrive jamais. Quoi qu'il soit arrivé à Molly ce soir-là, ça n'avait rien à voir avec le philtre d'amour, ce qui signifiait que ça n'avait rien à voir avec les garçons qu'elle avait rencontrés au bar.

Elle était certaine qu'ils disaient la vérité et n'avaient pas tué la jeune fille. Mais comment le prouver ?

Elle s'efforça de se rappeler qui elle avait vu au bar, ce soir-là, si elle avait remarqué quelque chose, le moindre signe d'affliction ou une intention, mais elle n'était pas Ingrid, un devin qui pouvait jeter un coup d'œil à l'avenir des gens, à leur ligne de vie. Si Ingrid avait été là, aurait-elle vu quel type de ténèbres s'en prendrait bientôt à Molly ? Mais comment savoir si Molly était réellement en danger ? Elle était adulte ; et si elle avait décidé de disparaître de son propre chef ? C'était une possibilité. Est-ce que tout le monde tirait simplement des conclusions hâtives ?

— Je crois que nous ferions bien de ranger ça pour le moment, dit Sal en s'emparant des menus de philtres d'amour plastifiés. (Il parcourut le journal des yeux par-dessus son épaule et montra du doigt la phrase accablante au milieu du paragraphe, la lisant à voix haute.) « Les filles disent qu'il devait y avoir quelque chose dans le cocktail de Molly pour qu'elle se dévergonde à ce point. Une sorte de potion qui rend fou. » Tu entends ça, Freya ? Un cocktail qui rend fou lui a été servi au North Inn et l'a fait se comporter comme une traînée, c'est ce qu'on dit. On va certainement s'en prendre à nous.

— Non, ça n'arrivera pas.

Freya secoua la tête, frappée d'horreur. Qui pourrait croire ça ? En outre, comment pourrait-on croire qu'un cocktail pouvait mener à une disparition ? C'était ridicule. N'est-ce pas ? Elle s'efforça de se rappeler ce qui s'était produit cette nuit-là : elle tenta de visualiser chaque instant précisément. Elle revit Killian entrer dans le bar, se blottir contre elle d'un peu trop près derrière le comptoir ; elle se revit préparer la potion, Killian à ses côtés. Était-il possible qu'elle ait mis trop de racine de vétiver ? Et quand bien même ? Ce n'était pas une herbe dangereuse ; elle était là uniquement pour accroître les charmes du consommateur. Il paraissait hautement improbable qu'elle puisse causer du tort. Bien sûr la magie était imprévisible, et il était possible que quelque chose ait mal tourné. Mais elle n'avait rien vu dans l'énergie des garçons cette nuit-là, hormis un vif enthousiasme pour les plaisirs que leur apportait la soirée, et l'excitation habituelle de jeunes hommes en présence de jolies filles. Si l'un d'eux était un tueur, elle l'aurait décelé. Elle le décelait *toujours*. Sauf pour Bill Thatcher. Nul n'avait résolu ce meurtre pour l'instant, et la police paraissait aussi peu avancée que quand cela s'était produit. On n'avait guère d'espoir pour sa femme non plus. La famille de Maura parlait de la débrancher.

Très bien. Elle devait faire plus d'efforts pour se souvenir. Qui d'autre se trouvait au bar vendredi soir ? Tout était flou ; une brume blanche recouvrait sa mémoire, peut-être un effet secondaire de la culpabilité qu'elle ressentait pour avoir trompé Bran. Elle se sentait mal, comme si elle n'était pas elle-même. Elle aurait dû faire attention. Si elle n'avait pas été aussi occupée à embrasser Killian tout le week-end, peut-être aurait-elle remarqué quelque chose. Maintenant, Molly avait disparu et des garçons qu'elle appréciait et avec qui elle avait plaisanté étaient suspectés.

— Tu verras. On ferait bien de faire profil bas. Ce n'est qu'une question de temps.

Freya sentit une obscurité envahir la pièce.

— Tu crois que mon cocktail l'a tuée, Sal ?

— Bien sûr que non, renifla-t-il. Je ne sais pas ce que tu mets dans tes cocktails, mais ils sont puissants. Beaucoup de gens en parlent, surtout pour dire qu'ils leur procurent du bien-être, qu'ils ont rencontré l'amour de leur vie dans notre petit bar. Mais je crois aussi que les gens du coin vont vouloir des réponses. Il s'agit de garçons riches. Leurs parents chercheront un bouc émissaire. Sois prudente, prends peut-être quelques jours de congés.

CHAPITRE 26

La roue tourne

Une semaine après que Freya avait été encouragée à prendre un congé exceptionnel dont elle ne voulait pas, Ingrid envisageait de démissionner de son travail. Et sans lui, que lui resterait-il ? Pour Ingrid, si le travail était insupportable, alors elle n'avait pas de raison de vivre. Elle n'avait jamais vraiment eu de vie de famille, et la compagnie radieuse de sa sœur lui manquait. Avant que Freya ne rencontre Bran, Ingrid pouvait compter sur elle pour des soirées cinéma, un ou deux dîners à l'occasion. Mais depuis leurs fiançailles, Freya n'était presque jamais à la maison, malgré les nombreux voyages de Bran en ville ou à l'étranger. Ingrid s'interrogeait à ce propos ; elle pensait qu'il manquerait davantage à Freya, pourtant sa sœur avait les mêmes joues rouges, la même expression rêveuse, et les mêmes sorties tardives, qu'il soit là ou non. Peut-être pratiquaient-ils beaucoup le… comment appelait-on ça ? Le sexe par téléphone ? Ingrid frissonna. Ces derniers temps, Freya lui avait paru soucieuse, agitée, malgré tout : la séparation commençait peut-être à lui coûter.

Quant à Joanna, Ingrid ne pouvait même pas hasarder une hypothèse sur sa destination. Sa mère se trouvait quelque part où il n'y avait pas de réseau, visiblement, puisque tous les appels sur son portable passaient directement sur la boîte vocale. Ingrid pourrait toujours se servir du bas-voile pour tenter de la localiser, ou peut-être envoyer Oscar la chercher, mais elle avait le sentiment que sa mère souhaitait un peu d'intimité.

Ingrid ne se sentait jamais seule, pas avec tant de livres à lire, de si bons amis à la bibliothèque, et un travail qu'elle était impatiente de retrouver chaque matin depuis sept ans. Elle savait que sa mère pensait qu'elle perdait son temps, gâchait ses compétences, son intellect, à travailler ainsi dans une bibliothèque provinciale exiguë et sombre, et que Freya trouvait tout cela incroyablement ennuyeux. Mais, pour Ingrid, la bibliothèque était son chez-elle. Ces dernières semaines, cependant, elle s'était rendue au travail le cœur lourd et s'était demandé si sa mère et sa sœur n'avaient pas raison. Si le moment n'était pas venu de démissionner. Pratiquer à nouveau la magie avait redonné de l'excitation et un sens à sa vie, et elle n'était pas condamnée à la pratiquer à la bibliothèque. Elle pourrait créer sa propre clinique, une vraie, avec un bureau, un carnet de rendez-vous et une réceptionniste. Elle pouvait faire tellement plus avec sa magie que de débarrasser les gens de leurs cauchemars ou aider les femmes à concevoir.

Sur une note plus légère, depuis le quatre juillet, Ingrid avait remarqué qu'il y avait moins de cette brume grise dans l'énergie des gens. Peut-être se dissipait-elle en ville ; même cette étrange toxine boueuse au milieu de l'océan avait cessé de se propager, et les derniers rapports précisaient qu'elle paraissait enfin diminuer. Il est vrai que les dernières informations relataient qu'une masse similaire était récemment apparue près des côtes de l'Alaska…

Elle gara son vélo et l'enchaîna à son poteau habituel. Celui d'Hudson était déjà à sa place. La porte était ouverte, les lumières allumées, et tout était propre et rangé.

— Bonjour, dit-elle, s'efforçant de paraître joyeuse en se dirigeant vers son bureau.

— Bonjour, bâilla Hudson.

— Salut, Ingrid.

Tabitha sourit. Elle n'en était qu'au deuxième mois de sa grossesse, mais elle en savourait chaque minute, même les foutues nausées du matin et l'incapacité de manger autre chose que des biscuits salés et du thé tout en ayant l'air bouffie malgré tout.

Caitlin l'accueillit par un silence glacial. Ingrid n'y prêta pas attention puisqu'elle ne s'intéressait guère aux derniers rebondissements de ce roman sentimental particulier. Pendant une semaine, elle avait dû supporter les babillages de Caitlin qui annonçait que Matt et elle partiraient, plus tard dans le mois, pour un week-end romantique dans une chambre d'hôte sur l'île de Martha's Vineyard. Elle avait régalé Hudson et Tabitha des moindres détails de son trousseau : lingerie, champagne et tout le tralala. Hudson avait joué au mannequin avec les cache-tétons, tandis que Tabitha lui donnait des tuyaux trop honnêtes sur les avantages du lubrifiant et autre attirail érotique, dont une description très détaillée de différentes menottes, d'anneaux en métal et d'appareils électroniques. C'est à ce moment-là qu'Ingrid avait commencé à remettre en question sa dévotion envers son travail. Elle devrait renvoyer Caitlin, ou démissionner elle-même. Mais elle ne pourrait pas rester un jour de plus à écouter le bureau tout entier envoyer cette fille vers le nirvana du romantisme, des bannières de préservatifs au vent.

Quand Caitlin quitta la pièce, Ingrid envoya un texto à Hudson.

« Qu'est-ce qu'elle a ? »

Il se retourna, un sourire malicieux aux lèvres. Il fit signe à Tabitha de fermer la porte.

— Tu n'as pas appris la nouvelle ? murmura-t-il.

— Quelle nouvelle ? demanda Ingrid.

— Le week-end romantique à Martha's Vineyard est annulé !

— Pardon ?

— Tu es partie trop tôt hier.

— Visiblement.

Tabitha jeta un coup d'œil par-dessus son épaule et la mit au courant.

— Matt est passé hier après-midi comme d'habitude. Je les ai vus se disputer dehors. Puis il est parti en voiture sans elle. Je lui ai demandé ce qui s'était passé, et elle m'a dit que c'était terminé. Il avait annulé le week-end parce qu'il devait travailler sur l'affaire de la fille qui a disparu, tu sais, Molly Lancaster. Il a ajouté que ça ne fonctionnait pas, de toute façon. Qu'il ne le sentait pas. Qu'il était désolé.

— Oh là là, murmura Ingrid.

— Je ne te le fais pas dire !

— Pauvre Caitlin, ajouta Ingrid, plaignant un peu la jeune fille.

Juste un peu. Elle savait que c'était difficile quand quelqu'un qu'on aimait bien cessait de vous aimer en retour.

— Quoi qu'il en soit, Caitlin pense qu'il ment.

Qu'il y a quelqu'un d'autre. Tu te souviens que le jour du concert devait être son jour de chance ? Eh bien, c'est ce jour-là qu'il lui a dit qu'il voulait attendre le moment magique. C'est là qu'il lui a demandé de partir en week-end à Vineyard avec lui, mais maintenant, ça aussi, c'est annulé, compléta Tabitha.

— Donc… ils n'ont pas…

Ingrid tendit le cou.

— Non ! intervint Hudson, l'air déçu. On dirait que je suis le seul petit chanceux dans ce bureau, puisque Tab a peur de « faire mal au bébé ». Sauf que mon Scott se refuse à moi depuis que je lui ai dit que le corsaire pour homme ne lui irait pas !

— Si vous voulez mon avis, ils étaient mal assortis, de toute façon, dit Tabitha en frottant son ventre qui formait une très légère bosse.

— Chut… La revoilà ! les avertit Hudson.

Ingrid fit semblant d'être occupée à dessiner, et les autres retournèrent à leur ordinateur.

La journée parut soudain beaucoup plus radieuse à Ingrid. Les femmes qui lui rendirent visite, à l'heure du déjeuner, furent traitées par une multitude de charmes et de sorts qui ne prirent pas seulement soin de leurs douleurs, mais étaient saupoudrés de clarté, de joie et d'un petit plus qui manquait à sa magie jusque-là. Ses bourses à charmes sentaient le chèvrefeuille, ses sorts paraissaient émettre des étincelles d'or, et même ses nœuds étaient beaux et parfaits – chacun une œuvre d'art.

— Eh bien, tu as retrouvé le sourire ! la taquina Hudson. Ce matin, tu semblais prête à boire la ciguë.

— Tais-toi, tu veux ? répliqua Ingrid. Je ne vois pas du tout de quoi tu parles.

Elle s'efforça de garder son sérieux tout en retournant à son bureau. Son écran d'ordinateur lui signalait l'arrivée d'un message instantané.

« Je crois savoir ce que montrent ces plans et ce que veulent dire les repères. »

« ? »

« Mais d'abord, j'ai besoin que tu fasses quelque chose pour moi. »

« ? »

« Peux-tu te rendre à Fair Haven ? À l'intérieur de la maison ? »

Ingrid hésita avant de taper sa réponse. Après y avoir réfléchi quelques minutes, elle écrivit :

« Oui. »

CHAPITRE 27

La mort dans l'âme

North Hampton était toujours ébranlée par la disparition de Molly Lancaster quand le bureau du maire annonça qu'il ne s'était pas présenté au travail, ce lundi-là, et qu'on ne parvenait pas à le localiser. Il avait quitté sa maison au beau milieu de la nuit sans même laisser un mot à sa femme ni à son personnel. Après le désastre du séisme sous-marin et la mystérieuse absence de Molly, le malaise grandit en ville ; d'aucuns se mirent à murmurer que North Hampton était maudite, et qu'elle n'était plus la petite ville bucolique qu'elle avait été.

Freya était chez elle et regardait cette triste histoire s'étaler aux informations. Elle éteignit la télévision et s'assit quelques minutes, pensive. Elle devrait bientôt aller chercher Tyler à l'école. Elle enfila son manteau et chercha ses clés. D'abord Molly Lancaster, ensuite le maire Hutchinson. Que se passait-il ? Ce genre d'événements ne se produisait jamais à North Hampton auparavant, sauf si l'on comptait ce qui était arrivé aux Thatcher. Freya s'efforça de se souvenir de la dernière fois qu'elle avait vu le maire ; il avait l'habitude de passer au bar de temps en temps, mais il n'était pas venu depuis plusieurs semaines, certainement à cause du nœud de fidélité qui le retenait à la maison : non pas que Todd soit du genre à flirter avec les filles qui fréquentaient le North Inn. Il s'inquiétait bien trop de sa carrière pour faire quelque chose d'aussi stupide.

Freya en avait assez de traîner son ennui à la maison, et la nouvelle de la disparition du maire la déprimait. Elle avait oublié à quel point la vie pouvait être monotone sans un bar à gérer, quelque chose à faire, des gens à voir, des cocktails à préparer. Au moins, Ingrid semblait s'être remise de ce qui la rendait maussade ces dernières semaines. C'était une bonne chose : Oscar était irritable quand sa maîtresse n'était pas dans son assiette, et Freya n'appréciait pas vraiment de se faire pincer par son bec pointu juste parce que Ingrid avait oublié de lui acheter sa dose de Doritos au fromage. Le griffon les aimait tant que son bec finirait forcément par virer à l'orange un jour !

La maison était plus vide que d'ordinaire ; Joanna n'était pas encore rentrée de voyage. Sa mère était partie précipitamment après le long week-end. Ingrid avait eu l'occasion de lui dire au revoir mais elle avait expliqué à Freya que Joanna ne lui avait pas dit où elle partait, seulement qu'elles avaient de nouveau le droit d'utiliser leur baguette magique. Freya n'en avait pas eu besoin. Il était malgré tout agréable de l'avoir récupérée ; elle avait oublié combien elle était lisse, et à quel point elle lui conférait une sensation de puissance.

Elle se rendit à l'école en voiture et termina à pied jusqu'à la petite maison qui abritait la classe de petite maternelle. Tyler jouait avec des cubes de construction quand il leva des yeux torves vers elle.

— Où est Lala ? demanda-t-il, les bras croisés.

— Allons, Ty, tu sais qu'elle n'est pas encore rentrée.

Le petit garçon souffrait profondément de l'absence de Joanna. La veille, il avait agité les bras dans une terrible crise de colère quand elle était venue le chercher.

— J'veux pas partir avec toi. J'veux Lala !

— Oh, chéri, viens, dit-elle, s'efforçant de ne pas perdre patience.

Elle en avait marre et était frustrée aussi, mais elle ne voulait pas se venger sur l'enfant. Ils marchèrent jusqu'au portail et elle mit Tyler dans son siège auto, l'attachant et serrant bien la ceinture sur sa poitrine.

— Qu'est-ce que tu sais faire ? demanda-t-il, sceptique.

— Qu'entends-tu par là ?

— Lala peut faire voler mes avions. Pour de vrai, dit-il d'un ton accusateur.

Freya savait que Joanna frimait avec sa magie devant le petit garçon, mais c'était toujours choquant de l'entendre mentionner avec tant de désinvolture. Sa mère ne paraissait connaître aucune limite quand il s'agissait de faire plaisir à l'enfant. Freya se souvenait bien de sa propre enfance, et elle n'incluait pas pléthore de pâtisseries ni d'innombrables peluches douées de parole. Elle se souvenait surtout de sa mère protestant qu'il était difficile d'élever des enfants.

Elle jeta un coup d'œil autour d'elle pour s'assurer que personne ne les observait.

— Eh bien, je peux faire ça, dit-elle en se transformant en chat noir. Puis, en un clin d'œil, elle fut de nouveau elle-même.

Tyler gloussa puis toussa. Un gros crachat de la taille d'une pièce de dix centimes atterrit dans sa main, et Freya remarqua qu'il était d'une nuance verte. Une fois à la maison, elle demanda à Gracella si elle avait remarqué que Tyler s'était remis à tousser. La femme de ménage acquiesça.

— Les médecins lui ont prescrit une autre cure d'antibiotiques. Ils disent que ça devrait aller mieux d'ici une semaine ou deux.

— Il a l'air d'aller bien, c'est juste cette drôle de toux…, insista Freya, avec une pointe d'inquiétude. (Joanna n'était pas la seule de la famille à aimer le garçon.) Mais ça ira, dit-elle à Gracella.

Elle se demanda qui elle cherchait à convaincre, la mère du garçon ou elle-même.

Bran l'appela plus tard, ce jour-là. Il s'excusa d'être difficile à joindre ; il voyageait un peu partout et les changements de fuseau horaire rendaient la communication difficile.

— Comment va mon bébé ?

— Tu me manques, répondit-elle, sentant sa gorge se serrer. Quand rentres-tu à la maison ?

Quand me reviendras-tu ?

— Bientôt, c'est promis.

Où était-il en ce moment ? Dans quelle ville ? Quel pays ? Elle n'arrivait plus à suivre. Il était tout simplement « loin ». Il y eut un long silence à l'autre bout de la ligne, et Freya commença à s'inquiéter.

— Bran, tu es là ?

— Oui, pardonne-moi, je devais répondre à un texto. Madame veut savoir si tu as un avis sur les projets qu'elle t'a envoyés l'autre jour pour le mariage, dit Bran.

Freya avait à peine songé à l'événement et elle

fut surprise de se rappeler qu'il aurait bien lieu ; elle l'avait presque oublié. Bien sûr, ils organiseraient une cérémonie digne de ce nom, avec une robe blanche, cinq cents invités, un orchestre et tout le tralala.

— Dis-lui qu'elle fasse ce qu'elle veut. Les fleurs, le menu, les invités. Dès l'instant où ma famille ainsi que Sal et Kristy sont invités, bien sûr. Qu'elle fasse ce qu'elle veut.

— Tu t'en moques ? demanda-t-il. Ça, c'est une première ! Pour une future mariée, je veux dire.

Elle allait se marier. Le mot la frappa et vrilla brutalement comme un couteau en pleine poitrine. L'espace d'un instant, elle fut incapable de parler.

— Hé, chérie, qu'est-ce qui ne va pas ? Tu pleures ?

— Non… (Elle secoua la tête même s'il ne pouvait pas la voir.) Non, ce n'est rien.

— Raconte-moi… Tu peux tout me dire, tu sais.

Elle secoua la tête sans souffler mot. Des larmes coulaient en silence le long de ses joues.

— Tu sais que je t'aime quoi qu'il arrive, insista Bran, la voix tendue, nerveuse. Quoi qu'il arrive, je t'aimerai toujours, Freya. Toujours.

— Je sais, murmura-t-elle. Moi aussi je t'aime.

Elle raccrocha, le cœur cognant dans sa poitrine. Bran l'aimerait-il toujours vraiment s'il savait ce qu'elle faisait ? Ce qu'elle avait fait ? L'aimerait-il telle qu'elle était ? Pourrait-elle jamais lui être fidèle ? La monogamie n'était pas dans sa nature, et elle se demanda pourquoi elle avait accepté cette cérémonie, ce mariage.

Le téléphone sonna de nouveau et elle décrocha, pensant que c'était Bran qui voulait la rassurer et lui redire qu'il l'aimait.

— Freya. (La voix de Killian était grave et rauque. Ils ne s'étaient pas parlé depuis leur week-end de folie ensemble.) Ai-je fait quelque chose de mal ? Tu ne me rappelles jamais. Tu me manques.

Sa voix était un baume sur son cœur brisé. Peut-être était-elle destinée à aimer Killian, mais elle ne le saurait jamais si elle n'agissait pas. Le problème, c'était qu'à elle aussi, il lui manquait.

Freya essuya ses larmes.

— Très bien. J'arrive tout de suite.

Elle en avait assez de culpabiliser. Bran était loin. Elle savait qu'il avait du travail, mais elle ne pouvait s'empêcher de lui en vouloir. Peut-être les choses se produisaient-elles pour une raison. Peut-être leur rupture était-elle déjà amorcée avant même que Killian n'entre en scène.

Comme pour tout ce qui s'était passé cet été-là avec Bran et Killian, elle avait l'impression de faire partie d'une histoire qui la dépassait. La curieuse et l'imprudente en elle – la Freya qui buvait trop, jouait avec le feu et brisait un million de cœurs avant le petit déjeuner – avait besoin de voir comment tout ça se terminerait.

CHAPITRE 28

La porte secrète

Ingrid balaya du regard la salle de bal vide de Fair Haven et remua les jambes. Voler lui donnait toujours des crampes, surtout quand elle prenait la forme d'Oscar. Comme Siegfried pour Freya et Gilly pour Joanna, Oscar faisait partie d'elle, et elle pouvait prendre son apparence à volonté. Elle n'y recourait que rarement, seulement quand la situation l'exigeait. Au cours de la fête de fiançailles de Freya, elle avait remarqué que les fenêtres les plus hautes de la salle de bal restaient toujours ouvertes. Elle venait d'entrer par l'une d'elles avant l'aube, convaincue que tout le monde dormirait dans la maison à cette heure. Elle aurait pu se servir d'un balai, mais comme Joanna avait été aperçue l'autre jour, Ingrid avait pensé qu'il serait plus prudent de prendre la forme d'un animal. Les sorcières possédaient de nombreux moyens de se déplacer, et comme ses consœurs, Ingrid préférait la technique la plus naturelle : s'élever dans les airs jusqu'au ciel tandis que sa magie diminuait l'emprise de la gravité sur son centre. Elles se servaient des balais pour l'équilibre, comme lien et ancrage à la terre qui ne les retenait plus quand elles volaient.

Elle envoya un texto à sa source.

« Je suis à l'intérieur. »

« Bien. Tu as les plans avec toi ? »

« Oui. »

« Excellent. Rends-toi dans la salle de bal. Le repère au centre. Il a quelque chose de différent. »

Il avait raison. Le repère au centre de la salle de bal était singulier : le petit diamant qui pointait vers les murs de la pièce dans laquelle elle se tenait était entouré d'étranges symboles calligraphiés. Et l'une des pointes du diamant était légèrement de guingois. On aurait pu penser à une négligence de la part du dessinateur, mais le repère entier paraissait pencher quelque peu vers l'angle droit de la salle. Cette extrémité du diamant était plus longue que les autres, comme s'il tendait vers ce coin, attirant l'œil vers cette partie de la pièce. Elle parcourut la salle des yeux et trouva l'angle en question. Comprendre un dessin abstrait et son lien au monde réel procurait une sensation grisante.

« Ok. J'ai trouvé le mur », l'informa-t-elle par texto.

« Cogne dessus, qu'est-ce que tu entends ? »

Comme on le lui demandait, elle frappa au mur et perçut un bruit mat et sourd.

« Un bruit sourd, comme s'il y avait quelque chose derrière. »

Ingrid savait qu'un mur standard aurait sonné creux et produit un bruit net et sonore.

« Que veux-tu que je fasse ? »

« Vois ce qu'il y a derrière. »

Ingrid quitta la pièce et revint quelques minutes plus tard avec un pied-de-biche trouvé dans le garage. Elle introduisit la tête fendue dans le coin du mur. La pointe s'enfonça facilement, fendant la peinture comme elle pénétrait dans la cloison. Ingrid décida qu'elle n'aurait qu'à essayer l'un des sorts de restauration de Joanna pour tout réparer après avoir découvert ce qui se cachait derrière. Elle n'avait pas le temps de penser aux dégâts qu'elle causait pour l'instant. Elle était sur une piste.

Elle enfonça la lame plus profondément dans le mur, mais elle se coinça au bout d'un demi-pouce. Elle fit alors contrepoids sur l'extrémité du pied-de-biche, et un bout de mur de la taille d'une balle de base-ball tomba par terre. Elle ramassa le bout de plâtre et l'examina. Une maison rénovée comme Fair Haven aurait dû avoir des murs couverts d'enduit de ciment appliqué par couches sur un treillis métallique. Le ciment aurait dû être rêche comme du sable, or Ingrid tenait une plaque de Placoplâtre bien plus ancienne. Elle la jeta de nouveau par terre et s'agenouilla devant le trou qu'elle avait pratiqué. Le long de l'ouverture, elle vit que la peinture avait été écaillée par la pointe du pied-de-biche. La couche supérieure était épaisse et laquée, appliquée par émulsion. Elle avait l'éclat riche et sombre des peintures à base de plomb. Mais en dessous, là où le pied-de-biche avait abîmé la finition, se trouvait autre chose. Elle continua de gratter jusqu'à distinguer ce qui se trouvait derrière.

C'était une porte. Elle n'avait ni gonds ni bouton, mais Ingrid en reconnut tout de suite la forme. Le bois fendu dégageait un discret parfum de pin. Elle inhala la bonne odeur de propre et se retrouva transportée loin dans son passé.

Elle pensa à un cadre depuis longtemps oublié, devenu plus un mythe et une légende qu'une vérité, un rêve. Elle se souvint de ce qu'elle avait dit au jeune vampire. *Tu es un mythe.* Ils l'étaient tous, eux qui vivaient, respiraient, déambulaient dans le monde du milieu de la même manière bien que différemment des hommes qui les entouraient.

Elle toucha doucement le pin et se retourna vers le pan du mur qu'elle venait de casser. Une porte en bois s'étendait du sol au plafond, un dessin élaboré à sa surface. Il y avait des instructions pour l'artisan, qui passerait sans doute des années à graver ces panneaux. Les motifs, elle le remarquait à présent, étaient identiques aux petites volutes décoratives entourant chaque repère.

Elle prit plusieurs photos avec son téléphone portable et les envoya aussitôt à sa source.

« Tu vois ce que je vois ? »

« Oui. C'est bien ce que je pensais. »

« Qu'est-ce que c'est ? »

« Pas maintenant. Je te le dirai + tard. Commence par sortir de là. »

Ingrid remua sa baguette magique et marmonna une incantation qui remit le mur en état. Son sort était de mauvaise qualité ; elle n'était pas aussi douée que sa mère pour la restauration, mais sa baguette magique l'aida. Elle avait presque terminé quand elle entendit approcher des bruits de pas provenant de la grand-salle. Ingrid reprit rapidement la forme d'Oscar et s'envola par la fenêtre au moment où Killian Gardiner entrait dans la salle de bal vide.

— Il y a quelqu'un ? appela-t-il. Je sais que vous êtes là. Montrez-vous !

Ingrid s'enfuit en volant, le cœur cognant dans sa poitrine. Elle l'avait échappé belle. Qu'est-ce que c'était que cette porte, et où menait-elle ? Elle quitta l'île, pensant à la peine infligée à sa famille pendant des millénaires. Le pont effondré, son frère cadet. Qu'y avait-il derrière cette porte ? Sa source le savait. Elle le découvrirait bientôt.

CHAPITRE 29
Mari et femme

La dernière fois que Joanna s'était rendue à l'université tentaculaire de l'Ouest du Connecticut, à quelques heures à peine de North Hampton, c'était pour la cérémonie de remise des diplômes d'Ingrid. L'école était très belle ce jour-là, avec ses bannières bleues qui flottaient au vent et, au milieu de ses anciens étudiants, les diplômés aux joues rouges en toge et chapeau noirs qui balançaient des cannes en acajou ornées de rubans aux couleurs de l'école. Comme elle était fière alors ! Nerveuse aussi, bien sûr, à l'idée de rencontrer son mari par hasard, mais par chance, il avait tenu ses distances même à cette occasion. Si Ingrid venait un jour à découvrir que son père avait enseigné dans l'université où elle avait fait ses études, elle détesterait certainement sa mère de le lui avoir caché. Joanna avait contraint le bon professeur à prendre un congé exceptionnel de quatre ans, le temps des études de sa fille.

Elle se promenait le long des chemins bordés d'arbres, après les bâtiments gothiques. Ils n'avaient pas changé, en pierre calcaire et couverts de lierre.

— Excusez-moi, demanda-t-elle au jeune le plus

proche. Pourriez-vous m'aider à trouver le professeur Beauchamp ?

Le fait qu'elle n'ait pas parlé à son mari pendant une majeure partie du siècle ne voulait pas dire qu'elle n'avait aucune idée de ce qui lui était arrivé. Loin de là. Elle l'avait à l'œil depuis leur séparation. Ce n'était pas bien difficile. Elle savait qu'il avait passé la plupart du temps sur la côte ; mais quand le travail s'était fait rare, sur le rivage, il avait quitté l'industrie de la pêche et s'était installé comme professeur d'université pour mener une vie tranquille. Il enseignait maintenant depuis de nombreuses années ; c'était un miracle qu'on ne remarque pas son grand âge, mais il se servait sans doute simplement du même sort que celui dont elle usait pour pouvoir vivre à North Hampton aussi longtemps qu'elle l'avait fait.

Elle se rendit à son bureau, mais son assistant lui confia qu'il n'avait pas respecté les horaires de présence cette semaine. Joanna nota son adresse personnelle, qui s'avéra ne pas être loin du campus. En quelques minutes, elle trouva le petit bâtiment bien entretenu. Le gardien d'immeuble la laissa entrer quand elle lui confia être la femme du professeur. Son appartement se trouvait au rez-de-chaussée.

— Hello ! Il y a quelqu'un ? C'est Jo.

Elle frappa avant d'entrer et la porte s'entrouvrit. Elle se faufila à l'intérieur et découvrit, surprise, un petit studio. Une pièce exiguë, dépouillée et monastique. Il y avait un futon aux couvertures pliées, un réfrigérateur de la taille d'un petit meuble de rangement, un bureau sans rien dessus sauf quelques photos. Une d'Ingrid prise pendant la remise des diplômes à l'université – il l'avait probablement prise à la dérobée quand personne ne regardait – et une de Freya quand elle avait fait la couverture d'un magazine, à l'époque où elle habitait encore à New York. Peine et regret lui pincèrent le cœur.

Ils étaient heureux, à une époque, aussi heureux en ménage qu'on pouvait l'être, imparfaits et luttant l'un contre l'autre, comme tous les couples. Ils s'étaient disputés, avaient eu des accès de fureur et piqué des crises de colère. Il n'était pas patient et elle était aussi têtue que lui. Mais s'il n'y avait pas eu les procès, ils seraient peut-être toujours ensemble. Si seulement il avait fait ce qu'elle lui avait demandé, peut-être les choses se seraient-elles terminées autrement pour eux… Que croyait-elle ? Il n'aurait rien pu faire, personne n'aurait rien pu faire pour empêcher les procès. C'était devenu évident dès que le pont avait été détruit et qu'ils s'étaient retrouvés piégés dans le monde du milieu. Pour rester ici, ils devraient respecter les lois de ses habitants d'origine ; ils n'avaient pas autorité et ne pouvaient interférer dans le royaume humain.

Joanna ôta son manteau et s'assit sur le futon, Gilly perchée sur son épaule. Elle attendrait le temps qu'il faudrait que son mari rentre chez lui.

Quelques heures plus tard, elle s'était assoupie quand la porte s'ouvrit doucement.

— Norman ? appela-t-elle. C'est toi ?

CHAPITRE 30

La première pierre

Le lendemain, Ingrid pensait toujours à la porte secrète qu'elle avait découverte à Fair Haven. Dès qu'elle arriva au travail, elle envoya un message instantané à l'adresse qu'elle connaissait par cœur. Sa source ne l'avait pas recontactée la veille, ce qu'elle trouvait un peu étrange, et elle avait hâte d'apprendre ce qu'elle avait découvert. Elle lui répondait généralement en quelques minutes, quand ce n'était pas quelques secondes. Là, au bout d'une heure, il n'y avait toujours rien.

« Eh, comment vas-tu ? Qu'as-tu découvert ? »

Elle cliqua sur « Envoyer » et attendit. L'écran demeura inchangé. Elle se remit au travail, décidant de s'occuper du reste des plans des Gardiner et de les préparer pour l'encadreur. L'autre jour, elle avait choisi un joli cadre en balsa, moins cher que ceux dont ils s'étaient servis ces dernières années, mais maintenant que chaque centime comptait, il fallait bien qu'elle réduise les coûts quelque part. Étrange… le tiroir dans lequel elle les conservait habituellement était vide. Elle se souvenait pourtant clairement avoir remis le plan du rez-de-chaussée avec le reste des dessins dans le tiroir de stockage en rentrant à la bibliothèque, la veille dans l'après-midi. Peut-être quelqu'un les avait-il déplacés à la salle de conférence ? Non. Il n'y avait rien là non plus.

Le cœur d'Ingrid se mit à battre la chamade. Elle retourna d'un pas vif à l'ordinateur et envoya un autre message à la même adresse.

« Eh, tu es rentré ? »

« Allô ?? »

« Si tu es là, je t'en prie, réponds-moi. »

Elle vit ses messages s'entasser sur l'écran sans réponse. Elle finit par écrire :

« Il y a quelque chose qui cloche. Je ne retrouve plus les plans. »

— As-tu déplacé mes plans ? demanda-t-elle à Hudson après avoir cliqué sur « Envoyer ». Tu sais, les plans de Fair Haven prêtés par les Gardiner pour l'exposition ?

Hudson leva les yeux de son travail et retira son casque antibruit. Il s'éclaircit la voix.

— Non. Je n'y ai pas touché. Tabitha saura, peut-être ?

Tabitha n'en savait rien, ni Caitlin, revenue au travail après une grippe. Hudson avait fermé la nuit d'avant, mettant l'alarme en marche comme d'habitude. Rien ne clochait : l'alarme ne s'était pas déclenchée et, hormis les plans, rien d'autre ne manquait. Non pas qu'il y eût grand-chose de valeur dans la bibliothèque, de toute façon.

Ingrid finit par retrouver quelle entreprise de nettoyage travaillait pour eux, mais on lui rapporta n'avoir rien remarqué qui sortait de l'ordinaire, la nuit précédente. Elle retourna à la réserve et ouvrit de nouveau le tiroir. Vide. Elle vérifia l'ordinateur. Pas de réponse. Les plans avaient disparu et sa source était injoignable. Elle décrocha le téléphone et composa le numéro de Killian Gardiner.

— Allô, répondit-il d'un ton endormi.

— Killian… salut. C'est Ingrid Beauchamp.

— Salut, Ingrid, dit-il, toujours endormi. Que puis-je pour toi ?

— Killian, je te réveille ? Excuse-moi, mais il est midi et demi, ne put-elle s'empêcher d'ajouter.

— Et où veux-tu en venir ? s'enquit-il aimablement.

— Pardonne-moi, c'était malpoli de ma part. La journée a été longue. Je t'appelais juste à propos des plans de Fair Haven. Serais-tu par hasard passé les reprendre ?

— Pourquoi les aurais-je repris ? répondit-il, l'air un peu plus alerte cette fois. Je te les ai donnés. Pourquoi me poses-tu la question ? Il leur est arrivé quelque chose ?

— Non, non… non. (Ingrid secoua la tête vigoureusement, même si Killian ne pouvait pas la voir. Inutile de paniquer quelqu'un d'autre à ce sujet.) Je crois que le personnel les a déplacés dans une autre armoire. Désolée de t'avoir dérangé.

— Ce n'est pas grave, dit Killian.

Elle raccrocha, le cœur battant la chamade. Les scanners. Elle avait scanné tous les plans, songea-t-elle, effectuant une recherche sur son ordinateur. Les feuilles qui contenaient les étranges repères et les symboles élaborés étaient passées au scan. Mais, comme elle s'y attendait, tous ses dossiers liés aux plans avaient disparu.

Ingrid s'efforça de ne pas paniquer. Qui pouvait avoir volé les plans ? Et effacé toute trace sur son

ordinateur ? Et pourquoi ? Puis Hudson entra précipitamment dans la pièce. Le nœud de sa cravate était
défait et il avait l'air étrangement perturbé.

— Je crois que tu ferais bien de venir à l'accueil :
on dirait que Corky Hutchinson a perdu la tête.

Ingrid suivit Hudson dans la pièce principale pour
trouver la présentatrice du journal télévisé près du
bureau des retours, l'air hystérique dans un haut
de pyjama et un pantalon de sport baggy. À la vue
d'Ingrid, elle pointa un doigt rouge manucuré dans sa
direction.

— Tout est de sa faute ! hurla-t-elle.

— Pardon ? répondit Ingrid.

La bibliothèque était remplie de mères avec leurs
bambins, d'adolescents devant les ordinateurs et d'ha-
bitués devant le présentoir des magazines. Matt Noble
rendait quelques livres de poche ; il se précipita à ses
côtés.

— Que se passe-t-il ? demanda-t-il, son regard passant de Corky à Ingrid.

— C'est elle ! C'est elle la responsable ! hurla
Corky. Elle m'a fait mettre ce… ce nœud sous l'oreiller de Todd ! Il n'arrivait plus à dormir… Il s'est mis
à se comporter bizarrement… Elle lui a fait quelque
chose !

— Corky, calmez-vous, de quoi parlez-vous ?

Matt retint Corky par les épaules car elle semblait
vouloir gifler Ingrid.

— C'est une sorcière ! Elle est responsable ! C'est
de sa faute. Avec sa magie noire et ses stupides nœuds !
s'époumona Corky.

— Pardonnez-moi, mais… ça ne fonctionne pas

comme ça, protesta Ingrid en reculant et secouant la tête.

Tout son corps tremblait, pourtant elle s'efforçait de dégager une sensation de calme.

Matt lui lança un regard interrogateur.

— Attends une seconde… Qu'entends-tu par là ? Qu'est-ce que c'est que cette histoire de magie ?

— Il s'est pendu ! Avec un nœud ! Un nœud identique à celui-ci, siffla la femme en montrant bien haut le petit nœud brun qu'Ingrid lui avait donné un mois plus tôt.

— Que se passe-t-il ?

Ingrid se tourna vers Hudson pour quérir auprès de lui un peu d'aide. Les gens commençaient à se regrouper et à la dévisager avec un mélange de curiosité et de peur. Ingrid eut un flash-back de son passé, quand la foule s'était assemblée autour d'elle, sur la place, pour la première fois ce beau matin. On l'avait encerclée, comme les clients de la bibliothèque le faisaient à présent.

— Comme si vous n'étiez pas au courant ! On a retrouvé son cadavre ce matin. Todd s'est pendu ! Dans un motel miteux sur la Route 27, cria Corky.

Ingrid en eut le souffle coupé.

— C'est vrai ? demanda-t-elle à Matt.

Le policier acquiesça.

— On a répondu ce matin à un appel 911 du motel. La police s'y trouve encore. Corky, calmez-vous. Allons au poste.

Il lança un long regard inquisiteur à Ingrid, puis sortit avec la journaliste.

— Doux Jésus… Quelle vieille folle ! commenta Hudson en quittant le bureau. (Ingrid remarqua que tout le monde, dans la bibliothèque, la dévisageait avec scepticisme, certains même avec une hostilité non dissimulée.) Ça va ?

Ingrid acquiesça, même si ça n'allait pas. D'abord, les plans disparaissaient, et elle ne recevait plus ni messages instantanés ni textos de sa source, et voilà qu'on l'accusait de quoi... Elle n'en était même pas sûre... Elle ne pouvait cependant oublier les paroles haineuses et les accusations de Corky.

Tabitha tapota le dos d'Ingrid.

— Ne t'inquiète pas, personne ne l'écoutera. Tu n'as rien à voir là-dedans, dit-elle, résolue. Elle vient de perdre son mari et ne sait pas ce qu'elle raconte.

Seule une poignée de femmes attendaient pour une consultation, ce midi-là, et Ingrid se sentit encore plus mal. Elle s'efforça de ne pas trop y songer, mais elle ne pouvait s'empêcher de penser que cela avait quelque chose à voir avec les terribles accusations de Corky. Qu'avait dit cette affreuse bonne femme ? Avait-elle parlé de magie noire ? L'avait-elle traitée de sorcière, de charlatan ?

Ingrid repensa à ce que traversait Freya : Sal lui avait demandé de cesser de préparer ses potions. En réalité, il l'avait virée. À partir de maintenant, la ville les garderait à l'œil. Ingrid sentit un frisson lui parcourir l'échine. Elle avait déjà vécu ça ; elle connaissait la fin de l'histoire.

Jadis, dans le Massachusetts, Ingrid avait un cabinet florissant, une clinique tout comme celle-ci. Et puis des rumeurs avaient commencé à circuler, et les accusations s'étaient mises à pleuvoir. *Mais nous ne vivons pas à la même époque*, se dit Ingrid. Peut-être que nul n'avait besoin de son aide parce que tout allait pour le mieux. Bien sûr. Si Ingrid croyait cela, alors elle n'était qu'une simplette bien crédule. La colline des potences n'existait peut-être plus, mais son ombre planait toujours et Ingrid n'était pas assez bête pour croire que ce qui s'était déjà produit ne pouvait se reproduire.

La journée n'était pas terminée. Avant la fermeture de la bibliothèque, elle reçut une autre visite. Emily Foster entra, pâle et tremblante.

— Ingrid, tu as une minute ? J'ai besoin de te parler.

CHAPITRE 31

Marooned[1]

Freya regarda Killian reposer doucement le téléphone sur sa base, admirant son profil et la courbe de ses muscles sur son large dos. Elle posa la paume de sa main sur sa peau ; elle ne pouvait cesser de le toucher. Ils avaient passé toute la soirée à se donner du plaisir mutuellement, essayant de nouvelles variantes excitantes de la même danse et, pendant un moment, elle s'était inquiétée qu'il ne fatigue jamais. Il s'était montré si insatiable… Elle n'avait jamais rencontré auparavant un homme capable de satisfaire son appétit. Avec lui, elle avait trouvé son égal. Ils ne s'arrêtaient que pour recommencer quelques minutes plus tard, une main innocente sur la jambe ou l'effleurement d'une joue les ramenant là où ils avaient commencé, et Freya découvrit qu'elle était excitée uniquement à l'idée de tout ce qu'il lui avait fait ressentir la veille. Sa peau était douce au toucher et, comme tout chez lui, parfaite, ni rides granuleuses ni sécheresse cutanée ni cicatrices, et bronzée partout de façon homogène.

Ils se trouvaient dans sa cabine sur le *Dragon* et,

---

1. Chanson des Pink Floyd que l'on pourrait traduire par « Délaissé ».

par les hublots, elle voyait qu'il faisait jour. Il était probablement midi tout juste passé car le soleil ne projetait aucune ombre. Quel jour était-on ? Elle n'en était pas sûre. Où passait le temps quand elle était avec lui ? Elle ne le remarquait jamais, il devenait une qualité insaisissable, et elle ne se souvenait jamais de ce qu'ils faisaient – quand ils n'étaient pas au lit, bien sûr, et on aurait dit qu'ils étaient toujours au lit quand ils étaient ensemble. La pièce aurait dû sentir le renfermé puisqu'ils ne l'avaient pas quittée depuis quelques jours, et que Freya avait préparé tous leurs repas sur le petit réchaud du bateau avec ce qu'elle trouvait dans le frigidaire. Mais au lieu des odeurs de sexe, de sueur et d'huile de cuisine, la pièce était propre et, quand elle fermait les yeux, elle inhalait la senteur fraîche du pin et des fleurs. Elle se demanda pourquoi il préférait vivre sur le bateau plutôt qu'à Fair Haven, qui avait bien assez de chambres mais, depuis le début, Killian avait fait du bateau de pêche sa demeure.

— Qui était-ce ? demanda-t-elle en se détachant de lui.

— Ta sœur, répondit-il, se rallongeant sur l'oreiller et croisant les bras derrière la tête, l'air pensif.

Sa frange noire lui couvrait un œil et il la repoussa avec impatience.

— Ingrid ? Que voulait-elle ?

Freya se redressa sur un coude.

— Je lui ai prêté récemment quelques plans de la maison pour son exposition. On dirait qu'ils ont disparu, expliqua Killian. Elle ne l'a pas avoué ouvertement, mais ça se sentait.

— Pourquoi tout le monde s'intéresse tant à ces

plans ? Bran m'a posé des questions à ce sujet l'autre jour, dit Freya, grattant les bouloches sur les draps. Ingrid lui a dit avoir trouvé quelque chose de sympa sur les repères de ces plans. Une sorte de code qu'elle a presque déchiffré, et qui aurait un sens historique.

Elle débitait son histoire rapidement et s'efforçait de changer de sujet pour ne plus parler de Bran dans le lit de Killian.

Killian haussa les sourcils.

— Tu as parlé à Bran ?

— Hier.

Elle se rallongea et tira les couvertures sur son visage.

— Eh, dit-il, descendant doucement les couvertures.

— Je ne sais pas ce que je fais ici.

Elle secoua la tête, incapable de le regarder.

— Si, tu le sais.

— Écoute, je dois y aller, dit Freya, s'éloignant de lui afin de se rhabiller.

— Ne t'en va pas. (Il l'embrassa dans le cou, de doux baisers papillons qui électrisèrent tous ses sens.) Tu viens d'arriver.

Freya eut soudain un sentiment de déjà-vu... Ne s'était-elle pas trouvée dans la même situation avec Bran il n'y avait pas si longtemps ? Et à présent elle était dans un autre lit, avec l'autre frère.

— Killian, allons. Je suis ici depuis quatre jours.

Elle repoussa doucement ses bras.

— Je t'aime, murmura-t-il.

Il se pencha pour poser la tête sur son épaule et envelopper délicatement ses seins de ses mains, lui donnant chaud.

— Tu n'as pas le droit de dire ça. Je te l'ai dit,

rien n'a changé. Je compte toujours épouser Bran en septembre.

Elle se mordit la lèvre.

— Ne nous fais pas ça, la prévint Killian, agrippant ses épaules.

— Il n'y a pas de « nous », Killian. Il n'y en a jamais eu.

— Ne dis pas ça, répéta-t-il, désespéré.

— Arrête, tu me fais mal.

Son cœur se brisait, tout comme celui de Killian. Elle l'aimait tant. C'était bien de l'amour qu'elle ressentait pour lui, profond, éternel, inflexible, un feu incandescent ardent et, pourtant, c'était mal. Elle savait que c'était mal, qu'être avec lui, c'était mal. Si seulement elle l'avait rencontré le premier. Si seulement... Il était trop tard à présent. Bran et elle s'étaient trouvés, elle avait promis à Bran de l'épouser, et c'est ce qu'elle ferait. C'était la chose à faire, ce qu'elle était censée faire. Elle ne pouvait modifier son destin.

Killian se leva et se mit à arpenter la pièce, passant les mains sur son visage, l'air perdu, déconcerté et inquiet.

— Freya, je t'en prie.

— C'était... C'était une erreur, répondit-elle, remontant la fermeture Éclair de son jean et enfilant son chemisier. (Elle fourra ses pieds dans ses baskets.) Je suis navrée, Killian, vraiment. Mais je t'avais dit dès le départ que ce n'était pas une bonne idée.

Après avoir quitté le bateau, Freya marcha un moment pour réfléchir. Elle ne souhaitait pas continuer à penser à Killian. Elle erra sans but pendant des heures, et fut surprise de constater qu'elle était pratiquement au cœur de la ville, non loin du poste de police, un petit bâtiment près de la mairie. Puisqu'elle se trouvait là, autant aller s'enquérir des progrès de l'enquête concernant la disparition de Molly Lancaster, et peut-être demander si elle pouvait parler à l'un ou l'autre de ces garçons, voir si elle pourrait ressentir quelque chose en leur présence. Bien que toujours confiante dans l'idée que sa potion n'était pour rien dans ce qui était arrivé à Molly, elle commençait à envisager la possibilité que quelque chose dans sa magie ait pu mal tourner. Elle ne croyait toujours pas les garçons liés de quelque façon que ce soit à la disparition de Molly, mais elle se savait minoritaire. Beaucoup de gens en ville se plaignaient déjà que les garçons avaient reçu un traitement de faveur de la part du procureur.

Au poste de police miteux régnait le chaos habituel.

— Salut, Freya. (Jim Lewis, un des agents de police, l'accueillit avec un sourire.) Quoi de neuf ?

— Je passais dans le coin, et je me demandais s'il y avait du nouveau dans l'affaire Lancaster…

— Ouais, mais je peux pas vraiment t'en parler pour l'instant, répondit-il en secouant la tête.

— Tu ne peux pas, ou tu ne veux pas, Jim ? Allons, c'est moi. Tu te souviens que je vous ai aidés à attraper le voleur de vélos ? l'amadoua Freya.

— Je sais, jeune fille. Mais là, c'est différent.

— Que se passe-t-il ? demanda-t-elle quand elle remarqua tous les policiers agglutinés autour du box de Matt Noble. C'est Corky Hutchinson ? Il est arrivé quelque chose à Todd ?

— Je peux pas te dire. Je peux pas te dire. (Jim tambourina des doigts sur le bureau de la réception.) Mais je vais te dire un truc sur l'affaire Lancaster. L'un des étudiants est sur le point de craquer. On arrêtera bientôt quelqu'un, compte là-dessus.

À son retour à la maison, Gracella se jeta pratiquement sur elle à la seconde où elle franchissait la porte.

— Pardonnez-moi de vous embêter, mademoiselle Freya, mais c'est Tyler.

— Vous ne m'embêtez pas du tout. Que se passet-il ?

La femme de ménage tordit la peau de chamois qu'elle tenait.

— Il a beaucoup de fièvre. Depuis hier soir. Je crois que je devrais l'emmener à l'hôpital, mais j'ai peur. Hector n'est pas là, et...

Freya suivit la mère inquiète jusqu'à la petite maison. La chambre de Tyler était à l'étage, une pièce chàleureuse remplie d'images de dessins animés sur le papier peint et aux étagères couvertes de jouets de toutes formes et tailles. Les petits soldats de plomb étaient empilés, les marionnettes immobiles sur la cantine. Le train attendait, silencieux. Dans un lit en forme de voiture de course, Tyler était enveloppé dans un édredon comme une petite tortue. Elle fut choquée de le trouver si changé par rapport à quelques jours plus tôt. Il avait perdu beaucoup de poids et était très pâle.

— Salut, gamin, dit-elle doucement en posant une main sur son front. (Il était brûlant.) Emmenons-le à l'hôpital tout de suite. Ça ne sert à rien d'attendre, dit-elle à Gracella. Je conduis.

Elles emmitouflèrent le garçon sur le siège arrière.

— Ça va aller ; je vais appeler Joanna dès que je vous aurai déposés, dit Freya tandis qu'elle conduisait mère et fils à travers les rues désertes de North Hamp-

ton en direction du petit hôpital du comté. C'est promis, ajouta-t-elle, même si elle savait qu'elle n'avait
pas le droit de promettre quoi que ce soit.

Freya connaissait aussi bien que sa sœur les limites
des pouvoirs de sa mère, surtout quand il s'agissait de
gens qu'elle aimait.

CHAPITRE 32

Comme un voleur dans la nuit

Le soir même, Ingrid fit un rêve. Cela commença quand elle se rendit compte qu'elle n'était pas seule dans son lit. Elle sentit un poids lourd sur elle, et on tirait sur son bas de pyjama. Elle s'agita et tenta de le remonter mais sans succès et, à présent, on déboutonnait le haut ; l'air était froid sur sa peau. Elle n'était pas sûre de ce qui se passait… Où se trouvait sa couverture ? Puis une main lui couvrit la bouche et elle s'éveilla en sursaut, incapable de hurler. Elle ne pouvait même pas ouvrir les yeux.

Un homme était effectivement allongé sur elle. Ses mains étaient chaudes et douces sur sa poitrine, son corps lourd, et elle était nue sous lui. Elle lutta mais ne put rien faire, elle était immobile et impuissante. C'est alors qu'il la pénétra ; il était maintenant en elle et se mouvait lentement. Elle avait envie de crier mais ne le pouvait pas parce qu'il l'embrassait tendrement et qu'elle répondait à ses caresses sans pouvoir s'en empêcher. Elle était mouillée, il était dur et c'était bon. C'était si bon d'être sous un homme, d'être prise et aimée, même si ce n'était pas de l'amour.

Soudain, elle ouvrit les yeux et le vit.

Un magnifique visage aux traits délicats, les cheveux noirs comme du charbon et les yeux bleu-vert. Il était plus fort, à présent… Ses mains encerclaient sa gorge et il l'étouffait, enfonçant les doigts profondément dans son cou, lui coupant le souffle tandis qu'il se mouvait inexorablement en elle jusqu'à l'orgasme… Cela se produisait *vraiment*… Killian essayait de la tuer… Elle sentait son esprit commencer à vaciller dans le glom… Elle allait mourir… Non ! Elle ne mourrait pas… Elle ne le laisserait pas faire… De toutes ses forces, Ingrid plia un genou et poussa contre sa poitrine ; cela suffit à déséquilibrer l'intrus et à lui faire lâcher prise.

Elle ouvrit la bouche pour crier…

Et se réveilla.

Cette fois, elle était vraiment réveillée.

Tout n'avait été qu'un rêve, finalement. Ingrid s'assit dans son lit, tremblante et haletante. Elle était habillée et seule, mais le dos de son haut de pyjama était trempé de sueur. Pourtant, ce n'était qu'un rêve. Un cauchemar. Elle avait rêvé que Killian Gardiner la violait et qu'il essayait de la tuer, et cela lui avait paru si réel qu'elle en était malade : excitée, déconcertée et humiliée à la fois. Elle avait cru mourir.

Que venait-il de se produire ?

Une vision ? Un message ?

Puis elle comprit.

Tout devenait clair. L'étrange inquiétude nerveuse de Freya lors de sa fête de fiançailles, les fleurs qui avaient pris feu, les cheveux ébouriffés, ses longs silences et ses absences inexpliquées, ses joues et son minois rouges de plaisir. Elle repensa au comportement de sa sœur tout l'été : à rêvasser, distraite, troublée, puis nerveuse et cassante. Ça ne lui ressemblait pas.

Il lui était arrivé quelque chose ou, plus précisément, il lui était arrivé quelqu'un. Comme par le passé. Bien sûr. Tout était clair à présent.

Ingrid sortit du lit et enfila son peignoir. Elle regarda l'horloge. Il n'était que minuit et demi. Freya était sortie pour la soirée, mais Ingrid pensait savoir où la trouver. Les sœurs s'étaient brièvement croisées au retour de Freya de l'hôpital. Ingrid s'inquiétait pour le garçon, elle aussi, et espérait que sa grippe ne s'aggraverait pas. Elle ne pouvait imaginer le contraire. Même si Freya n'était plus autorisée à travailler au North Inn, elle ne pouvait tenir ses distances et elle était devenue un de leurs meilleurs clients. Ingrid n'était pas une habituée des lieux, mais elle n'avait rien contre les bars et comprenait les plaisirs qu'ils procuraient : une agréable compagnie, le réconfort d'un cocktail bien préparé, l'excitation suscitée par la bonne musique d'un jukebox. Une fois de temps en temps, elle s'y rendait le vendredi soir avec l'équipe de la bibliothèque, mais puisque Tabitha était enceinte et qu'Hudson essayait le dernier régime de désintoxication, ils n'y avaient pas mis les pieds depuis un moment. Elle s'avança dans la salle bondée et fit un signe de la tête à quelques visages familiers.

— Je te sers quelque chose, ma grande ? lui demanda Kristy.

La serveuse dégingandée jeta un torchon sur son épaule et attendit la commande d'Ingrid.

— Rien ce soir, merci. Je cherchais juste ma…

On poussa un grand cri à l'autre extrémité du comptoir, et Kristy haussa les épaules.

— Elle est en pleine forme ce soir. Je l'ai prévenue que si elle ne se calmait pas, je refuserais de la servir, précisa-t-elle, en faisant semblant de se trancher la gorge de la main. Impossible de savoir ce qui ne va pas, mais elle a sifflé pas mal de tequila.

Ingrid acquiesça. La tequila était pour Freya la réponse à tout bouleversement émotionnel. Elle se tourna vers l'origine du tapage et aperçut sa sœur qui descendait des shots en hurlant les réponses aux questions d'un quizz entre deux tranches de citron vert qu'elle suçait.

— Freya !

— Inge ! Qu'est-ce que tu fais là ? lui demanda-t-elle, l'air surprise mais contente de la voir.

Elle serra Ingrid très fort dans ses bras et celle-ci sentit son haleine alcoolisée.

Ingrid ne perdit pas de temps. Elle se pencha près de l'oreille de sa sœur et murmura avec colère :

— As-tu une liaison avec Killian Gardiner ?

Freya dessaoula aussitôt.

— Ne le nie pas, la prévint Ingrid qui ramenait sa sœur à la maison.

Freya l'avait implorée de lui laisser finir ses verres mais Ingrid était demeurée intraitable. Les sœurs étaient maintenant en voiture, Freya regardant pensivement par la fenêtre, tandis qu'Ingrid s'énervait au volant.

— C'est faux, répliqua Freya un poil insolente.

Bien sûr, Ingrid finirait forcément par découvrir sa relation avec Killian. Elle s'y était attendue ; la seule surprise dans cette affaire était le temps qu'il lui avait fallu pour parvenir à cette conclusion. Sa sœur connaissait généralement tous ses secrets avant même qu'elle en soit consciente elle-même.

Ingrid lui lança un regard de biais.

— Je l'ai senti.

— Berk ! Je ne veux pas savoir comment ! Tu as eu un de tes rêves qui donnent la chair de poule ?

— C'est peu dire ! (Ingrid frissonna, se souvenant des mains froides autour de son cou et la sensation de sentir Killian contre elle. Elle secoua la tête.) Qu'est-ce que tu fabriques ? Je te croyais amoureuse de Bran, je croyais que c'était « le bon » ?

— Je sais. J'ai dit à Killian que c'était terminé entre nous cet après-midi. J'ai mis un terme à tout ça, soupira-t-elle.

— Bien. (Ingrid regarda sa sœur du coin de l'œil pour garder les yeux sur la route au cas où des voitures arriveraient en sens inverse.) C'est préférable, Freya. Souviens-toi de ce qui s'est passé la dernière fois que tu t'es mariée.

Freya ne répondit pas et elles continuèrent le trajet en silence un moment, le long de la grande route sombre et déserte.

— J'ai peur, finit par lâcher Ingrid. J'ai passé une horrible journée. On m'a traitée de sorcière devant tout le monde, cet après-midi au travail.

Freya tressaillit.

— Non !

— Corky Hutchinson. Je savais que je n'aurais pas dû lui donner ce stupide nœud. Qu'elle ne saurait pas le garder à la maison. Merde ! (Ingrid ne jurait jamais mais elle était bouleversée.) Excuse-moi.

— Ce n'est pas ta faute, l'apaisa Freya. Nous savons tous que ta magie ne fonctionne pas ainsi. Ton nœud n'a pas tué Todd. Il s'est suicidé, Ingrid. Dieu seul sait pourquoi.

— Je ne sais pas… (Ingrid se mâchouillait la lèvre

inférieure.) Je m'efforce de me dire que ça ne peut pas être de ma faute, mais j'étais chamboulée. Il allait faire démolir la bibliothèque… Et si je n'en avais pas eu l'intention, mais en étais malgré tout responsable ? Cela fait si longtemps que je n'ai pas pratiqué la magie, je suis peut-être rouillée. J'aurais pu tordre le nœud dans le mauvais sens par inadvertance.

Elle sentit une terreur glacée lui serrer l'estomac. Et si, même si elle n'en avait pas eu l'intention, elle avait pratiqué la magie noire malgré tout ? Il n'existait pas de règles dans ce domaine. Tout était possible. Elle aurait pu tuer Todd. C'était peut-être le cas.

— Tu es parano, la calma Freya. Tu ne saurais même pas jeter un mauvais sort à une mouche. Tu n'es en aucun cas responsable de ce qui lui est arrivé.

— Mais j'étais tellement en colère… et Corky, elle l'a hurlé devant tout le monde. Elle m'a traitée de sorcière ! Presque toute la ville est venue me voir, Freya. Les gens croient que je pratique la magie. Ils l'ont vu fonctionner pour eux.

— Et ?

Freya haussa les épaules.

— Et ? Tu as oublié ce qui s'est produit la dernière fois que nous avons pratiqué la magie ouvertement ?

L'air conditionné avait provoqué de la condensation sur la vitre, sur laquelle Freya se mit à dessiner.

— Sérieusement ? C'est ça qui t'inquiète ? Nous sommes à North Hampton ! Et la dernière fois que j'ai vérifié, le calendrier indiquait qu'on était au XXIe siècle. Ils croient peut-être que tu as guéri leurs maux et que tu as résolu leurs problèmes mais, au fond, penses-tu qu'ils croient *vraiment* à la magie ? C'est fichtrement impossible. *Personne* ne croit plus en nous. Nous ne risquons rien, insista Freya. Regarde autour de toi, c'est un monde de science et de technologie, d'ordinateurs et de gadgets. Ils ont des iPad, des GPS et des fours à micro-ondes. Ils ne s'inquiètent plus de la mort parce que, selon eux, on peut vaincre le cancer uniquement en mangeant du tofu ! Ce n'est plus comme avant.

— J'espère que tu as raison.

Freya baissa sa vitre pour sentir la brise de l'océan sur son visage.

— J'en suis certaine.

Ingrid arrêta la voiture dans un crissement de pneus et sa sœur se cogna la tête sur le tableau de bord.

— Oups, désolée, dit Ingrid. Il y a un autre point dont je voulais discuter avec toi. Tu sais, ce type que maman a sauvé de la mort ? Lionel Horning ?

— Oui. Eh bien ?

— Eh bien il a disparu.

Elle n'arrivait pas à croire qu'elle ait oublié de le mentionner jusque-là, mais elle avait été si ébranlée par les accusations de Corky Hutchinson cet après-midi et le terrible rêve qu'elle avait fait ce soir que ça lui était complètement sorti de l'esprit.

— Qu'entends-tu par « disparu » ?

— Emily est venue me voir pour me confier qu'il se comportait étrangement, qu'il parlait d'un sentier dans les montagnes, affirmant qu'il n'avait pas sa place ici et qu'il en emmènerait d'autres avec lui.

— Comment ?

— Je sais. On dirait qu'il a tourné au zombie.

Ingrid soupira. Tout comme Freya, elle savait que quand une âme humaine avait passé trop de temps dans le glom, il existait un risque pour que l'enveloppe physique n'accepte pas la résurrection si l'âme et le corps s'étaient trop éloignés l'un de l'autre. Cela se produisait rarement, Joanna était trop douée pour ça, mais il y avait eu des cas de morts revenus à la vie seulement pour succomber à un cas de zombite aiguë.

Freya en eut le souffle coupé.

— Tu ne crois pas qu'il serait impliqué dans la disparition de Molly… ?

— Je ne sais pas… Je veux dire, Lionel n'est pas quelqu'un de violent. Enfin, sauf si Helda a mis un peu d'elle-même en lui avant que maman le fasse sortir de mort-ville.

— Depuis quand a-t-il disparu ?

— Depuis le week-end du quatre juillet.

La nuit même de la disparition de Molly Lancaster.

— Oh, seigneur !

— Encore une chose…, reprit Ingrid en tripotant ses pouces.

Elle remonta ses lunettes sur son nez. Dans sa hâte de retrouver sa sœur, elle avait oublié de mettre ses lentilles. La monture noire lui donnait l'air plus âgé qu'elle ne l'était ; elle détestait les porter, ressemblant déjà trop au stéréotype de la bibliothécaire des petites villes.

Freya se tourna vers sa sœur.

— Il y a autre chose qu'un éventuel zombie en liberté dans North Hampton ?

Ingrid s'efforça de ne pas avoir l'air penaude.

— Juste après le long week-end…

— Oui ?

— Quelqu'un m'a rendu visite. Un des Déchus.

Freya la dévisagea.

— Un vampire est venu te voir et tu ne me l'as pas dit ? Pourquoi ?

— Je ne croyais pas que c'était important, soupira Ingrid. Je ne sais pas. J'étais gênée. Je ne pouvais pas me débarrasser d'elle alors je l'ai aidée. Je connais les règles, nous ne sommes pas censés avoir affaire à eux. Mais elle m'a demandé de l'aide et je la lui ai accordée.

— C'était quand ?

— Je te l'ai dit, juste après le quatre juillet. Elle a dit avoir passé tout le week-end en ville et a mentionné t'avoir vue le vendredi soir au North Inn.

Freya s'efforça de se souvenir. N'aurait-elle pas remarqué un vampire dans son bar ? La dernière fois qu'elle avait été en contact avec les Déchus, c'était par le garçon qu'elle avait guéri l'automne dernier à New York, juste avant de revenir à North Hampton, et elle se rendit compte à sa grande surprise qu'elle l'avait peut-être aperçu quelque part récemment : était-ce au North Inn ? Comment s'appelait-il, déjà ? Oliver ? Et n'était-il pas en compagnie d'une blonde glaciale ? Était-ce son nouveau vampire ? Tout était si flou. C'était aussi le soir où tout avait commencé avec Killian. Pas étonnant qu'elle n'y ait pas prêté attention.

— Qui était-ce ? La blonde ? demanda-t-elle.

— Azraël.

— Intéressant. Donc, ce fichu Ange de la Mort débarque en ville juste quand une fille disparaît et que notre maire est retrouvé mort !

— Mais pourquoi s'intéresserait-elle à eux ? argumenta Ingrid. Tu sais que les Déchus sont tenus de respecter leur Code. Ils ne sont pas censés faire du mal aux hommes et on ne leur a pas attribué de mort humaine depuis des siècles. Ça n'a pas de sens… (Elle pâlit.) Attends une minute… Je lui ai parlé de l'amendement Orphée… Je lui ai dit qu'elle aurait besoin de sacrifier une âme à Helda pour obtenir celle qu'elle voulait en retour, et elle m'a dit qu'elle était déjà au courant de ce détail et qu'elle y était préparée. (Ingrid avait l'air horrifiée.) Tu ne crois pas qu'Azraël aurait pris Molly, si ? Ou Todd ?

— Tout est possible. Surtout avec des zombies et des vampires dans le coin. Bientôt tu vas me dire que papa est de retour.

— À vrai dire… (Elle se mordit la lèvre.) Laisse tomber. (Freya ne sembla pas relever, et Ingrid poursuivit.) Quoi qu'il en soit, à ton avis, que devons-nous faire ?

Dans ce genre de situation, elle se tournait vers sa sœur cadette pour prendre la tête des opérations et agir. Au fond, Ingrid était devin, quelqu'un qui étudiait et analysait les situations ; elle aimait présenter les faits puis laisser quelqu'un d'autre prendre les décisions difficiles.

— D'abord, nous rendons visite à Azraël, dit Freya. Ensuite nous partirons à la recherche de Lionel.

CHAPITRE 33

Un lieu sûr

— Je croyais que maman avait fait détruire tous les tunnels, dit Ingrid. (Elles se tenaient devant la porte du placard de Freya. Elles étaient rentrées à la maison plutôt que de se rendre à New York sur ordre de la cadette.) Il en reste vraiment un ?

Freya posa les mains sur ses hanches et arbora un sourire narquois.

— Elle a gardé les baguettes magiques, Ingrid. Tu te doutes bien qu'elle a préservé d'autres secrets ? (Elle ouvrit les portes, tapota sa baguette magique et une lumière émana de son extrémité, lui montrant le chemin.) En tout cas, c'est vraiment ridicule. Pourquoi aurais-je dû habiter dans un immeuble miteux sans ascenseur à New York alors qu'on avait ça depuis le début ?

À toute demeure de sorcière poussaient automatiquement des chemins magiques dont ces dernières se servaient pour parcourir de longues distances qui se révéleraient trop fatigantes en balai. Mais lors de la construction de leur maison à North Hampton, le Conseil leur avait ordonné de les détruire : cela faisait partie de la Restriction. Freya s'était cependant toujours doutée que Joanna en avait conservé un par précaution et, quelques décennies plus tôt, elle avait découvert qu'elle avait raison. Elle ouvrit la voie, passant les portants de manteaux et de fourrures et la pancarte qu'elle avait confectionnée sur laquelle on lisait « Vous cherchez Narnia ? Vous vous trouvez dans le mauvais univers », jusqu'à ce qu'elles se retrouvent dans son ancien appartement à New York.

Puisqu'il était connecté à North Hampton, il existait lui aussi juste en dehors du temps ; de sorte que, même si dans le monde physique il ne faisait que trente mètres carrés, c'était aussi un gigantesque manoir avec une cheminée, une magnifique cuisine et de somptueux meubles campagnards anglais.

— Sympa, non ? sourit Freya. De nos jours on ne peut plus trouver ce genre d'appartement sur le marché au prix où je l'ai acheté.

— Donc pendant que nous, on se coltinait des corvées sans pouvoir se servir de la magie, même pour faire la vaisselle, toi, tu vivais ici ? Pas étonnant que tu ne sois jamais rentrée à la maison.

— Eh, j'ai trouvé le tunnel qui menait à ce lieu sûr. Maman a dû le garder au cas où nous aurions besoin de fuir North Hampton. Pratique, n'est-ce pas ? (Freya sourit.) Mon dieu, que cet endroit m'a manqué. Je me suis servie d'un des vieux sorts de maman pour refaire la décoration. Je me suis dit que la Restriction ne s'appliquait qu'à la magie nouvelle.

— Bon, alors, comment trouve-t-on un vampire dans cette ville ? interrogea Ingrid, appréciant ce somptueux décor d'un hochement de tête. Ce n'est pas comme s'ils étaient répertoriés dans l'annuaire.

— Pour tout te dire, ils le sont, objecta Freya, allumant son ordinateur et s'asseyant à son bureau. Les Déchus sont plus ou moins à la tête de New York. Voyons ce que nous allons pouvoir trouver.

Elle tapa le nom de Mimi dans un moteur de recherche.

Mimi Force était la fille belle et à la mode d'un des hommes les plus riches de la ville, voire du monde entier, et de nombreux résultats concernaient sa vie sociale trépidante, dont moult citations dans la presse people et le courrier mondain. Certains articles décrivaient ses soins quotidiens de beauté, ses habitudes alimentaires, les boîtes de nuit qu'elle fréquentait ces derniers temps. Cependant, internet ne dévoilait pas de détails privés. Comme beaucoup de gens riches et célèbres qui vivent dans un cocon d'intimité méconnu des gens ordinaires, les propriétés et domaines des Force étaient en majeure partie cachés par un réseau de fidéicommis et d'avocats.

— Si tu veux savoir ce qu'elle portait la semaine dernière pour une soirée, je peux te le dire, mais je ne crois pas que nous trouverons d'adresse, soupira Freya, tapotant le clavier de frustration.

Ingrid se percha sur l'accoudoir du fauteuil de sa sœur et jeta un coup d'œil à l'écran.

— Eh bien, si nous ne pouvons pas la trouver ainsi, la meilleure solution est d'essayer de lui tendre une embuscade à l'une de ces soirées.

— Tu es un génie ; c'est pour cette raison que nous sommes de la même famille. (Freya sourit, trouvant un site qui répertoriait les événements sociaux prévus cette semaine-là.) Voilà. Le Comité de la banque du sang organise une fête demain soir, enfin, techniquement, ce soir, puisque nous sommes déjà demain. Tous les Sang-Bleu y seront à coup sûr, y compris Mimi. Ce Comité est leur petite œuvre de charité bien à eux, qui leur permet de conserver une réserve de sang propre.

Elle bâilla. Ingrid était venue la chercher au bar vers minuit et la nuit était très avancée.

— Dormons un peu pour être prêtes pour l'embuscade. Si Azraël a effectivement pris Molly, elle ne la rendra pas facilement.

Freya eut un sommeil agité, à se tourner et se retourner dans son lit. Elle entendait Ingrid ronfler dans la chambre d'ami, mais ce n'était pas la raison de son insomnie. Elle ne cessait de penser à son rêve étrange : sa sœur refusait de divulguer davantage de détails, mais elle avait compris l'idée et cela l'inquiétait. Pourquoi avait-elle rêvé que Killian cherchait à la tuer ? Il l'appréciait, autant qu'elle sache ; elle ne voyait pas en quoi il pourrait lui vouloir du mal… sauf… Mais cela s'était produit il y avait si longtemps, il ne pouvait quand même pas encore lui en vouloir ?

Quand elle ne s'inquiétait pas de cet épisode, elle ne cessait de se tourmenter de la façon dont elle avait mis fin à leur histoire, plus tôt dans la journée. Était-ce vraiment fini entre eux ? Elle n'arrivait pas à imaginer ne plus jamais le revoir, même si c'était probablement pour le mieux. Bran rentrerait bientôt à la maison. Il avait promis qu'une fois son grand projet d'été bouclé, il laisserait les voyages à d'autres. Elle n'arrivait plus à faire semblant et à mentir. Être amoureuse de deux hommes à la fois… Elle n'avait pas signé pour ça quand elle s'était lancée dans cette liaison. Elle devait cesser d'agir et commencer à réfléchir. Pendant trop longtemps, elle s'était précipitée sans s'inquiéter des conséquences. Comme accepter d'épouser Bran après seulement un mois, ou coucher avec son frère après l'avoir rencontré pour la première fois à une fête. Elle devait remettre de l'ordre dans sa vie et s'en tenir à la direction qu'elle avait choisie, ce qui impliquait d'épouser Bran en septembre. Tout se passait très bien jusqu'à ce qu'elle rencontre Killian. Elle était heureuse, elle était amoureuse, et puis il avait fait son entrée dans le tableau. Mais elle l'avait laissé faire, se rappela-t-elle.

Elle finit par se laisser gagner par le sommeil au petit matin et se réveilla l'après-midi. Elle entendait Ingrid bricoler dans son dressing, examinant les vêtements sur les portants.

— Quelle heure est-il ? demanda-t-elle à sa sœur.

— Dix-sept heures. Tu as dormi toute la journée. Allons, lève-toi, la fête commence à dix-huit heures. Je veux y arriver tôt.

Freya se frotta les yeux et sortit doucement du lit. Elle se rendit dans la cuisine et se servit une tasse d'une cafetière préparée par sa sœur.

— Possèdes-tu un vêtement qui ne soit pas transparent, dos-nu ou qui ne remonte pas jusqu'aux cuisses ? demanda Ingrid, cherchant en vain quelque chose à se mettre. (Nombre des robes de Freya cumulaient fièrement les trois caractéristiques.) Tu te rends compte que tu te fringues comme…

— Une pute ? suggéra Freya joyeusement, buvant son café à petites gorgées et se réveillant aussitôt. (Elle rejoignit sa sœur dans le dressing et se mit à passer en revue ses tenues.) Non, tu ne trouveras rien là-dedans qui ne dévoilera pas une partie de ton anatomie et, non, personne ne s'est jamais plaint de ma garde-robe. Seigneur, tu es pire que maman, ajouta-t-elle en retirant son peignoir pour enfiler une petite robe noire.

Ingrid poussa un grognement scandalisé.

— Ne dis pas « pute », c'est vulgaire.

— Fille de joie, alors ?

Freya rit et laissa sa sœur s'inquiéter seule de se trouver une robe. Elle s'assit à sa coiffeuse et entreprit de se maquiller.

— Qu'est-ce que tu penses de ça ? demanda Ingrid, sortant du dressing pour lui montrer ce qu'elle avait déniché. (Elle portait une simple robe noire aux manches longues et à la jupe plus longue encore.) J'ai de la chance de l'avoir trouvée. Je ne pensais pas que tu possédais des vêtements qui couvraient les bras.

— Tu ressembles à une nonne, fit observer Freya en frottant un pinceau de fard sur ses joues. Je l'avais achetée pour une soirée déguisée. Nous sommes à New York, Ingrid, et la fête a lieu sur le toit du Standard Hotel. Tu ne peux pas avoir l'air sortie tout droit de ta cambrousse. En plus, nous sommes en août. Tu vas cuire.

— Je suis plus à l'aise là-dedans.

— Nonne.

Ingrid étudia l'encolure plongeante de Freya d'un air sceptique.

— Es-tu certaine de ne pas avoir mis ta robe à l'envers ?

— Très drôle. Allons-y, dit-elle, séchant son rouge à lèvres avec un mouchoir en papier. Efforce-toi de ne pas me faire honte.

CHAPITRE 34

Les vampires de Manhattan

Le Standard Hotel se trouvait tout à l'ouest de la ville, près de l'Hudson. Ingrid n'avait jamais été amatrice d'événements branchés ; c'est pourquoi la vue à l'entrée des gorilles imposants faisant office de videurs, et d'un barracuda vêtu d'une robe de cocktail noire, planchette à pince à la main, la rendit quelque peu nerveuse.

— Tu crois que nous allons entrer ? Nous n'avons pas vraiment d'invitations, murmura Ingrid. Et celle-ci, on dirait Fafnir en jupe, ajouta-t-elle, parlant du dragon légendaire qui gardait jalousement son or.

— Détends-toi, ce n'est que le portier ; ils font partie du décor. Elle n'a aucun pouvoir sur nous, répondit Freya. (Elle s'avança, confiante, jusqu'à la corde en velours.) Freya et Ingrid Beauchamp, nous sommes là pour la fête de la Banque du sang. Inutile de vérifier votre liste.

— Tu vois ? dit-elle tandis qu'on décrochait la corde de velours et qu'elles se dirigeaient vers les ascenseurs qui les emmèneraient jusqu'au toit.

La fête battait déjà son plein et le jacuzzi couvert faisait des bulles. Ingrid s'efforça de ne pas dévisager

les humaines dans la baignoire, dont certaines paraissaient avoir perdu le haut de leur bikini. Difficile à
dire avec le remous de l'eau. C'était une scène très
éloignée des affaires guindées habituelles de North
Hampton. Les vampires étaient d'une élégance à couper le souffle, vêtus de lin blanc, le visage inexpressif,
l'air de s'ennuyer, et Ingrid ne se sentit guère à sa place
avec sa robe à manches longues.

— Allons prendre un verre, suggéra Freya, se dirigeant vers le long bar noir et obtenant très vite deux
cocktails.

Ingrid en but une gorgée.

— Qu'est-ce que c'est que toute cette mousse
salée ? demanda-t-elle en s'essuyant les lèvres avec
une serviette.

— Contente-toi de le boire, répondit Freya en
balayant la foule du regard à la recherche de la prin-
cesse vampire. Est-ce que tu la vois ?

Ingrid secoua la tête.

— Des tonnes de Sang-Bleu et leurs familiers mais
pas d'Azraël.

— Elle doit bien se trouver quelque part. Elle est
censée être *l'hôte* de cette fête.

Mais Freya savait, pour avoir vécu à New York, que
l'inscription en gras de noms sur l'invitation n'impliquait pas nécessairement la présence de ces personnes
à la fête : c'était un de ces accords sociaux tacites.

Partout sur le toit, de petits groupes s'agglutinaient
sur des feuilles de nénuphar orange posées sur l'herbe
synthétique qui recouvrait le sol. Quelques invités
jouaient avec les télescopes installés au bord du toit.
La vue de la ville était à couper le souffle, mais Freya

était plus fascinée par un visage familier qui la fit piler net sur ses talons aiguilles.

— Que fais-tu ? s'enquit Ingrid.

— Je reviens dans une seconde, lui dit sa sœur, se dirigeant vers l'homme aux cheveux bruns qui discutait avec une grande brunette, l'air absorbé, à une des tables du cocktail.

La femme était d'une beauté froide pleine d'autorité, et Freya songea que son visage lui était familier mais elle ne parvint pas à la situer.

— Bran ?

À son nom, il leva les yeux et sa confusion se transforma bientôt en un sourire. Il portait un blazer bleu aux coutures effilochées et une chemise vichy passée.

— Freya ! Que fais-tu ici ?

Il s'excusa auprès de son interlocutrice et se leva, emmenant sa fiancée à l'écart.

— Je pourrais te retourner la question. (Elle ne voulait pas être suspicieuse, et pourtant la jalousie s'immisçait partout en elle. Qui était cette femme ? Pourquoi Bran était-il si absorbé par leur conversation ? Ils semblaient se disputer, et elle avait une attitude possessive en sa présence que Freya n'appréciait pas du tout.) Tu es à New York ? Je te croyais en Asie ?

— Nous venons de rentrer ; un des membres du comité n'a pas pu nous rejoindre, alors nous avons décidé de revenir ici afin que la réunion ait lieu dans les bureaux du Rockefeller Center. Je suis très content de te voir, ajouta-t-il, souriant. Comment se fait-il que tu sois venue ?

— Ingrid avait des affaires à régler, et je me suis dit que j'allais l'accompagner.

Il serait trop long de tout lui expliquer et, pour une

fois, elle était intimidée par sa présence. Il lui avait manqué si longtemps qu'il était étrange d'être de nouveau en sa compagnie, comme s'il n'était pas tout à fait réel. Elle avait envie de l'embrasser, de lui caresser la joue, mais elle en était incapable. Elle ne supportait pas l'idée qu'il puisse se douter de ce qu'elle avait vécu pendant sa longue absence. Coucher avec son frère, trahir toutes les promesses qu'elle lui avait faites depuis le début…

— Nous sommes censés retourner à Jakarta demain pour la présentation, mais je vais leur dire d'y aller sans moi, dit-il, comme s'il lisait dans ses pensées.

— Non, non… ne fais pas ça. Je ne suis ici que pour une nuit et je ne veux pas t'empêcher de travailler. (Elle s'efforça de ne plus être distante et l'embrassa profondément. Le pauvre garçon était nerveux et trempé de sueur.) Vas-y, vraiment. Tu rentres à la maison la semaine prochaine. Je te verrai à ce moment-là. Il faut que j'y aille, de toute façon.

— Tu es sûre ? (Bran avait l'air confus et blessé.) Tu peux attendre un peu ? Je dois parler à Julia du projet – c'est l'une de nos analystes. Ensuite je veux passer du temps avec toi.

La femme avec qui il discutait leur lança un regard impatient et se dirigea vers eux. Il jeta un coup d'œil par-dessus son épaule et leva un doigt.

— Bien sûr, ne t'inquiète pas pour moi… Je te verrai à ton retour, d'accord ? répondit Freya, soulagée de ne pas avoir de raison d'être jalouse finalement.

Bran était tout simplement pris par son travail, comme d'habitude. Elle lui offrit un dernier baiser et partit à la recherche d'Ingrid.

Elle la trouva en train de discuter avec un groupe de vampires Sang-Bleu.

— Bran est ici, murmura-t-elle. Avec ses pontes de la charité. Je lui ai dit que je le verrais à la maison.

— Excusez-moi de vous interrompre. Vous cherchez ma fille ?

La personnalité Sang-Bleu qui s'adressait à elles était élégante et majestueuse, et s'exprimait de façon très distinguée.

— Je suis Trinity Burden Force. (Elle les observa toutes deux attentivement.) Freya et Ingrid Beauchamp. Les sorcières de l'East End. À quoi devons-nous ce plaisir ?

— Mimi a séjourné dans notre ville et a rencontré ma sœur. Nous aurions une question à lui poser, expliqua Freya. Savez-vous où nous pouvons la trouver ?

— Il vous faudra vous rendre au Caire, pour cela. Elle a quitté la ville l'autre jour avec son intermédiaire humain. Elle a dit avoir quelque chose à finir en Égypte, quelque chose de plus important que d'obtenir son diplôme de fin d'études secondaires. J'ignore quand elle reviendra ; ma fille gère son emploi du temps sans m'informer des changements qu'elle y apporte. (Trinity arbora un léger sourire.) Comme votre mère pourra l'attester, je suis toujours la dernière au courant.

— Super, commenta Freya après que Trinity eut pris congé. Si Mimi a enlevé Molly, elles sont à l'autre bout du monde à présent, et elle pourrait l'avoir déjà donnée à Helda en échange de celui ou celle qu'elle voulait sortir de mort-ville. À ton avis, combien de temps cela nous prendra-t-il pour nous rendre au Caire ?

Ingrid secoua la tête.

— Nous n'avons pas le temps pour le moment.

Nous nous en occuperons plus tard. Pour l'instant nous devons retrouver Lionel. Emily vient de m'envoyer un texto. Elle croit l'avoir aperçu à la ferme.

— Quel soulagement !

— Non, tu ne comprends pas. Tous les animaux de la ferme sont morts, et elle croit que Lionel les a tués.

CHAPITRE 35

Le Pacte des Morts

Lionel Horning et Emily Foster vivaient dans une vieille ferme sur un terrain qui avait fait partie de la ferme laitière des grands-parents de Lionel, et les deux artistes possédaient une petite ménagerie avec des poules, des chèvres et une vache. Lionel avait transformé la maison en une espèce de loft où ils vivaient et travaillaient. À leur arrivée, Emily attendait les sœurs avec thé et biscuits.

— Merci d'être venues si vite. Comment avez-vous fait ? Je croyais qu'Ingrid m'avait dit que vous étiez à New York ? demanda-t-elle en leur versant à chacune une tasse de thé.

— Nous étions déjà en route quand vous avez appelé, répondit Freya habilement.

Inutile de lui expliquer que le placard de sa chambre rendait le voyage de North Hampton à New York aussi facile que de parcourir un couloir.

— Quand as-tu découvert les animaux ? interrogea Ingrid.

— Cet après-midi. Quand je suis allée remettre de l'eau aux poules. (Les mains d'Emily tremblaient tant que sa tasse de thé cliquetait dans sa sous-tasse.)

J'allais appeler les services vétérinaires mais je me suis dit que vous voudriez peut-être y jeter un coup d'œil.

— Rien de tel que l'action. Allons-y, dit Freya, un poil impatiente, en se levant.

C'était typique de North Hampton : Emily Foster leur offrait du thé et conversait poliment, alors qu'elles étaient là pour déterminer si son mari s'était ou non transformé en un zombie assoiffé de sang. Elle les fit sortir par la porte de derrière et elles se dirigèrent vers l'étable.

— Attendez un instant… Qu'est-ce que c'est que ça ? Vous entendez ? demanda Freya. On dirait de l'eau qui coule à torrent sous terre.

Elle s'agenouilla pour toucher le sol ; la terre était humide et le grondement s'intensifia.

— On dirait des vagues, acquiesça Ingrid.

— C'est la rivière souterraine qui coule directement sous l'étable, expliqua Emily. Dans les années 1850, on a construit un puits sur ce site. Je n'arrive pas à croire que vous entendiez l'eau. Je ne l'ai jamais entendue, moi. Lionel prétendait qu'il la sentait déferler quand il peignait, mais en même temps, Lionel disait beaucoup de choses, ajouta-t-elle en s'avançant jusqu'à la porte de l'étable. Elle resserra les doigts autour d'une poignée galvanisée étincelante et tira. L'imposante porte se souleva et commença à coulisser de côté sur des rails métalliques. Elle roula un moment avant de s'arrêter. Emily fit la grimace.

— Je vous conseille de retenir votre respiration. L'odeur est répugnante. En tout cas, si vous vous glissez à l'intérieur et que vous suivez le mur sur quelques pas, vous devriez trouver un interrupteur pour la lumière sur la droite. Mais attendez-vous au pire. Je viendrais bien avec vous, mais je n'en ai plus la force.

Elle se détourna et s'éloigna rapidement de la porte, se frottant les mains sur sa veste à deux reprises puis les secoua en marchant. Freya la vit pousser un soupir de soulagement.

Ingrid plissa le front. Une odeur écœurante émanait de l'intérieur de l'étable, âcre et pourrie.

— À toi l'honneur, dit-elle à sa sœur.

Freya arbora un sourire affecté en se glissant doucement par l'ouverture. L'obscurité était presque totale. Dans la faible lueur, elle distingua une sorte de monticule par terre, mais il faisait trop sombre pour comprendre ce qui le constituait. Elle sentit quelque chose frôler son épaule gauche et tressaillit, mais ce n'était qu'Ingrid qui entrait avec précaution dans la pièce à côté d'elle.

— Lumière, murmura Ingrid.

Freya tendait déjà la main droite sur le côté, tâtonnant le mur en décrivant de grands arcs de cercle de haut en bas. Ses doigts effleurèrent le mur à la recherche du petit interrupteur à bascule.

— Qu'est-ce que c'est que *ça* ? demanda Ingrid. (Le monticule à l'extrémité de la pièce bougeait clairement, sa surface ondulant, mais peut-être n'était-ce qu'une illusion d'optique.) Tu veux bien allumer cette satanée lumière ? la supplia Ingrid, regrettant qu'elles n'aient pas pensé à prendre leurs baguettes magiques.

Freya finit par trouver l'interrupteur du doigt. Il y eut un clic suivi d'une pause, tandis que le ballast dans le vieux tube fluorescent bourdonnait pour se mettre en route. La lumière clignota avant d'inonder enfin la pièce d'une pâle clarté bleuâtre.

Le monticule à l'extrémité de l'étable se révéla être une pile de carcasses animales déchirées et sanguinolentes, fourrures et plumes mélangées au sang et aux entrailles dans une soupe aux gros morceaux de chair qui pourrissaient. Du sang avait giclé sur les murs et le sol, et de petits vers rampaient sur l'ensemble. Freya se retint de vomir et Ingrid blêmit.

— Ça suffit, dit Ingrid au bord du malaise. Sortons d'ici.

Emily les attendait à l'extérieur, et referma la porte de l'étable en la faisant coulisser.

— Navrée que vous ayez dû voir ça.

— Qu'est-ce qui te fait penser que Lionel est responsable de ce carnage ? interrogea Ingrid, tandis qu'Emily les guidait vers une deuxième étable plus petite qui abritait les studios des artistes.

— Ce matin, j'étais à la fenêtre, à faire la vaisselle, quand j'ai cru voir un homme dehors. De dos, il ressemblait à Lionel, alors je l'ai appelé. Il ne s'est pas retourné, mais il s'est comporté de façon si étrange, depuis son retour de l'hôpital, que je l'ai laissé tranquille.

— Depuis combien de temps a-t-il disparu ?

Emily parut embarrassée.

— Quelques semaines. Presque un mois entier. Juste avant le quatre juillet, il a dit qu'il ne se sentait pas très bien. Puis, ce vendredi-là, je suis rentrée du marché et j'ai trouvé la maison en désordre. (Tirant sur la porte pour l'ouvrir, elle les fit entrer dans le bâtiment douillet au fond duquel se trouvait le studio de Lionel.)

Pardonnez-moi de n'avoir rien dit plus tôt, mais il fait ça de temps en temps.

Accrochées au mur du fond, plusieurs toiles de grande taille représentaient un portail argenté, une montagne surplombant une colline, des sentiers qui menaient vers des chemins inconnus et sinistres, propres au Royaume des Morts. Une des toiles était déchirée, et on l'avait aspergée de peinture d'une façon anarchique qui tranchait avec la qualité presque photographique de l'image en dessous.

— Mais tu n'es venue me voir qu'une semaine plus tard, souligna Ingrid. Pourquoi ?

Emily haussa les épaules et remit une chaise en place.

— Il est un peu distrait et nous nous laissons mutuellement beaucoup de liberté. Nous n'avons pas besoin de nous rendre de comptes. Je me suis dit qu'il était peut-être parti à New York – il loge parfois au Chelsea Hotel –, mais je les ai appelés, là-bas, et son nom n'apparaissait pas sur leur registre ; personne de sa galerie ne l'avait vu non plus. C'est là que j'ai commencé à m'inquiéter. Il n'y a eu aucune activité sur ses comptes en banque, et ça ne lui ressemble pas de s'absenter aussi longtemps. J'étais convaincue qu'il serait rentré aujourd'hui. Ce matin, j'ai cru qu'il était de retour pour voir si les animaux allaient bien. Je les avais un peu oubliés... Je travaillais, et j'étais moi aussi assez distraite. Et puis cet après-midi, quand j'ai vu ce carnage... J'ai paniqué.

— As-tu quelque part où aller ? Je crois qu'il vaudrait mieux que tu ne restes pas ici, dit Ingrid.

— Je suppose que je pourrais aller chez ma sœur. Ann habite à Wainscott, ce n'est pas trop loin. Pourquoi ? Vous ne croyez pas qu'il s'en prendrait à moi, si ? Je ne suis même pas certaine que c'était Lionel, ça aurait aussi bien pu être quelqu'un d'autre. (Elle secoua la tête.) Vous croyez que tout cela pourrait avoir un rapport avec ce que votre mère lui a fait ?

— Emily...

Cette dernière serra les poings.

— C'est ma faute. C'est moi qui vous ai demandé de l'aide. (Elle paraissait sujette à un conflit interne.) Je vais aller chez Ann. (Elle regarda les sœurs, l'air chagrinée.) Vous ferez de votre mieux pour le trouver ? Peut-être l'aider ? Vous ne lui ferez pas de mal, d'accord ?

Elles s'efforcèrent de lui assurer que tout se passerait bien en faisant leurs adieux. Une fois seules dans la voiture, Ingrid échangea un regard avec sa sœur. La tête des animaux était déchirée, leurs entrailles sectionnées.

— Si quelque chose a mal tourné pendant sa résurrection, il est possible qu'il soit désormais coincé entre la vie et la mort, dit-elle. Il est vivant, mais son corps se décompose et il va avoir besoin de...

— Se nourrir, je sais. Ces animaux paraissaient à moitié dévorés. (Freya garda le silence un moment pour mieux réfléchir.) Cela fait si longtemps que maman n'avait pas pratiqué la magie, il est possible que quelque chose ait mal tourné.

Ingrid appuya sur l'accélérateur et elles s'éloignèrent le long de l'allée de la ferme. Elles apercevaient toujours Emily par la fenêtre du salon, qui les observait.

— Les zombies..., marmonna Ingrid, que savons-nous d'eux ?

— En dehors du fait qu'ils sont mal coordonnés,

qu'ils ne savent pas ce qu'ils font, et qu'ils sont globalement des cadavres ambulants avec un goût prononcé pour les cerveaux ?

— Donc Lionel Horning aurait été transformé en zombie, aurait tué Molly Lancaster, caché son cadavre puis serait revenu à la ferme pour massacrer tous les animaux ? suggéra Ingrid. Ça me paraît beaucoup pour un zombie, si tu veux mon avis. Ils ont déjà du mal à marcher correctement.

— Sauf si…

— Sauf si quoi ?

— Tu te souviens de l'affaire Fontanier ? Quand nous vivions en France, au XIIe siècle ?

— Rafraîchis-moi la mémoire.

— Jean Fontanier était fermier ; il est mort par accident quand son cheval a pris peur et l'a désarçonné. Sa veuve est venue voir maman mais elle a refusé de le ramener à la vie parce qu'il était mort depuis plus de vingt-quatre heures. Alors sa veuve est allée voir Lambert de Fois.

Ingrid acquiesça. L'histoire commençait à lui revenir. Lambert de Fois était à la tête de leur assemblée de sorcières à l'époque.

— C'est vrai.

— Cet idiot de sorcier l'a ressuscité d'entre les morts, mais ça n'a pas pris. Nous avons tous cru que Fontanier s'était transformé en zombie, or il s'est avéré que ce n'était pas le cas.

Ingrid soupira. Elle ne s'en souvenait que trop bien, à présent. En ressuscitant le fermier après que son corps avait refroidi toute une journée, Lambert de Fois avait rompu le Pacte des Morts, et Helda n'avait pas apprécié.

— Non, ce n'était pas le cas du tout.

— Jean Fontanier n'était pas un zombie. Helda s'était assurée qu'il retourne à la vie sous une autre forme. Un démon.

CHAPITRE 36

Secrets de famille

Un des plus grands plaisirs de la vie est de rentrer à la maison après un long voyage, se dit Joanna en posant son sac en toile dans le couloir, et en accrochant son chapeau à la patère. Gilly s'envola pour se poser sur son perchoir habituel sur la corniche du plafond, tandis que Joanna allumait la lumière. Elle fut surprise de trouver le salon en désordre, coussins par terre, bouteilles d'eau et verres de vin sur la table basse. L'état de la cuisine était pire, avec sa pile habituelle de vaisselle sale et les casseroles qui avaient servi sur la cuisinière. Joanna s'était habituée à ce que les Alvarez prennent soin de tout, et Gracella gardait la maison très bien rangée. Elle sonna à la petite maison mais nul ne répondit. Il était trop tard pour dire bonjour à Tyler, de toute façon, décida-t-elle. Puis elle entendit une voiture s'arrêter et les voix de ses filles s'élever dans l'allée. Oh, bien, elles étaient rentrées, elle avait beaucoup à leur raconter.

— Les filles ! dit-elle en ouvrant la porte.

— Maman ! répondit Freya, culpabilisant à la vue de sa mère, même si rien de ce qui s'était produit n'était techniquement de sa faute, alors qu'au moins un de leurs problèmes était de celle de Joanna.

Elle ne se réjouissait cependant pas à l'idée de raconter à sa mère qu'en son absence, Ingrid avait aidé un vampire en visite dans leur ville, et que le gentil garçon qu'elle avait fait revenir d'entre les morts était maintenant un zombie, ou, plus probable, possédé par un démon.

— Où étais-tu ? s'enquit Ingrid.

Joanna les fit entrer et ferma la porte.

— J'étais partie à la recherche de votre père, répondit-elle en se tordant les mains. J'avais besoin de son aide. Écoutez, les filles, j'ai quelque chose à vous avouer à son sujet…

— Je sais où il se trouve, l'interrompit Ingrid.

— Comment ça, tu sais où se trouve papa ? demanda Freya en dévisageant sa sœur. Et tu n'as rien dit ? Comment as-tu pu ?

— Pardonne-moi. Il m'a écrit il y a quelques mois. Il voulait reprendre contact avec nous toutes, mais il a pensé qu'il commencerait par moi. Il considérait que toi, maman, tu serais trop en colère et que toi, Freya, tu te contenterais de brûler ses lettres.

Freya croisa les bras et s'affala dans le canapé le plus proche.

— Là-dessus, il n'avait pas tort. Il nous a quittées, Ingrid. Il a abandonné notre famille ! Comprends-tu ça ?

— Pardonnez-moi, maman, Freya. Je ne voulais pas vous en parler… Je savais que vous seriez en colère, mais il me manque tant. Et nous lui manquons aussi. Il veut seulement que nous redevenions une famille.

— Eh bien, à propos de votre père, intervint Joanna, le front soucieux, j'ai quelque chose à vous dire. C'est très dur pour moi de l'avouer, et j'espère que vous aurez le cœur de me pardonner.

— Pourquoi ? De quoi parles-tu ? demanda Freya.

Joanna les regarda chacune droit dans les yeux, la tête haute, comme si elle s'armait de courage pour se rendre à la potence.

— Votre père ne vous a pas quittées. Je l'ai mis à la porte. Je lui ai dit de nous laisser tranquilles et que s'il cherchait à reprendre contact avec l'une de vous deux, je m'assurerais qu'il le regrette pour toujours.

Pendant un moment, les filles se turent et un silence pesant s'installa, lourd de siècles d'absence, de chagrin et de ressentiment. Ingrid songea à tout ce qu'elles avaient manqué : des années de sages conseils de la part de leur père, sa protection, son amour. Freya était incapable de parler. La trahison lui était si cruelle qu'elle sentit un poids au creux de son estomac, comme si elle était sur le point de vomir.

— Pourquoi, maman ? finit-elle par murmurer.

— Je suis sincèrement navrée, mes chéries. Je n'ai pas pu m'en empêcher, j'étais tellement en colère à propos de ce qui s'était passé pendant les procès. J'aurais voulu qu'il fasse quelque chose : qu'il vous fasse évader de prison toutes les deux, qu'il se serve de ses pouvoirs pour influencer le juge, mais il a refusé. À cause des lois du monde du milieu, bien sûr. Mais je ne pensais pas de façon rationnelle.

Freya refoula des larmes en clignant des yeux.

— Tu nous as menti. Tu nous as dit qu'il nous avait quittées, qu'il avait honte de nous. Qu'il ne voulait plus rien avoir affaire avec notre famille.

— Ça n'a plus d'importance. (Ingrid s'assit sur le canapé et passa les bras autour de sa sœur.) Nous ne pourrons pas récupérer ces années. Mais il y a autre chose que vous devriez savoir. Papa m'aidait sur une enquête cruciale. Et je crois qu'il lui est arrivé quelque chose. Il ne répond plus à mes messages depuis plusieurs jours.

— Il lui est arrivé quelque chose, confirma Joanna. (Elle inspira profondément. Freya se demanda si elle supporterait une révélation de plus.) Il est parti voir le Conseil Blanc, leur confia leur mère. Je me suis rendue à son appartement et je l'ai attendu. Un messager du Conseil est venu lui remettre une lettre lui accordant une audience, mais il paraît évident qu'il avait décidé de ne pas l'attendre. Il est parti consulter l'oracle. Sans doute y est-il déjà.

Freya en eut le souffle coupé.

— Mais pourquoi ferait-il ça ?

— Je l'ignore. Sauf s'il a eu vent de nos agissements je ne sais comment ; peut-être veut-il signaler nos entorses à la Restriction.

Joanna croisa les bras.

— Papa ne ferait pas une chose pareille, rétorqua Ingrid, loyale. S'il est allé interroger l'oracle, il doit avoir une bonne raison.

— En quoi t'aidait-il, au fait ? demanda Freya.

— Les plans de Fair Haven. J'ai trouvé quelque chose... ces étranges petits repères. Papa les décodait pour moi. Il m'a dit avoir découvert ce qu'ils représentaient, puis il a disparu.

— C'est peut-être de cela dont il voulait parler au Conseil Blanc, suggéra Freya.

Joanna se tourna vivement vers Ingrid.

— Fair Haven ? Que faisiez-vous à Fair Haven, papa et toi ?

Ingrid décrivit les repères aux volutes décoratives.

— Je suppose que j'aurais dû te poser la question en premier, maman. Tu pourrais être au courant de quelque chose d'inhabituel concernant Fair Haven, dont nous devrions être informées.

Joanna secoua la tête.

— Seulement que, quand nous nous sommes installés à North Hampton, le Conseil nous a dit que le repli s'y trouvait, cette frontière où le monde des vivants et le monde nébuleux se rencontrent. Mais je crois que ça ne se limite pas à ça. Avant de partir, je me suis rendue à Fair Haven, où la toxine argentée dans l'eau semble s'être concentrée.

— Il y en a aussi dans le Pacifique Sud, et près de l'Alaska, précisa Ingrid. Et j'ai vu l'autre jour à la télévision qu'on pensait en avoir trouvé près de Reykjavik.

Joanna inspira brusquement.

— Quelle que soit la nature de ce qui se propage dans nos océans, ce n'est pas d'origine terrestre, j'en suis tout à fait certaine. Je suis partie chercher votre père parce que j'espérais qu'il m'aiderait à découvrir ce que c'est et d'où cela provient, afin de l'arrêter. Le sort d'endiguement que je lui ai jeté ne tiendra pas longtemps. Je vais avoir besoin de votre aide à toutes les deux pour le maintenir en place.

— Commençons sur-le-champ, acquiesça Freya.

— Bien. À nous trois, je crois que nous retiendrons cette matière un peu plus longtemps, jusqu'à ce que nous découvrions comment nous en débarrasser pour de bon. (Joanna regarda ses filles.) Encore une chose. Qu'est-il arrivé à la maison ? Gracella n'est pas venue la nettoyer ? Comment va mon petit Tyler ?

— Tyler est à l'hôpital, répondit Freya. Ne t'inquiète pas, je suis passée le voir. Il a de la fièvre et une infection, mais les médecins disent que tout est sous contrôle.

Joanna s'efforça de rester calme. Si Tyler était malade, l'hôpital était le lieu le plus sûr pour lui.

— Faisons les choses dans l'ordre : Gardiner Island, puis l'hôpital.

Elles se préparaient à sortir quand on frappa vivement à la porte ; les trois femmes sursautèrent et échangèrent des regards empreints de peur.

— Le Conseil ! s'exclama Ingrid.

— L'oracle ne frappe pas aux portes, se moqua Freya.

Elle jeta un coup d'œil par la fenêtre et aperçut plusieurs voitures de police garées dans l'allée, gyrophares allumés.

— Qu'est-ce que c'est que ça ?

— Ouvre, lui ordonna Joanna.

Ingrid s'avança jusqu'à la porte d'entrée et l'ouvrit tout grand.

— Matt ! s'écria-t-elle, portant prestement les mains à ses lunettes.

Elle avait imaginé la venue de Matthew Noble à sa maison de nombreuses façons, mais celle-ci n'en faisait définitivement pas partie. L'inspecteur avait l'air contrit quand il franchit le seuil de la porte, deux policiers sur les talons.

— Salut, Ingrid, je suis vraiment navré de te déranger, mais j'espérais que ta famille aurait un peu de temps cet après-midi pour venir au poste répondre à quelques questions, dit-il l'air fatigué et inquiet.

— Pourquoi ?

— Peut-on attendre d'y être pour en discuter ?

— Sommes-nous obligées de vous suivre ? s'enquit Freya. N'avez-vous pas besoin d'un mandat ou de quelque chose comme ça ?

— Non, nous voulons simplement vous poser quelques questions, répondit-il d'un air sévère, c'est la procédure normale.

— Matt… Que se passe-t-il ? interrogea Ingrid, apeurée.

— Pourquoi avez-vous besoin de parler aux filles ? intervint Joanna, les manières et le ton impérieux, comme si l'inspecteur de police était un sous-fifre osant s'adresser à la reine.

Freya poussa un grognement.

— Vous nous arrêtez, c'est ça ?

— Pas du tout, pas du tout. Écoutez, nous voulons simplement vous poser quelques questions, répéta Matt pour la troisième fois, secouant légèrement la tête à l'intention d'Ingrid, comme pour lui faire comprendre qu'il ne pouvait pas s'exprimer librement pour le moment.

— Très bien, dit Freya. Ingrid, on y va. Voyons voir ce dont ils veulent nous parler.

Elles se dirigèrent vers la porte, quand l'inspecteur s'arrêta et se tourna vers leur mère d'un air penaud.

— Je suis désolé, madame, mais nous aimerions également vous parler.

— Moi ? Pourquoi ?

Le front de Joanna se fronça d'inquiétude.

— Nous vous expliquerons une fois au poste. Mesdames ? répondit Matt, les guidant vers les voitures de patrouille garées dans leur allée.

Une à une, les femmes de la famille Beauchamp s'installèrent sur le siège arrière d'une voiture qui s'éloigna ensuite rapidement, sirène hurlante et gyrophare clignotant. Elles n'avaient peut-être pas été arrêtées, songea Freya, mais elles avaient visiblement des ennuis.

La fête du Travail[1]

Les dieux sont tombés sur la tête

---

1. Aux États-Unis, le premier lundi de septembre.

CHAPITRE 37

Les sorcières de Salem

Freya fit la grimace à sa sœur assise à côté d'elle sur le siège arrière de la voiture de police, stoïque. Sa mère était de l'autre côté, et nulle n'avait dit un mot depuis qu'elles avaient été arrêtées. À leur arrivée au poste, on les sépara, et on laissa Freya méditer sur son sort et celui de sa famille seule dans une petite pièce. Ses amis agents de police ne la regardèrent pas dans les yeux quand elle arriva, ce qui était mauvais signe. Elle se demandait ce qui allait se passer quand on ouvrit la porte, mais seule Ingrid entra, livide.

— Que se passe-t-il ? Tu as parlé à Matt ? Que nous reproche-t-on ?

Ingrid secoua la tête.

— Non. Ils voulaient parler à maman d'abord. Ils ont eu besoin de la pièce où je me trouvais pour interroger quelqu'un d'autre, alors ils m'ont conduite ici. Je n'ai aucune idée de ce qui se passe.

— Quel ami tu as là, grommela Freya. (Elle appuya son dos contre sa chaise et balaya du regard la petite pièce au miroir sans tain. Elle se demanda qui les observait.) Eh bien, ça rappelle des souvenirs.

Sa sœur ferma les yeux et mordit l'extrémité de son pouce.

— Je sais.

Freya soupira. En 1690, elles s'étaient installées dans la jolie petite ville de Salem, dans le Massachusetts. Leurs vies les avaient conduites jusqu'au Nouveau Monde en tant que guérisseuses. Leur mère était l'une des sages-femmes les plus recherchées et mettait au monde des bébés en bonne santé, à une époque où tant de femmes mouraient en couches et tant de nouveau-nés décédaient de la fièvre et de la vérole. Ingrid travaillait pour la communauté comme elle le faisait ces temps-ci, accordant avec parcimonie des charmes et des sorts pour la vie de tous les jours. Leur père était pêcheur, du fait de sa capacité à manœuvrer les eaux et rapporter d'abondantes prises.

Puis quelque chose de terrible s'était produit. Bridget Bishop, qui aidait Joanna à laver le linge, était venue lui demander de l'aide au cours de sa grossesse et était morte en couches. Bridget était très chère à leur famille, et Joanna n'avait pas été en mesure de l'aider. C'est alors que les rumeurs s'étaient mises à courir : on disait de Freya qu'elle avait une liaison avec un garçon qui avait promis d'épouser Ann Putman, qui prendrait par la suite la tête des accusateurs. Ann et son amie Mercy Lewis avaient témoigné avoir vu Freya et Ingrid « voler dans le ciel à travers la brume hivernale ». Les procès avaient été une mascarade, mais une mascarade efficace. La communauté s'était retournée contre elles : Freya avait été traitée de traînée, Ingrid de garce et Joanna de monstre. Norman et Joanna avaient été épargnés mais on leur avait accordé un châtiment plus terrible encore. Ils avaient dû regarder leurs filles se faire pendre à la colline des Potences, en 1692.

Freya frissonna. Elle se souvenait encore de la sensation du nœud coulant autour de son cou, la corde rêche qui grattait au contact de la peau. La foule qui crachait et jetait des fruits pourris sur leur charrette, la haine, la peur et l'hystérie.

— N'y pense pas, dit Ingrid qui savait exactement à quoi songeait Freya. Ça ne sert à rien.

Les procès de Salem avaient marqué le début de la fin de la pratique de la magie dans le monde du milieu. Quand les filles étaient revenues au monde, elles avaient découvert qu'une nouvelle société et de nouvelles règles les attendaient. La famille avait déménagé à North Hampton, et Joanna leur avait expliqué que le Conseil Blanc leur avait rendu visite juste après l'enterrement. Il leur avait dit que pour qu'elles puissent continuer à vivre dans le monde du milieu, toutes les Valkyries devraient maintenant se conformer à une nouvelle condition : la Restriction des Pouvoirs Magiques. De fait, cela signifiait qu'elles ne pourraient plus pratiquer l'art de la magie et de la sorcellerie sans subir de récriminations et être punies par le Conseil. Elles devraient vivre comme des humains, une vie aussi ordinaire que possible. Rien ne pourrait plus mettre en danger le secret de leur existence. Pour continuer à survivre dans le monde du milieu, elles devraient accepter de vivre dans l'ombre. Celles qui ne s'y conformeraient pas seraient en infraction avec les lois du Conseil et seraient sévèrement sanctionnées.

Leur mère leur avait également confié que Norman avait quitté la famille pour de bon, et elles n'avaient jamais revu leur père.

À l'époque de Salem, tout comme à North Hampton aujourd'hui, Freya comprenait qu'elles ne seraient pas autorisées à se servir de leur magie pour sauver leur vie. On avait été clair sur ce point dès le départ, quand elles s'étaient retrouvées coincées de ce côté du pont, tout juste à l'aube du monde. Freya se demandait parfois comment elle pouvait être si vieille et pourtant si jeune à la fois, pour se retrouver ainsi dans la même situation que des siècles plus tôt. Apprendrait-elle jamais la leçon ? Peut-être le Conseil avait-il raison, peut-être la magie n'avait-elle pas sa place dans le monde du milieu. Chaque fois qu'elles la pratiquaient ouvertement, la même chose se produisait : une foule inquiète, un jugement précipité. Et le résultat était toujours le même : des sorcières pendues aux potences, ou brûlées sur le bûcher, leurs cendres disséminées aux quatre vents.

Elles demeurèrent assises dans la salle pendant ce qui leur parut une éternité ; en réalité quelques heures seulement s'écoulèrent. Les policiers se montrèrent gentils et polis, surtout ceux qui avaient travaillé avec Freya par le passé, leur apportant des sandwichs achetés chez le traiteur et des boissons du distributeur. Mais on ne les autorisa pas à partir. Matt Noble passait les voir de temps en temps pour s'assurer qu'elles allaient bien, pourtant Freya avait déduit de son attitude inquiète, lèvres pincées, et des regards mélancoliques d'Ingrid que, s'il n'était pas content de la situation actuelle, il n'était pas non plus en mesure de la changer.

La porte s'ouvrit enfin et leur mère fut autorisée à les rejoindre.

— Que se passe-t-il ? demanda Freya, aidant Joanna à s'asseoir sur la chaise la plus proche.

— Quelque chose de complètement absurde, répondit Joanna.

Elle dévisagea ses filles perplexes. Elles semblaient

s'inquiéter des récriminations du Conseil, d'éclairs tombés du ciel, pourtant elles avaient oublié que le royaume des hommes était historiquement celui qui leur avait causé le plus de souffrances.

— Allons, qu'y a-t-il ? De quoi voulaient-ils te parler ?

Joanna dévisagea ses filles, incrédule.

— Maura Thatcher s'est réveillée de son coma.

— C'est une bonne chose, non ? demanda Ingrid.

— Eh bien, oui. Sauf qu'elle a dit aux inspecteurs que c'était moi qui les avais attaqués, la nuit où Bill est mort, qu'elle m'avait vu le frapper à l'arrière du crâne avec une pierre. Puis je lui aurais fait la même chose. Vous imaginez ? D'après elle, c'est moi qui l'ai tué.

CHAPITRE 38

La meilleure attaque, c'est la défense

Avant que les filles aient eu le temps de réagir, la porte s'ouvrit à nouveau. Matt Noble entra dans la pièce et s'adressa aux trois femmes rassemblées autour de la table.

— Je suis sincèrement navré. Il est tard et nous devrons continuer un autre jour.

Il adressa un regard contrit à Ingrid, mais celle-ci refusa d'y répondre.

— Alors nous sommes libres ? demanda Freya.

— Même moi ? ajouta Joanna timidement.

— Oui, même vous, madame Beauchamp, acquiesça Matt. Je vous prie de m'excuser une fois de plus pour le dérangement. Nous espérons que vous pourrez revenir demain répondre à d'autres questions.

Freya fit un signe de tête sec.

— Allons-y, Ingrid, maman, dit-elle en guidant sa sœur et sa mère hors de la pièce.

Ingrid paraissait catatonique, et Joanna semblait plus épuisée que de raison.

— Nous ne reviendrons pas demain, ajouta Ingrid, retrouvant sa voix et regardant l'inspecteur droit dans les yeux. Pas sans notre avocat.

Une bonne chose concernant les avocats, pensa Ingrid, c'était qu'ils étaient toujours ponctuels. Les avocats et leurs factures arrivaient toujours à l'heure. Antonio Forseti était un avocat de la défense doté d'une excellente réputation. C'était aussi un sorcier et un vieil ami de la famille. Comme les Beauchamp, il n'avait pas pu pratiquer la magie depuis qu'on avait imposé la Restriction aux leurs. Au lieu de cela, il se servait de ses talents naturels pour la négociation afin de parvenir à des compromis, et s'était servi de la médiation pour bâtir l'un des cabinets d'avocats les plus renommés de New York. Il arriva le lendemain après-midi, armé de nouvelles.

— J'ai parlé au procureur, dit-il en s'asseyant solennellement à la tête de la table de la salle à manger.

Forseti était un homme à la carrure imposante, au torse puissant, à l'abondante tignasse brune, et sa poignée de main avait laissé Ingrid contusionnée.

— Qu'a-t-il dit ? demanda Joanna, sa voix grimpant de quelques octaves. Va-t-on m'arrêter ?

Les filles avaient passé la soirée à calmer leur mère au bord de la crise de nerfs. Joanna avait suggéré de quitter la ville dès que possible, et ce n'est que quand Ingrid lui avait rappelé que partir pour toujours impliquait de ne plus jamais revoir Tyler qu'elle avait cessé de les presser de s'enfuir.

— Pas encore. Pour l'instant, c'est la parole de Maura contre la tienne, et elle sort tout juste du coma. Ils n'ont pas de preuves, rien qui tiendrait devant un tribunal, du moins. Pas pour l'instant.

— Et nous ? Qu'attend-on de nous ? intervint Freya.

Forseti les dévisagea avec attention.

— Ils veulent te poser des questions sur tes philtres, et Ingrid sur ses nœuds. (Il but une longue gorgée de sa tasse de café.) On a retrouvé le cadavre de Molly Lancaster enterré à quelques kilomètres de la plage. Elle a été battue à mort. Le fils des Adam a avoué, il a déclaré qu'il était coupable et qu'il l'avait tuée ce soir-là.

Freya porta les mains à la bouche, horrifiée par le terrible coup du sort qui s'était abattu sur la jeune fille. Jusqu'à ce que Forseti affirme le contraire, elle avait espéré que Molly avait quitté la ville de son propre chef, qu'elle s'était simplement enfuie.

— Donc Derek a avoué. Mais, et Freya ? Qu'est-ce que ce meurtre a à voir avec elle ? demanda Ingrid.

— Son avocat prétend que Derek serait une victime. Qu'il n'a pas contrôlé ses actes, qu'il a réagi à la potion magique de Freya que Molly avait bue. S'il prouve qu'il était victime de ta sorcellerie, alors il ne serait plus inculpé que d'homicide involontaire. Il n'avait pas l'intention de donner la mort, ce n'est qu'un délit ; pour un délinquant primaire, il ferait un an de prison.

— Et moi ? C'est ce qu'ils pensent aussi ? Que j'ai tué le maire ? demanda Ingrid.

L'avocat corpulent acquiesça.

— Oui, ils pensent pouvoir prouver que ton charme a poussé le maire à se suicider.

— Tout ça est grotesque ! ricana Freya. De la magie noire ? Ils ont perdu la tête ? Ils comptent argumenter ainsi devant un tribunal ? Dans quel siècle vivons-nous ?

Forseti soupira et leva les mains pour montrer qu'il n'avait pas terminé.

— Le père de Corky Hutchinson est un juge à

la retraite qui a de l'influence au sein du bureau du procureur, et les parents du jeune Adam ont engagé une ordure extrêmement onéreuse qui invoque du droit jurisprudentiel qu'on n'a pas invoqué depuis des siècles. Mais ce n'est pas parce qu'on ne s'en est pas servi qu'il n'est pas valide... Il existe de nombreuses lois archaïques en vigueur. Et n'oubliez pas qu'à Salem, ils ont pendu dix-neuf d'entre nous sans raison.

Ces derniers mots ôtèrent à Freya toute envie de se battre ; Joanna se mit à renifler et Ingrid joignit les mains. Tout était exactement comme avant. La seule différence était que Forseti portait un costume plus coûteux. Elles revivaient Salem. Une petite ville hystérique. Des accusations proférées par des familles de haut rang dans une communauté très unie. Des sorcières jugées. La magie, source de tous les maux. Ce que les humains ne comprenaient pas, ils en avaient toujours peur. Les Beauchamp avaient cru que les habitants de North Hampton étaient différents ; elles avaient eu tort.

— Dans le pire des cas, que peut-il nous arriver ?

— S'ils prouvent ce qu'ils avancent – et je ne dis pas qu'ils seront en mesure de le faire –, vous serez toutes les deux reconnues coupables de complicité de meurtre, ce qui est un crime et, selon ce qu'ils arriveront à prouver, pourrait entraîner une condamnation à la prison à perpétuité.

— Et pour maman ? Est-ce que le témoignage de Maura tiendra la route ?

— C'est possible, s'ils trouvent davantage de preuves pour l'étoffer. Pour l'instant nous pourrions avancer qu'elle a l'esprit confus, qu'elle n'est pas un témoin fiable. Selon Mme Thatcher, ils auraient croisé

Joanna par hasard ce soir-là et, quand ils ont fait demi-tour pour s'éloigner, elle les aurait attaqués. L'avantage, c'est qu'ils ne t'accusent pas d'être une sorcière, donc ton cas est assez simple. S'ils n'ont que Maura Thatcher, ce n'est pas grand-chose ; pour l'instant, je ne m'inquiète pas trop.

— Mais je n'étais même pas sur la plage ce soir-là ! C'était en janvier. J'étais au lit, à cette heure-là ! Et pourquoi voudrais-je leur faire du mal ? demanda Joanna en s'éventant.

— Peux-tu le prouver ?

— Je n'en suis pas sûre. Je vérifierai sur mon calendrier pour voir où étaient les filles cette fameuse nuit, et ce dont elles se souviennent.

Freya fronça les sourcils.

— Je suis convaincue que je travaillais, ce soir-là.

— Et moi je devais dormir. (Ingrid soupira.) C'est sans espoir.

— Très bien, d'accord. Ils pensent donc que maman est une meurtrière qui se balade pour frapper des vieux sur la tête, et qu'Ingrid et moi sommes de grandes méchantes sorcières. Quelle option nous reste-t-il ? demanda Freya.

Forseti avala une longue gorgée de café.

— Vous voulez mon avis ? Et je sais que vous le voulez, sinon Joanna n'aurait pas appelé mon bureau à deux heures du matin. La solution est simple. Êtes-vous prêtes ?

Les filles acquiescèrent.

— Vous répondrez à leurs questions, vous leur direz ce que vous savez, mais vous insisterez sur un point. La. Magie. N'existe. Pas. Sont-ils fous ? Tes potions n'étaient que de jolis petits cocktails, et Ingrid est une excentrique, vous savez, une de ces dames de la bibliothèque qui ont lu un peu trop de zoroastrisme. (Forseti haussa les épaules.) Nous ne sommes pas à Salem. L'époque est différente. Séculière.

— Cela me paraît raisonnable, approuva Joanna. Qu'en pensez-vous, les filles ?

Freya haussa les épaules.

— Je suppose. Je veux dire, je suis d'accord avec vous, monsieur Forseti, je ne vois pas comment leurs accusations pourraient aller bien loin devant un tribunal, mais...

— Mais ?

— Je suis inquiète.

— Bien sûr que tu es inquiète, ma chérie. Se faire interroger par la police n'est pas matière à plaisanter. Je *ne* plaisante *pas*. Fais-moi confiance, je maîtrise la situation.

Ingrid se renfrogna. Forseti avait certainement l'air différent depuis la dernière fois qu'elles l'avaient vu, mais tout le reste – y compris sa confiance absurde dans le système judiciaire à leur accorder un jugement équitable – n'avait pas changé d'un iota.

— Sauf le respect que je vous dois, monsieur Forseti, la dernière fois que vous nous avez conseillées, vous avez également argumenté que la magie n'existait pas, et nous avons quand même été pendues.

— Alors à quoi penses-tu ? demanda l'avocat, visiblement offensé.

Ingrid regarda sa famille. Sa mère avait vieilli de cent ans en une nuit, et Freya paraissait sur le point de s'évanouir.

— Nous dirons la vérité, cette fois. Notre magie *existe* bel et bien. Nous *sommes* des sorcières. Mais nous n'avons rien à voir dans tout ça. Nous ne pratiquons pas la magie noire et nous ne sommes pas responsables du meurtre de Molly ni du suicide du maire.

Freya acquiesça doucement, et la couleur lui revint aux joues.

M. Forseti secoua la tête.

— C'est risqué, risqué, risqué.

— Tu es sûre, Ingrid ? demanda Joanna. J'espère que tu sais ce que tu fais.

— Certaine.

Ingrid opina de la tête. Elle ne se souvenait que trop bien de Salem, assise dans cette petite cellule de prison pendant huit mois, subsistant avec du pain rassis et de l'eau. Elle avait regardé ses semblables se faire emmener en charrette, descendre la colline pour ne plus jamais revenir. Elle était restée assise dans le tribunal à écouter ses amis les plus chers la traiter de tous les noms, les uns après les autres, la déclarer responsable de toutes les maladies et de toutes les périodes de malchance dont ils avaient souffert, transformer ses conseils utiles en histoires tordues de magie noire et de sorcellerie diabolique. Chaque jour elle avait vu les charrettes qui la mèneraient à la mort. Elle n'avait pas eu peur de la mort, mais avait eu mortellement peur de souffrir. Un interrogatoire n'était que le début ; bientôt, on procéderait à une arrestation, à un jugement, et à une condamnation si elles n'étaient pas prudentes. Les arbres qui servaient de potence avaient aujourd'hui disparu, mais on pouvait toujours passer le reste de sa vie dans une cellule de prison. Et l'emprisonnement à perpétuité revêtait un sens différent pour les immortels.

Peut-être leur mère avait-elle raison : leur seule chance était de s'enfuir, de se tapir dans l'ombre et de disparaître. Mais elle était ici chez elle. Elle pensa à ses amis et à Matt, qui avait murmuré à son oreille quand on la raccompagnait dehors : « Je te crois. »

Elle se tourna vers sa famille.

— Il est temps d'avouer la vérité. Quand ils nous demanderont ce que nous avons fait, nous le leur dirons. Nous admettrons qui nous sommes et ce que nous sommes. Freya ?

Sa sœur approuva de la tête.

— Je ne vois pas d'autre solution. Et Ingrid a raison. Je ne veux plus vivre dans le mensonge. Qu'avons-nous à perdre ?

Tout, se dit Ingrid. Mais elle était prête à prendre le risque.

CHAPITRE 39

La brève et merveilleuse vie
de Tyler Alvarez

Puisque Forseti négociait toujours avec la police afin de trouver le moment qui conviendrait le mieux aux dames pour répondre à ses questions, Joanna profita de l'occasion pour rendre visite à Tyler à l'hôpital, le lendemain. L'aile de l'hôpital réservée aux enfants était peinte d'un bleu et d'un rose joyeux, mais Joanna songea qu'elle n'avait jamais connu un endroit plus déprimant. Tant de faux espoirs et de promesses quand, en réalité, le spectre de la mort se trouvait sur le pas de chaque porte, emportant les vies les plus précieuses. Les enfants ne devraient pas être autorisés à tomber malades ni à mourir ; ce devrait être une règle, rageait Joanna. On ne devrait pas quitter le monde du milieu avant d'avoir vécu une vie bien remplie... pas avant au moins dix-huit ans ? Trente ? Soixante ? Le temps ne représentait rien pour ceux qui en avaient trop, mais il était tellement précieux quand il était limité.

Elle s'était promis de ne plus jamais aimer d'enfant. Après ce qui était arrivé à son garçon, elle savait qu'elle ne survivrait pas si elle en perdait un autre. Comment avait-elle pu laisser cela se produire ? Et les filles... Elle ne pouvait même pas penser à l'enquête en cours ni à leur interrogatoire imminent. Elle espérait qu'elles savaient ce qu'elles faisaient. Elle s'inquiétait de les voir trop optimistes quant à leurs chances. Le monde ne changeait pas ; elle avait vécu assez longtemps pour le comprendre. Les enfants mouraient. Que ce soit à la potence ou à l'hôpital.

Joanna baissa les yeux vers la petite forme ratatinée sous les draps, reliée à une multitude de fils et de perfusions. Elle se tenait à l'extrémité du lit, tandis que ses parents veillaient sur lui de chaque côté, sa mère lui tenant la main. Tyler avait été transféré vers l'unité de soins intensifs quelques jours plus tôt. Après que Freya et Gracella l'avaient amené à l'hôpital, il s'était rétabli pour retomber malade ensuite, cette fois à cause d'une infection plus grave. Les médecins ne se l'expliquaient pas : ce n'était pas une infection bactérienne et il ne répondait pas non plus au traitement viral. Mais Tyler n'était pas le seul : deux autres enfants dans l'aile souffraient des mêmes symptômes. Et dans le bâtiment principal de l'hôpital, des adultes avaient la même toux grasse tenace, la même respiration laborieuse. Comme Tyler, les autres victimes avaient manifesté des symptômes moins graves au départ, que l'on pouvait attribuer à une allergie ou à la grippe. Mais l'un après l'autre, leur état s'était dégradé, avec des complications qui affectaient poumons et cerveau. Freya rendait visite à son patron, Sal McLaughlin, au bout du couloir, et Joanna croisa Dan Jerrods par hasard, dont la femme, Amanda, était maintenant sous assistance respiratoire.

Elle regardait la poitrine de Tyler se soulever et se baisser, écoutait sa respiration laborieuse. Le médecin de service entra.

— Dites-moi la vérité... Est-ce grave ? demanda-t-elle.

Le jeune interne regarda ses pieds, la voix tendue.

— Nous ne pouvons plus rien pour lui, seulement rendre la fin plus confortable. Je suis vraiment navré.

Les Alvarez se tournèrent vers elle afin qu'elle traduise. Qu'avait dit le médecin ? Qu'entendait-il par là ? Joanna secoua la tête en pleurant doucement, et Gracella se mit à hurler. Hector s'efforça de calmer sa femme, et les infirmières les entourèrent. On les conduisit dans une autre pièce où l'on donna un sédatif à Gracella.

Joanna se tenait debout, clouée sur place, cherchant toujours à intégrer ce qu'avait dit le médecin. *Une fin plus confortable. On ne peut plus rien pour lui.* Était-ce vraiment la fin ? Personne ne pouvait plus *rien* pour lui ? Elle serra les poings et maudit les dieux qui ne l'entendaient pas. C'était exactement comme la dernière fois. Elle se souvenait encore de la voix qui avait condamné son fils pour l'éternité, de son garçon enveloppé d'une fumée qui s'élevait du sol et qui avait ensuite été emmené dans les limbes, dans le néant, pour purger sa peine.

La porte s'ouvrit et Ingrid apparut, un panier de fruits à la main.

— C'est de la part de Tabitha et Hudson. Ils ont appris la nouvelle. Comment va-t-il ?

— Toujours pareil. Non, ce n'est pas vrai. En fait, il va plus mal encore.

— Je suis vraiment navrée, maman.

Ingrid serra son épaule, mais elle-même pleurait.

— Je sais, ma chérie.

Joanna tapota la main de sa fille et retint un sanglot.

— Et il n'y a rien… Je veux dire, je sais que tu ne peux rien y faire… mais… ?

Joanna secoua la tête. Elle maudit la magie en elle. Sa magie inutile, si inutile. C'était la plus grande tragédie de son don : Joanna pouvait ramener n'importe qui à la vie, guérir toute maladie, apporter joie et santé à la personne mourante dans la pièce d'à côté. Elle avait sauvé Lionel Horning du Royaume des Morts.

Mais sa magie ne fonctionnait pas sur ceux qu'elle aimait. Elle se souvint de cette jeune femme, à Salem, Bridget Bishop, qu'elle aimait comme sa fille. Bridget était morte dans une flaque de son propre sang, tandis que Joanna demeurait sous le choc, impuissante, incapable de la sauver.

Les jours qui suivirent, les Beauchamp apportèrent Noël en août aux enfants de l'hôpital, surtout à Tyler. Tandis que les avocats négociaient, Freya prépara de véritables festins, d'énormes gâteaux dégoulinants de glaçage, de gros éclairs enveloppés de chocolat, les pâtisseries les plus délicieuses et les plus gros biscuits aux pépites de chocolat au monde. Ingrid jeta des sorts pour que les oreillers de Tyler restent rebondis et légers, et des charmes gardant ses draps secs malgré ses sueurs nocturnes. Joanna apporta les marionnettes dansantes, les soldats de plomb partant en guerre.

Un soir, Tyler ouvrit les yeux. Il vit Joanna et sourit.

— Que veux-tu, mon cœur ? Mon chéri ? Mon amour ? lui demanda-t-elle en lui caressant les cheveux.

— J'veux voler, dit-il, tournant un regard plein d'envie vers la fenêtre. Dehors. Comme toi.

Ce soir-là, Joanna fit apparaître un balai : elle n'en

avait pas besoin mais ce serait plus facile pour Tyler d'avoir quelque chose à quoi s'accrocher.

Ils s'envolèrent de la chambre d'hôpital vers les étoiles, et le rire du garçon porta par-dessus la cime des arbres.

CHAPITRE 40

Le jeu des questions-réponses

Puisque Freya n'avait rien d'approprié à se mettre pour un interrogatoire de police, ce fut son tour d'emprunter quelque chose dans la penderie d'Ingrid.

— Voilà, dit celle-ci, maintenant tu as l'air innocente.

— Nous le *sommes*. (Freya roula les yeux. Elle se regarda dans le miroir. Elle portait un pull et un cardigan assortis en cachemire, une jupe en tissu écossais qui lui arrivait aux genoux, et des chaussures à talons plats.) Tout le monde le croit.

Elle se tourna vers les cartes qui avaient afflué, une fois la nouvelle répandue que la police voulait parler aux Beauchamp de leur prétendue magie.

Ingrid acquiesça. Nombre de leurs amis en ville leur avaient envoyé des mots d'encouragement et d'amitié. Il y avait un message adorable de Tabitha, un rigolo d'Hudson et, même si Sal était toujours à l'hôpital, Kristy avait laissé un message sur leur répondeur plus tôt pour leur dire que, si une chasse aux sorcières était lancée, les Beauchamp étaient les bienvenues pour se cacher dans sa maison, le temps que cela passe. Elles n'avaient rien à craindre ; la ville les soutenait, contrairement à Salem où elles s'étaient retrouvées seules et sans amis. Cette pensée leur donna du courage pour faire face à ce qui les attendait.

Forseti passa les prendre avec sa voiture.

— Où est Joanna ? demanda-t-il en ne voyant qu'Ingrid et Freya.

— Il vaut mieux qu'elle ne vienne pas avec nous, répondit Freya.

Ingrid et elle avaient décidé la veille au soir qu'il était préférable qu'elles affrontent l'interrogatoire seules. Leur mère était trop tendue et elles ne voulaient pas la bouleverser davantage ; elle était déjà inconsolable à cause de la maladie de Tyler.

Au poste de police, on les fit entrer dans la même petite salle d'interrogatoire que celle où elles avaient attendu, la fois précédente.

— Où est Matt ? demanda Ingrid à l'inspecteur qui les suivit à l'intérieur. Je croyais que nous étions là pour lui parler.

— L'inspecteur Noble est sorti pour une autre affaire, lui répondit le policier avec un sourire satisfait. Pouvons-nous commencer ?

Ingrid, qui s'asseyait, pâlit. Freya sentit son estomac se nouer. L'inspecteur auquel elles avaient affaire n'avait pas le sens de l'humour, et le dessus de son crâne à la calvitie naissante était traversé de quelques rares cheveux disgracieux. Il ignora la poignée de main de Forseti et ne regarda pas les filles dans les yeux. Freya le reconnut pour l'avoir vu au bar. (Sa perversion sexuelle secrète : regarder des femmes aux talons hauts écraser de petits animaux. Malsain.)

Ce fut d'abord le tour de Freya.

— Mademoiselle Beauchamp, j'ai ici un menu de

cocktails du bar le North Inn. Est-ce celui que vous avez conçu ? lui demanda-t-il en faisant glisser le menu plastifié vers elle.

Freya se tourna vers Forseti, qui acquiesça. Ils avaient passé en revue leur routine plusieurs fois, et elle était prête.

— Oui, répondit-elle.

Admettre la sorcellerie, mais insister sur le fait que leur magie était inoffensive.

— Permettez-moi de le lire. « *Irrésistible* : Vodka, purée de cerises, poudre de quenouille et jus de citron vert. Attention, ce cocktail n'est pas pour les timides. Préparez-vous à perdre vos inhibitions. » Pouvez-vous m'expliquer ce que vous entendez par là ?

— C'est un philtre d'amour, expliqua-t-elle doucement.

— C'est évident, ricana l'inspecteur. Et il est censé rendre celui qui le boit… irrésistible ? Comment exactement ?

— Les remèdes à base de plantes qui le constituent font rayonner la personne ; ils augmentent ses phéromones… son quotient séducteur, disons.

— Par magie.

— Oui, si par magie vous entendez rendre possible l'impossible. Je fais ressortir la magie présente à l'intérieur d'un individu et la rends visible. Le philtre permet à tout le monde de voir le meilleur de celui qui le boit, ce qui le rend plus séduisant, dit-elle, se servant de la formulation soigneusement répétée et approuvée par son avocat.

— Donc cela fonctionne.

— Oui.

— Et y a-t-il un danger à devenir si séduisant ? Par

309

exemple, quelqu'un pourrait-il trouver cette personne si séduisante qu'il pourrait perdre sa maîtrise de soi ? poursuivit-il d'un ton songeur.

Forseti toussa.

— Ma cliente ne répondra pas à des questions spéculatives comme celle-ci.

— Pardonnez-moi. Laissez-moi reformuler… Comment quantifiez-vous sa puissance ? Comment pouvez-vous être certaine qu'il n'y a pas d'effets négatifs sur un public qui ne se doute de rien. Est-ce que ce philtre pourrait, par exemple… mener un jeune homme à faire quelque chose qu'il ne ferait pas normalement ?

L'avocat de la défense dévisagea l'inspecteur et se tourna vers Freya.

— Tu n'as pas non plus à répondre à ça.

— Je sais, dit Freya. Mais je vais y répondre malgré tout. Non, ça ne pourrait jamais faire de mal à celui qui le boit. J'en suis certaine.

— Vous ne pouvez pas l'expliquer, mais vous êtes absolument convaincue qu'il ne pourrait pas en découler de violence ? aboya l'inspecteur.

— Ce n'est pas comme ça que cela fonctionne.

— Alors comment cela fonctionne-t-il ?

— Je vous l'ai dit, je n'en sais rien. C'est juste… (Freya soupira.) De la magie.

L'inspecteur acquiesça, gribouillant des notes.

— Exactement. Merci, mademoiselle Beauchamp.

Puis ce fut au tour d'Ingrid. L'inspecteur au visage de marbre lui demanda de se tourner vers l'ordinateur installé sur le bureau. Sur l'écran s'affichaient deux photos. L'une du nœud de fidélité qu'elle avait donné à Corky Hutchinson, agrandie de sorte que l'on distingue chaque boucle clairement. L'autre du nœud coulant dont Todd Hutchinson s'était servi pour se pendre. Celui-ci était l'exacte réplique de son voisin.

— Parlez-moi de votre magie, dit-il.

— Je travaille principalement avec de petits charmes, des talismans, des sorts. Je travaille beaucoup avec des nœuds. C'est ainsi que les marins prédisaient les vents par le passé.

— Vous avez donné ce nœud à la femme du maire, n'est-ce pas ? demanda-t-il en montrant du doigt le premier nœud.

— Oui.

— Dans quel but ?

— Elle soupçonnait son mari de la tromper. J'ai fait ce nœud et lui ai dit de le placer sous son oreiller. Cela l'empêcherait de s'égarer et le forcerait à rester à la maison. Mais seulement si elle était présente, elle aussi.

— Admettez-vous que ce nœud coulant ressemble énormément à celui que vous avez confectionné ?

— Oui, mais... Les nœuds ne fonctionnent pas ainsi, protesta Ingrid. Ils ne pousseraient jamais quelqu'un au suicide. Au pire, ils pourraient se défaire...

— Vous affirmez donc que ce petit talisman, comme vous l'appelez, n'est en rien à l'origine de la mort du maire. Que ce n'est qu'une coïncidence s'il ressemble en tout point à celui avec lequel il s'est pendu ?

— Oui.

— Que le nœud que vous avez confectionné ne l'a pas empêché de dormir, ni changé sa personnalité, ni ne l'a éloigné de sa femme. Alors à quoi sert-il ?

— Je l'ignore, mais je sais qu'il permet aux gens

311

de rester ensemble si c'est ce qu'ils veulent. Cela rend visible quelque chose qui ne l'était plus.

— Et il est impossible que cela tourne mal ?

— Eh bien, ce n'est pas ce que j'ai dit...

— Donc c'est possible !

— Je ne sais pas, admit Ingrid, voûtée sur sa chaise. Ce n'est encore jamais arrivé. Nous pratiquons la magie blanche, nous ne...

— La magie blanche ! (L'inspecteur arbora un sourire méprisant. Il fit claquer son calepin sur la table.) Je crois que nous en avons terminé.

À leur sortie du poste de police, Ingrid se tourna vers Forseti, qui s'essuyait le front avec un mouchoir.

— Je n'arrive pas à croire que Matt n'était même pas présent pour nous aider. Croyez-vous que nous ayons fait ce qu'il fallait, en admettant que nous sommes des sorcières ? demanda-t-elle.

Freya soupira. Sa sœur était parfois si cruche.

— Si ça ne l'était pas, il est trop tard à présent pour changer les choses.

— Tu crois vraiment qu'on va nous arrêter ? demanda Ingrid, horrifiée, leur avocat étant devenu muet.

Les épaules de Freya s'affaissèrent.

— À ton avis ?

Ingrid dut admettre qu'elles avaient peut-être mal choisi leur stratégie.

CHAPITRE 41

L'arbre empoisonné

La fin du mois d'août arriva, chaude et humide, mais aucune arrestation n'eut lieu. Joanna, Freya et Ingrid se retirèrent chacune dans leur coin pour gérer leur inquiétude et leur frustration en privé. Freya retourna au bar, aidant au service subrepticement, tandis que Joanna passait le plus clair de son temps avec Tyler à l'hôpital, et qu'Ingrid travaillait à la bibliothèque.

Le bâtiment était fermé et désert, d'un calme surréel, mais Ingrid trouvait du réconfort dans cet environnement familier qu'elle aimait tant. Assise à son bureau, elle passa en revue tout ce qui s'était produit à North Hampton, cet été-là. Les tumeurs argentées qu'elle avait trouvées chez les femmes ; l'éruption de maladies inexplicables affectant les gens de la ville ; les animaux morts dans l'étable de Lionel Horning ; l'explosion sous-marine qui avait libéré une toxine similaire à d'autres trouvées de par le monde... Était-il possible qu'elles soient toutes liées ? Il lui manquait un élément, un élément qui lui permettrait de tout comprendre.

Tout avait trait à Fair Haven et aux plans qui avaient disparu, elle en était convaincue. Sa mère avait dit que

Fair Haven contenait le repli, mais c'était certainement plus que ça. Quelque chose s'y trouvait, que quelqu'un ne voulait pas qu'elle voie, qu'elle découvre... Tout d'un coup, Ingrid se souvint de l'image qu'elle avait prise avec son téléphone, plus tôt dans l'été. Elle n'avait pas seulement pris une photo de la porte mais aussi du plan de la salle de bal, et avait envoyé les deux à son père. Elle augmenta la puissance de sa lampe de bureau et sortit son téléphone de son sac à main. Ses doigts tapèrent vite et balayèrent l'écran tactile jusqu'à ce qu'une petite image du plan apparaisse. Oui ! Elle l'envoya à un terminal informatique et, quelques minutes plus tard, une page des plans architecturaux disparus sortait de l'imprimante vieille de dix ans de la bibliothèque.

Ingrid examina le papier. L'imprimante avait automatiquement modifié la taille de la petite photo afin qu'elle remplisse une feuille de format standard, et le grain de l'image était grossier car elle avait été agrandie de plusieurs fois sa taille. Elle trouva cependant la volute autour du minuscule repère architectural, un tourbillon de lignes noires et de caractères cryptiques. En examinant les arabesques, elle aperçut une autre image à peine visible, des lignes de texte à un angle singulier, à travers l'image. Ces caractères-là étaient plus petits et plus discrets que les autres, et certains paraissaient différents de ceux du repère.

Ingrid apporta le dessin à la vieille photocopieuse, le posa sur la surface de verre, programma un élargissement à deux cents pour cent et la luminosité au minimum. Une grande image noircie sortit de la machine et, quand elle l'examina de près, elle remarqua que le deuxième texte était en réalité rédigé à l'envers, comme si on le lisait dans un miroir. Elle s'interrogea à ce sujet un moment, avant de comprendre que la forte lumière du flash de son nouveau téléphone devait avoir traversé le papier fin, révélant des lignes inscrites au dos de la feuille. Elle s'efforça de se souvenir si elle avait jamais examiné le dos des plans et ne se rappela pas l'avoir fait. Ils mesuraient plusieurs pieds de long et de large, et la personne qui les lisait avait tendance à n'ouvrir la feuille qu'à moitié pour examiner une partie du dessin. Retourner complètement la page aurait nécessité un bureau de deux mètres cinquante de long.

Ingrid saisit la feuille de papier et courut jusqu'aux toilettes, surexcitée par sa nouvelle idée. Elle la tint devant le miroir et prit un autre cliché avec un vrai appareil photo, dont la résolution était bien meilleure. Le miroir inverserait le texte, de sorte que l'on puisse le lire. Elle revint à son bureau, l'appareil à la main, et elle imprima ce qu'elle venait de prendre.

Elle comprenait, à présent. Le texte était en deux parties ; le haut écrit en norrois, la langue qu'elle avait apprise de son père étant enfant. La deuxième partie contenait les mêmes caractères qui entouraient les repères dans une langue qu'elle ne comprenait pas. Les caractères correspondaient, comme sur une pierre de Rosette. Puisqu'elle comprenait la première langue, c'était tout ce dont elle avait besoin pour déchiffrer les repères.

Ingrid se dépêcha de traduire. Les lettres étaient à peine visibles, et il manquait des mots ou des caractères par endroits, mais elle parvint à glaner l'idée de base. La première phrase, le titre, en quelque sorte, disait : « Yggdrasil ».

Yggdrasil.

Ingrid se leva d'un bond et se précipita à l'arrière de la bibliothèque où l'on conservait les livres que nul n'était autorisé à emprunter. Se trouvait là un livre qu'elle avait hérité de son père des années plus tôt, et qu'elle avait donné à la bibliothèque quand elle avait commencé à y travailler. Un livre renfermant leur histoire. La couverture manqua de se déchirer quand elle retira l'ouvrage de l'étagère, mais le livre semblait avoir passé la majeure partie de ces dernières décennies sans être consulté.

Yggdrasil.

Ce mot résonnait, puissant. Ingrid s'assit par terre devant l'étagère pour poser le lourd ouvrage sur ses jambes croisées. Elle le feuilleta dans un sens et dans l'autre jusqu'à ce qu'elle trouve le passage qu'elle cherchait.

« Yggdrasil : Arbre de vie sur lequel reposent les neufs mondes de l'Univers connu. »

Une image représentait un arbre imposant poussant dans le néant. Il formait un sablier parfait, avec un cercle de branches à une extrémité et une boule de racines à l'autre. L'arbre flottait, ses branches denses entrelacées formant une spirale qui lui rappela les plans de Fair Haven. Elle compara l'image du livre à celle sur le dessin de l'architecte et, soudain, elle comprit.

Fair Haven faisait partie de ce grand arbre antique ; le manoir abritait une entrée sur la charpente de l'Univers. Elle commença à traduire les repères, trouvant leur sens dans le norrois correspondant. Elle étudia les termes un à un, prenant note de la traduction et travaillant avec diligence pendant près d'une heure. Elle avait mal à la tête et les yeux secs à force de les plisser pour déchiffrer les symboles à peine visibles.

Ingrid écrivit le dernier caractère puis se redressa, sa colonne vertébrale douloureuse d'être restée assise pliée en deux dans la même position trop longtemps, mais elle avait trouvé ce qu'elle cherchait.

Elle relut la traduction, et les idées tourbillonnèrent dans sa tête ; elle se rappela son voyage clandestin à Fair Haven, le jour où elle avait découvert la porte secrète. Elle avait alors supposé que la maison avait été construite pour servir de porte mystique. Mais elle comprenait désormais, à la lecture des symboles, que la demeure n'était pas une entrée menant à l'arbre, mais une forteresse pour le protéger. La maison était une barrière, pas une porte.

Ingrid en eut le souffle coupé. Tout était si clair, à présent. Elle savait ce qui avait causé tous les problèmes : les ténèbres argentées, l'explosion souterraine, les femmes stériles, les animaux morts, la toxine dans l'eau et dans l'air. Tout convergeait dans la même direction, celle de l'homme qui lui avait donné les plans du site.

Killian Gardiner. C'était un Gardien, un immortel chargé, historiquement, de protéger Fair Haven et l'arbre. Et si, au lieu de protéger l'arbre, il l'avait mis en danger ?

Il était revenu à Fair Haven après avoir voyagé de par le monde. Il avait travaillé au large de l'Australie et sur un cargo en Alaska : zones où l'on avait également trouvé la toxine. Elle ignorait s'il s'était rendu à Reykjavik, mais elle l'aurait parié. Il avait parcouru le monde, répandant la toxine.

Alors qu'elle relisait sa traduction, elle eut soudain du mal à respirer. « Le temps du *Ragnarok* sera proche, quand la terre sera submergée d'eau empoisonnée.

Ainsi commencera l'ère du loup, quand frère contre frère se retournera, et que le monde ne sera plus. De peur que le poison des Neuf ne se propage, les vivants ne franchiront pas la porte d'*Yggdrasil*. »

CHAPITRE 42

Le crépuscule des dieux

Pendant des millénaires, quand la Terre était nouvelle, l'Asgard et le Midgard étaient reliés par le pont Bofrir, constitué d'os des dragons des temps passés. Un jour terrible, le pont fut détruit. Les dégâts étaient permanents, et la cause de cette destruction constitua une surprise pour tous, car on découvrit que les coupables n'étaient autres que Freyr des Vanes et son grand ami Loki des Ases, deux jeunes dieux audacieux dont les gamineries eurent une terrible conséquence. Le pont était à l'origine du pouvoir des dieux, et on accusa Freyr et Loki de chercher à se l'accaparer.

En guise de punition, Loki fut exilé dans les profondeurs glacées pour cinq mille ans, tandis que Freyr fut expédié dans les limbes pour une période indéterminée, puisque son crime était le plus sérieux. C'était son trident qui avait envoyé le pont au fond du gouffre.

Une fois le pont détruit, les dieux se trouvèrent séparés. Les Vanes, les dieux et déesses du Foyer et de la Terre, furent coincés en Midgard ; tandis que parmi les Ases, dieux guerriers du Ciel et de la Lumière, seuls le puissant Odin et son épouse Frigg demeurèrent en Asgard, privés de leurs deux fils pour des milliers

319

d'années. Leurs *fils* : Baldr et Loki. Branford et Killian Gardiner.

Killian Gardiner. Loki. Killian. Loki.

Son amant. Freya sut ce qu'elle avait à faire quand Ingrid lui parla de la profanation d'*Yggdrasil*. La toxine était la sève de l'arbre empoisonné, et un seul homme dans tout l'Univers pouvait trouver amusant de détruire les fondements de leur monde et de provoquer le *Ragnarok*. La fin des temps. Le crépuscule des dieux. Freya se rendit compte que les géants de sable étaient les Géants de Neige de Loki, ses gardiens. Ils étaient revenus et avaient encerclé la maison à Fair Haven pour être proches de leur maître. Elle se rendit au manoir aussi vite que possible, pour trouver Killian au même endroit que d'habitude, sur son bateau chéri.

Elle monta à bord et lui fit face.

— Je sais, tu sais, dit-elle. Je sais qui tu es et ce que tu as fait.

L'idée lui était venue petit à petit. Elle l'avait niée, n'avait jamais osé l'admettre, même en son for intérieur mais, à présent, elle ne pouvait plus faire semblant de ne pas savoir.

Killian prit sa main dans la sienne.

— Je suis si heureux. J'attends depuis tellement longtemps… Cinq mille ans, avec le seul souvenir de tes baisers pour me donner du courage… (Il l'enlaça et l'embrassa sur le front.) Tu m'as tant manqué. Plus que tu ne le sauras jamais.

Même si elle brûlait de haine, elle le laissa l'embrasser et la guider vers la cabine à l'étage inférieur. Elle devait l'occuper jusqu'à ce qu'Ingrid ait trouvé un moyen de réparer ce qu'il avait brisé ; elle devait le distraire et lui tenir compagnie. Ses baisers exprimaient la même urgence que ceux de la nuit qu'ils avaient passée dans les bois, la même passion, la même intensité.

Puis Freya remarqua qu'ils n'étaient pas seuls.

— Madame m'a dit que je te trouverais ici, mais je n'y ai pas cru, sur le coup. (Bran Gardiner se tenait dans l'embrasure de la porte de la cabine, un revolver à la main. Ses yeux marron brillaient d'un désespoir profond.) Alors tu as obtenu ce que tu voulais finalement, mon frère.

Freya avait oublié : elle était censée le retrouver au North Inn une heure plus tôt et, bien sûr, il était parti à sa recherche. Ce moment aurait dû être leurs grandes et joyeuses retrouvailles.

Bran Gardiner. Baldr. Dieu de la Joie et de la Paix, de la Beauté et de la Lumière, qui personnifie tout ce qui est bon et juste dans le monde. Le meilleur de tous. Son doux et tendre compagnon. Ils étaient faits pour être ensemble. Sa mère, la déesse Frigg, avait décrété que rien sur Terre ne pourrait le blesser. Pourtant elle avait oublié de le protéger de la chose la plus dangereuse au monde. Le gui. Son baiser. Son amour.

Il était une fois, à Asgard, la déesse Freya. Elle avait deux prétendants, deux beaux frères qui lui demandaient sa main. Elle avait choisi Baldr pour compagnon immortel. Furieux et jaloux, Loki avait juré de se venger ; à la veille de leur mariage, sa flèche à la pointe empoisonnée atteignit sa cible. La flèche transperça le cœur de Baldr et l'expédia au Royaume des Morts.

Freya se perdit dans la douleur et la folie jusqu'à ce que sa sœur, Erda, capable de voir l'avenir, lui donne une lueur d'espoir. Elle réconforta Freya en lui annonçant que dans sa ligne de vie, elle voyait qu'un jour, dans un autre univers, en d'autres temps et lieu, Baldr et elle se retrouveraient.

Des milliers d'années plus tard, elle rencontra Bran Gardiner et sut que c'était lui qu'elle attendait. Son très cher Baldr. Ils s'étaient retrouvés, seulement pour être une fois de plus anéantis par Loki. Cette fois, elle avait laissé le serpent se glisser sous ses draps.

Freya se leva du lit et prit la parole, mais Bran secoua la tête.

— Tais-toi, lui dit-il, je n'arrive même pas à te regarder.

— Bran, pose cette arme, c'est terminé, intervint Killian d'une voix rauque tout en s'éloignant douce-ment du lit pour s'approcher de son frère.

Les deux hommes se jaugèrent, et Killian parut plus grand que quelques instants plus tôt, surplombant Bran avec une force inattendue.

Bran chancela et relâcha son emprise sur l'arme qui bascula. Killian saisit l'opportunité pour la lui faire lâcher en lui assenant un coup. L'arme se retourna violemment, et les doigts de Killian s'enroulèrent autour de la détente et la serrèrent. La détonation fut tonitruante, comme un coup de tonnerre dans le fir-mament. Ce n'était pas un revolver comme les autres. Freya hurla. La balle passa juste au-dessus de l'épaule de Bran, frôlant son cou et faisant couler le sang. Un sang rouge épais qui se répandit en un cercle cramoisi enveloppant rapidement son épaule.

Freya entendit alors un bruit sec, comme des os qui craquent, tandis que les deux hommes luttaient corps à corps ; quatre mains s'enroulaient autour du revolver, les deux hommes s'efforçant vivement et simultanément de mettre la main dessus pour contrôler la gâchette et diriger le canon vers l'autre. Killian hurla de douleur et repoussa Bran violemment, prenant appui sur ses deux jambes. La force de l'impact les envoya tous deux au sol, Killian au-dessus.

L'arme fit feu à deux reprises, et les deux balles traversèrent les rideaux pour briser un carreau. Freya n'aurait su dire qui avait appuyé sur la détente, car tous deux lui cachaient l'arme. Impossible de savoir qui la contrôlait. Bran libéra sa main gauche, prit son élan rapidement et frappa furieusement la mâchoire de Killian de son poing. Sans s'arrêter, il répéta la manœuvre à deux reprises, lui assenant deux puissants coups au visage. Deux autres détonations retentirent. Un morceau de plâtre tomba du plafond de la cabine.

Qui avait tiré ? Freya se le demandait. Qui avait le dessus ? Elle plongea vers les hommes, cherchant l'arme des mains, mais elle arriva trop tard. Le canon contenait six balles. La dernière résonna. Cette fois aucune vitre ne se brisa ni aucun cratère ne se forma au plafond. La balle s'était logée dans l'un des deux frères.

Avec une force farouche, Freya arracha Killian à Bran, étendu par terre sans bouger, et Killian s'éloigna en trébuchant, la jambe couverte de sang. Un trou déchirait son pantalon et sa plaie saignait abondamment. Sans réfléchir, elle pressa la main sur la blessure pour en interrompre le flux un moment.

Il grogna et son visage se vida de ses couleurs ; mais il survivrait, se dit Freya avec mépris. Elle se leva alors pour s'occuper de Bran et, non sans surprise, se rendit compte qu'il avait disparu.

Il n'y avait personne d'autre dans la pièce.

CHAPITRE 43

La malédiction de Freya et Baldr

— Loki ! Qu'as-tu fait ? Où est-il ? s'époumona-t-elle. Où était son bien-aimé ? L'avait-il quittée pour toujours ?

Killian ferma les yeux avant de les ouvrir et regarda Freya.

— Loki ? Il s'est échappé ? Tu dois le rattraper… le suivre… (Il toussa.) Avant qu'il ne…

— Arrête ! Arrête de mentir. Comment ça, Loki s'est échappé ? dit-elle, se sentant sur le point de perdre la tête alors que tout commençait seulement à avoir un sens.

Killian secoua la tête et parut si blessé qu'une lumière s'alluma dans l'esprit de Freya. Tout ce qui avait été flou, confus et tordu jusque-là se dissipa à la lueur claire et froide de la vérité. Quand elle prononça son nom, elle eut l'impression de se réveiller d'un profond sommeil.

— Baldr, c'est bien toi ?

— Oui. Oui, bien sûr.

Le visage de Killian, ensanglanté et empreint d'épuisement, se fendit d'un magnifique sourire. Le sourire du garçon qui avait gagné son cœur en Asgard. Le sourire de son bien-aimé. Il était le même que le jour où elle l'avait vu pour la première fois, un beau garçon qui jouait de la lyre à la lisière de la forêt. Avec ses superbes yeux bleu-vert, joyeux, espiègles et clairs.

Puis Freya prit conscience qu'elle l'avait reconnu dès le début, lors de sa fête de fiançailles. Voilà pourquoi elle avait été attirée par lui à la seconde où elle l'avait vu, pourquoi son amour pour Bran avait été conflictuel et perturbant, mêlé de culpabilité et de tristesse. Elle comprenait à présent la raison de son agitation, ce soir-là.

Bran Gardiner était Loki. Dieu de la Malice et du Chaos. Le Rusé. Un filou. Un changeforme. Un escroc. Un menteur. Un voleur. Loki avait confectionné un tissu de mensonges depuis le début, l'avait piégée pour qu'elle tombe amoureuse de lui, avait emprisonné son cœur dans un sort, un puissant ensorcellement pour la lier à lui. La nuit de leur rencontre, quand sa robe avait glissé, elle se rendait compte à présent qu'il avait provoqué l'incident afin d'avoir une excuse pour la toucher. Puis toutes ces nuits passées au bar, sept en tout, à la dévisager ; tout ce temps, il l'avait hypnotisée pour s'assurer qu'elle ferait le premier pas, pour parfaire le sort.

— Je n'ai pas les mots…

Freya inclina la tête de chagrin.

— Je n'ai pas attendu cinq mille ans pour entendre tes excuses, dit-il doucement.

— Je ne te mérite pas.

— Tu ne comprends pas. Nous sommes faits l'un pour l'autre. Pour toujours. Je ne pouvais rien te dire. J'étais lié par la prophétie et ne pouvais te révéler mon identité tant que tu ne m'aurais pas reconnu. Je ne pouvais qu'espérer, même si j'ai bien essayé de vous mettre en garde à ma façon.

— Les oiseaux morts sur la plage que Joanna a trouvés au début de l'été. C'était toi, n'est-ce pas ?

Killian acquiesça.

— Comment as-tu su que j'étais là ? Comment m'as-tu retrouvée ?

— Bran m'a localisé et envoyé une invitation pour votre fête de fiançailles. Je crois qu'il n'a pas pu s'en empêcher. Il voulait que je voie qu'il avait gagné, qu'il t'avait retrouvée le premier. De sorte que je sache qu'il avait ce que je voulais plus que tout au monde. Il m'a toujours considéré comme responsable de son emprisonnement à Helheim.

Freya se rendit compte que le plan de Bran aurait fonctionné s'il n'avait pas été aussi certain de sa victoire. Mais sa fierté avait causé sa perte ; il avait tenté le destin en invitant Killian à assister à son triomphe, et le sort qu'il avait jeté sur son cœur avait commencé à s'estomper dès qu'elle l'avait vu. Elle avait même cherché à l'épouser, cette nuit-là, dans la forêt. Elle savait qui il était au fond ; une partie d'elle-même l'avait toujours su.

— À mon arrivée, il m'a dit qu'il avait purgé sa peine et avait été libéré par Helda. Mais je me méfiais. Tiens, ouvre la porte du placard, il y a un sac par terre.

Freya fit ce que Killian lui demandait et en sortit un sac en papier kraft. À l'intérieur se trouvait un bonnet de laine couvert d'une croûte de sang.

— C'est celui de Bill Thatcher, dit-elle.

— Je l'ai trouvé au sous-sol quand je suis arrivé, et je l'ai caché jusqu'à ce que je découvre à qui il appartenait et d'où il venait.

— C'est lui qui a tué Bill. Bill et Maura se promenaient souvent en haut de cette colline, en face de Fair Haven.

Killian acquiesça.

— Bran a débarqué à Fair Haven à la mi-janvier, un soir de pleine lune. Il a dû craindre qu'ils ne l'aient vu sous sa vraie forme lors de son arrivée dans le manoir, alors il les a attaqués.

Elle comprenait à présent pourquoi elle n'avait pas vu qui avait tué Bill ; la magie de Loki l'en avait empêchée.

— Il a pris l'apparence de ma mère.

Freya expliqua à Killian ce qui s'était passé : que Maura Thatcher s'était réveillée de son coma et avait désigné Joanna comme l'assassin de Bill.

— Je suis resté pour pouvoir découvrir ce qu'il trafiquait, et parce que je ne pouvais pas m'éloigner de toi, bien sûr. Je me doutais qu'il mentait, qu'il n'avait pas été relâché mais qu'il s'était plutôt évadé de sa prison et, ce faisant, avait laissé les ténèbres pénétrer dans ce monde. Je ne sais toujours pas comment il a fait : il doit avoir une arme puissante à sa disposition, quelque chose qui lui a permis de voyager d'un royaume à l'autre.

— Sa bague. Il porte une bague, expliqua Freya. *C'est celle de mon père*, lui avait-il dit. *Elle m'est chère, c'est tout ce qui me reste de lui*. La bague d'Odin.

Faite d'os de dragon, elle permettait à celui qui la portait de voyager à travers les Neuf Mondes, expliqua-t-elle à Killian.

— C'est donc ainsi qu'il s'est évadé de sa prison. Je croyais que cela avait à voir avec Fair Haven où il vivait, et mon intuition m'a fait envoyer les plans à Ingrid, me disant qu'elle pourrait peut-être déchiffrer le code.

— Elle a réussi. Elle sait ce que renferme Fair Haven. Le manoir contient une branche d'*Yggdrasil*.

— Voilà donc son secret. Il s'est servi du chemin traversant l'arbre pour arriver à Fair Haven car il connaissait la légende des Gardiens, et il savait que, étant des nôtres, la maison l'accepterait.

— Je lui ai dit que tu avais confié les plans à Ingrid et qu'elle était sur le point de déchiffrer le code… Il a dû les reprendre et c'est pour ça qu'il l'a attaquée en prenant ton apparence. Oh, Killian, j'ai été si…

— Arrête. Il n'a jamais été honnête. C'est sa façon de procéder. Il savait ce qu'il faisait quand il a ouvert cette brèche dans l'arbre et répandu la sève empoisonnée en Midgard.

— Alors nous sommes perdus, murmura Freya.

Sa joie d'avoir retrouvé son véritable amour était tempérée par la nouvelle des ténèbres lâchées sur le monde par Loki.

Ingrid apparut à la porte.

— Pardonnez-moi de vous interrompre, mais, Freya…

— Qu'y a-t-il ?

Sa sœur avait l'air angoissée.

— C'est Tyler. Il est décédé il y a quelques minutes.

CHAPITRE 44

Le labyrinthe

— Alors nous n'avons plus beaucoup de temps, dit Killian. C'est le poison. Il est plus puissant à présent. Les enfants sont les plus vulnérables mais il y aura d'autres victimes, d'autres morts, si nous ne l'arrêtons pas.

— Ingrid... Killian est...

— Je sais, l'interrompit Ingrid avec un bref signe de tête. Moi aussi je l'ai compris. Tu te souviens de ce que je t'ai dit du *Ragnarok* ? D'abord, que les océans mourront. Et que la toxine de North Hampton était semblable à d'autres trouvées près de Sydney, du Groenland et de Reykjavik ? On vient d'en trouver une de plus près du Vietnam. Bran l'a répandue à travers le monde depuis son arrivée à Fair Haven, en janvier.

Elle expliqua avoir d'abord cherché à faire le lien avec les voyages de Killian, mais elle n'avait pas trouvé le cargo alaskien sur lequel il était censé avoir servi, ni la station balnéaire de Sydney où il était censé avoir travaillé comme moniteur de plongée sous-marine. Autant qu'elle sache, il ne s'était rendu dans aucune de ces zones, et elle constata non sans surprise que celui qui leur avait parlé des voyages de Killian n'était autre que Bran.

Elle s'était mise à enquêter sur ses déplacements et ses origines, et elle s'était aperçue de son erreur dans l'identification des frères dès qu'elle avait comparé les coupures de presse concernant les localisations de la toxine avec une copie de l'itinéraire de Bran pour la Fondation Gardiner publié sur son site internet. Les dates et lieux correspondaient exactement. Sous couverture d'un travail caritatif, Bran s'était rendu à chacun des endroits sur la carte où l'on avait découvert la toxine. L'explosion qui s'était produite au cœur de l'été impliquait que l'arbre était en train de s'effondrer de l'intérieur. Une fois ses soupçons confirmés, elle avait approfondi un peu plus ses recherches sur la fondation et avait découvert que, contrairement à ce que laissait penser tout le battage médiatique, elle ne faisait en réalité que très peu de bien ; la majorité de son travail paraissait être constituée d'interminables réunions bureaucratiques : la fondation avait donné très peu d'argent aux causes qu'elle soutenait. C'était une couverture pour les impôts, une imposture, une façon de dissimuler la fortune Gardiner.

Elle confia tout cela à Freya et Killian. Elle comprenait à présent que Bran était Loki depuis le début. Tout comme sa sœur et sa mère, il l'avait bernée ; à cause de la Restriction, elles étaient rouillées, aveugles et perdues sans leur magie ; elles n'avaient pas senti son puissant sort. Elle rougit en repensant au rêve qu'elle avait fait de Killian l'autre nuit. Un autre tour joué par Loki, bien sûr, pour les lancer sur une fausse piste.

— Je sais où il est parti, reprit-elle. À la porte secrète de Fair Haven. Dans la salle de bal. Allons-y.

— Vas-y, dit Killian en s'adressant à Freya. Il a

la bague d'Odin ; il pourrait être n'importe où dans l'Univers à l'heure qu'il est.

— Je ne peux pas te laisser, répondit Freya.

— Ma jambe est mal en point mais je peux contrôler l'hémorragie ; ne t'inquiète pas pour moi. Je ne ferais que vous ralentir.

Freya embrassa Killian encore une fois et rejoignit sa sœur.

— Allons-y. Il est temps d'en finir.

Ingrid l'amena jusqu'à la salle de bal. Elle jeta un sort qui réduisit le plâtre en mille morceaux et révéla la porte secrète qu'elle avait trouvée dessous.

— D'accord, mais comment fait-on pour l'ouvrir ? demanda Freya.

— Regarde.

Ingrid s'était renseignée sur l'arbre dans le livre de son père. La langue qu'elle n'avait pas pu déchiffrer, elle le comprenait à présent, était celle des dragons et des géants qui existaient avant les dieux. Elle posa les mains sur la porte et murmura quelques mots.

La porte s'ouvrit dans un craquement pour ne révéler que des ténèbres. Ingrid prit Freya par la main et, ensemble, elles franchirent le portail. Tandis que ses yeux s'adaptaient progressivement à la pénombre, elle remarqua qu'une lueur bleu pâle éclairait le fourré massif qui les entourait. L'espace, si on pouvait l'appeler ainsi, sentait la terre mouillée et le bois. Un sentier s'ouvrait devant elles, s'enfonçant dans les profondeurs du fourré.

Cependant, avant qu'elles puissent aller plus loin, elles se trouvèrent face à Lionel Horning. Il était couvert de sang et pourrissait visiblement de l'intérieur ;

il lui manquait la moitié du visage et il les lorgna de son seul bon œil.

— Halte là, dit-il d'une voix rauque, levant une main à laquelle il manquait deux doigts. Interdiction d'entrer.

On avait transformé leur ami en chien de garde, un obstacle pour leur bloquer la route.

— Oh, Lionel…, soupira Ingrid. La toxine. Il devait en avoir dans le sang, dans son organisme, à cause de toute cette eau de l'océan qu'il a avalée, c'est pour cela que la résurrection n'a pas fonctionné.

— J'avais donc tort. Ce n'est pas un démon, dit Freya.

— Non, c'est vraiment un zombie. La rivière qui coule sous la ferme… elle mène à l'océan. La toxine devait y être fortement concentrée. Il la respirait. Il a avalé de l'eau et a ensuite vécu dans un environnement pollué. Pas étonnant.

— Lionel, je suis vraiment navrée mais je n'ai pas le choix, annonça Ingrid en levant sa baguette magique. (Une corde blanche apparut à son extrémité et s'enroula fermement autour de lui pour former une camisole de force.) Cela devrait le retenir. Je ne crois pas qu'on puisse le ramener, son état de décomposition est trop avancé. Mais si nous arrêtons Loki, l'âme de Lionel sera restaurée et il sera renvoyé à Helda dans son état d'origine.

Un cri leur parvint au loin, de l'autre côté du sentier qui s'éloignait de l'arbre.

— C'est Tyler. Ingrid, va chercher le garçon. Nous avons vingt-quatre heures avant que les Morts ne le revendiquent pour toujours.

— Et toi ? demanda Ingrid qui se tournait déjà en direction des cris.

— Je vais m'occuper de Loki, dit Freya en s'enfonçant dans l'obscurité.

Et toi, s'écria-t-elle, le glød qui se tournait de la ???
direction de sa tante.

— Je t'ai interceptée de loin ! lui dit Hrekla, crachant de l'eau dans l'obscurité.

CHAPITRE 45

La Reine de l'Espiègle

Freya passa la main sur ce qui ressemblait au premier abord à un treillage de vignes denses mais, tandis que l'obscurité cédait progressivement la place à la lueur des étoiles, elle vit qu'elle se tenait au cœur d'un vaste labyrinthe, au creux des racines d'un arbre qui paraissait plus grand que le ciel. Massives, les racines s'étendaient à perte de vue dans toutes les directions. Au-dessus d'elle se déployait un manteau d'étoiles. Les petites lueurs bleues ne vacillaient pas ; leur lumière était forte et constante.

Freya jeta un coup d'œil aux étoiles qui lui étaient inconnues. Elle ne se trouvait plus en Midgard, ni même dans le monde du glom, elle en était convaincue. Elle était ailleurs, quelque part au-delà de l'Univers.

Une ligne sombre traversait le ciel comme une version noircie de la Voie lactée : ce devait être le tronc de l'arbre. Tandis qu'elle s'avançait vers son centre, le champ noueux de racines s'ouvrit pour lui permettre de se précipiter en avant, seulement pour la mener à une impasse où elle dut se frayer un chemin afin de passer de l'autre côté en poussant les racines. Le bois était dur et lui déchirait la peau ; à mesure de sa laborieuse avancée, ses bras se maculaient de crasse.

Au loin, une voix à peine audible jeta un sort, et un passage s'ouvrit devant elle. Débarrassée du fourré un instant, elle courut à travers l'obscurité. Une voix tonitruante s'éleva au bout du passage.

— Freya, mon amour, tu es venue me rejoindre ?

Bran émergea des ténèbres, les yeux brillants de malice. La gentillesse qui émanait de lui, elle le comprenait à présent, faisait partie du glamour dont il s'était servi. Sa maladresse et sa nervosité reflétaient ses difficultés à conserver le sort intact.

— Pas du tout, répliqua Freya en levant sa baguette magique.

L'os ivoire brilla à la lumière.

— Ta magie n'a aucun effet sur moi, ricana-t-il.

L'homme qu'elle connaissait sous le nom de Bran Gardiner n'était plus. Chaque fois qu'elle le regardait, elle comprenait quelque chose de plus. Mme Grobadan était la géante Angrboda, l'éternelle maîtresse de Loki. Pas étonnant qu'elle n'aime pas Freya.

— Loin de là ; tu as été parti si longtemps que tu as oublié qui j'étais, dit Freya en se dressant de toute sa hauteur. (En tant qu'amant, il lui était soumis pour toujours ; elle avait ce pouvoir sur les hommes, c'est ainsi qu'on l'avait faite depuis le début.) Donne-moi la bague, Bran, ajouta-t-elle doucement. Tu ne peux pas me le refuser.

Il se tenait devant elle sous sa vraie forme de Loki, les traits étrangement allongés, presque monstrueux. Il s'avança vers les ténèbres pour se dissimuler tandis qu'il s'exprimait.

— Tu peux prendre la bague, mais il ne te servira à

rien de gagner une vie avec ton cher Baldr si le monde dans lequel vous évoluez est empoisonné. Laisse-moi la garder, et je pourrai contenir l'hémorragie.

Il étudia Freya, mais son regard à elle demeurait inflexible.

— Donne-moi la bague.

C'était l'ordre d'une déesse.

Bran ne put résister. Freya sentit un air chaud et putride l'étreindre et, quand il se dissipa, la bague d'Odin reposait sur sa paume. Elle vit qu'elle n'était pas du tout faite d'or ; sa surface était d'un blanc terne et poreux, une bague en os taillée dans les derniers lambeaux du pont. L'ultime symbole d'un pouvoir plus ancien que les dieux eux-mêmes. Odin l'avait perdue au cours de la dernière bataille d'Asgard. Elle n'appartenait ni à ce monde, ni à aucun autre. Elle appartenait au passé. Freya la tenait entre ses doigts et commença à écraser sa forme frêle. De petites échardes glissèrent de sa main. La bague était si douce, comme taillée dans une plume, qu'une simple pression pouvait la réduire en poussière.

— Ne la détruis pas. Rends-la-moi et je te donnerai ce que tu désires, murmura Loki. Si ceux qui m'ont séquestré au fond d'un gouffre me trouvent ici, ils ne m'y renverront pas, cette fois, ils se contenteront de me rayer de la carte. Et j'espère qu'il te reste un peu d'amour pour moi.

Chacune de ses paroles est un mensonge, se dit-elle, *il ne t'aidera pas*. Elle le dévisagea une fois de plus, mais elle ne reconnut rien du Bran qu'elle connaissait. Elle tenait la bague entre ses doigts et la réduisit en poussière doucement.

— Je ne te laisserai plus me manipuler, Loki.

— Imbécile ! hurla-t-il, plongeant pour attraper ce qu'il pouvait des cendres que le vent emportait jusqu'au sol. (Puis il se releva de la terre humide et lui fit face.) Tu vas passer le reste de ton existence dans un monde mourant.

— Non, Loki, ce n'est pas vrai. Tu vas quitter le Midgard comme tu y es entré, par le trou que tu as percé dans le tronc et, à ton départ, l'ouverture se fermera derrière toi. L'arbre de vie sera de nouveau entier.

C'était l'idée d'Ingrid, et elle espérait que sa sœur avait raison : que quand il traverserait *Yggdrasil* une nouvelle fois, la blessure se refermerait et la toxine disparaîtrait.

Loki hésita.

— C'est ta seule issue possible, maintenant que la bague a disparu, poursuivit Freya. Sans elle, c'est le seul chemin qui reste ouvert à toi. Tu n'as qu'un endroit où aller. Je ne crois pas que tu veuilles attendre de voir ce qui se passera quand Baldr t'aura retrouvé.

Le dieu de la Lumière et de la Fureur constituerait un ennemi redoutable à présent qu'il avait recouvré ses forces et qu'il n'était plus entravé par les limites d'une malédiction.

Loki ne répondit pas tout de suite. Il se contenta de rester sans bouger, les idées tourbillonnant dans sa tête, puis il sourit.

— Tu me ressembles plus que tu ne le crois, ma chère Freya.

Sur ce, il se retourna pour faire face au gigantesque tronc d'arbre, et prononça des mots confus dans une langue que Freya ne comprenait pas.

Les étoiles les surplombant faiblirent tandis que les

chemins qui traversaient le grand fourré de racines paraissaient bouger et se modifier dans l'obscurité, révélant un trou noir à la surface de l'arbre. L'ouverture ressemblait à une blessure, à une formidable déchirure, et une force puissante en émanait, laissant échapper un vent nauséabond qui soufflait aussi fort qu'un ouragan. Loki posa une main sur l'écorce déchirée, s'arrêta un moment comme s'il allait se retourner pour faire ses adieux mais ne le fit pas. Au lieu de cela, il se mordit la lèvre et se jeta dans le vide. La fureur noire s'éleva à nouveau du trou, comme si avoir consumé le dieu ténébreux de la Malice n'avait fait qu'augmenter son pouvoir.

Freya fut projetée au sol tandis que la terre se soulevait. Le ciel s'assombrit et les ténèbres se répandirent autour d'elle.

— Loki ! appela-t-elle.

Pas de réponse. Elle ferma les yeux et résista à la tempête, tandis que la fureur l'enveloppait comme une tornade, tourbillonnant dans toutes les directions. Enfin l'ouragan cessa et, quand elle ouvrit les yeux, l'arbre était de nouveau entier.

Elle se releva et dépoussiéra ses genoux.

— Ingrid ! Est-ce que vous allez bien, Tyler et toi ?

— Nous sommes là !

Freya courut en direction de leurs voix.

Ingrid était à bout de souffle.

— Je l'ai trouvé sur le chemin. Il n'avait pas encore franchi le premier portail. Dépêchons-nous, il fait presque jour. Le Pacte !

— Et Lionel ? s'enquit Freya.

— Je ne l'ai pas trouvé. Mais si Loki a quitté ce

monde, il devrait être en route pour retrouver Helda, comme auparavant. Et avec une âme en bon état.

— On rentre à la maison, maintenant ? demanda Tyler.

— Oui. Prends ma main et ne la lâche pas.

Le petit garçon paraissait effrayé, et Freya se souvint qu'il n'aimait pas qu'on le touche. Mais après réflexion, il prit sa main dans la sienne et, de l'autre, celle d'Ingrid.

Elles marchèrent ainsi, l'enfant entre elles, jusqu'à la maison.

CHAPITRE 46

Le jugement du Conseil

Joanna les vit émerger de la porte d'entrée de Fair Haven. Elle courut vers Tyler, l'enlaçant et le serrant très fort.

— Vous avez réussi, dit-elle à ses filles avec un respect mêlé d'admiration. (Elle avait oublié leur force, oublié, au fil des années passées à vivre discrètement, que ses enfants étaient redoutables et féroces.) Vous avez réussi.

— Oui, répondit Freya en s'avançant vers Killian pour lui prendre la main. (Sa jambe portait toujours le garrot qu'elle lui avait confectionné.) Mais qui sait quelle sera la prochaine destination de Loki…

— Peu importe, il ne sera pas libre bien longtemps, dit une nouvelle voix.

Ingrid leva les yeux.

— Papa ?

Un homme se tenait discrètement dans l'ombre. Il avait les cheveux gris, était beau et de haute taille, mais son visage laissait transparaître l'épuisement et sa barbe était peu soignée. Il portait un cardigan usé et un pantalon gris, l'uniforme des universitaires. Freya serra ses bras autour d'elle, puis finit par courir vers lui comme l'avait fait Ingrid.

— Mes filles.

Norman Beauchamp ne put rien dire de plus tandis qu'il les étreignait, et même Joanna cligna des yeux pour refouler des larmes.

— *Skadi*, tu pleures, la taquina Norman.

— Oh, *Niord*, arrête, soupira-t-elle.

Le dieu des Mers desserra son étreinte et étudia ses filles sérieusement.

— Joanna m'a dit que vous étiez parties seules à la poursuite de Loki. J'étais inquiet, mais vous avez toutes deux accompli plus que je ne l'aurais espéré. Midgard est de nouveau intact.

— Où étais-tu passé, papa ? As-tu vraiment obtenu une audience auprès du Conseil Blanc ?

— Oui. Je suis allé voir l'oracle et j'ai parlé à Odin en personne. Après avoir déchiffré le code sur les plans qu'Erda m'avait envoyés, compris que les racines de l'arbre se trouvaient à l'intérieur de Fair Haven et lu les rapports sur les perturbations océaniques, j'ai commencé à me dire qu'on avait peut-être trouvé la toxine de *Ragnarok* dans notre monde, ce qui ne pouvait avoir qu'une seule signification : Loki s'était échappé de ses chaînes et était venu nous infliger sa vengeance.

— Les grands esprits se rencontrent, dit Freya en poussant Ingrid du coude.

Norman soupira.

— Je vous apporte aussi d'autres nouvelles. Le Conseil est conscient de votre violation flagrante et répétée de la Restriction de l'usage de la magie en place depuis les procès de Salem.

— Oh, super.

— Que vont-ils faire ? interrogea Ingrid, craintive.

— C'est très simple, à vrai dire, reprit Norman.

Pour vivre dans ce monde, vous devez continuer de respecter ses règles et les lois de ses citoyens comme vous l'avez toujours fait. Si vous n'êtes pas inculpées, la Restriction sera levée et vous pourrez continuer à exercer la magie tant que vous n'attirerez plus l'attention sur vos capacités surnaturelles. Cela s'appliquera à tous les nôtres qui se trouvent toujours de ce côté du pont Bofrir.

Freya échangea un sourire avec Ingrid et Joanna. Elles allaient de nouveau pouvoir pratiquer la magie ! Avant qu'elles ne puissent fêter ça, Norman leva la main.

— Mais si vous êtes arrêtées, jugées et reconnues coupables par un tribunal, on vous déclarera en violation de la Restriction, et vous serez toutes deux envoyées au Royaume des Morts pendant dix mille ans pour servir Helda.

— Donc s'il ne se passe rien, nous sommes libres. Nous pouvons redevenir des sorcières, toutes les trois.

Freya souriait, pensant à tout ce dont on les avait privées pendant des centaines d'années. Elle sortirait son balai de l'endroit où elle l'avait entreposé, et se procurerait un chaudron de qualité qui supporterait les potions qu'elle avait hâte de concocter.

Son père acquiesça.

— Oui.

Ingrid secoua la tête.

— Mais si l'on nous poursuit en justice et qu'on nous reconnaît coupables, nous rejoindrons Helda pour lui servir d'esclaves.

— C'est exact.

— Et Loki ? Il court encore.

— La Valkyrie le trouvera.

342

Freya repensa à la femme venue au bar à la recherche de Killian, juste après le jour férié, et elle se rendit compte qu'elle était de la même tribu que celle qu'elle avait vue parler avec Bran à New York. Elle se souvint à quel point il était nerveux, ce soir-là, pressé de fuir la Valkyrie. Elle se sentait moins bête maintenant qu'elle savait que Loki avait aussi réussi à tromper la féroce guerrière.

Killian lui serra la main, pourtant elle ne pensait pas à lui ni à leur amour, à ce moment précis. Rien n'était encore certain. Leur sort résidait, une fois de plus, entre les mains des humains.

CHAPITRE 47
L'ordre public

La réception de collecte de fonds annuelle pour la bibliothèque se tenait dans le jardin derrière le bâtiment principal, face à la vue qui avait failli causer sa perte. Cependant la menace ne pesait plus, car le nouveau maire était plus intéressé par la préservation de North Hampton en l'état que par la création d'un nouveau lotissement. Blake Aland construisait désormais ses nouveaux immeubles à la limite de la ville.

Ingrid évoluait parmi ses invités, souriante, satisfaite et heureuse. Des historiens de l'art et de l'architecture avaient fait l'éloge de l'exposition, qu'ils avaient décrite comme un tour d'horizon significatif du travail architectural de la ville. Chaque grande maison et grand projet était représenté par des plans aux cadres élégants accrochés au mur. Freya l'avait convaincue de porter une robe aux couleurs vives et légèrement décolletée, et elle avait détaché ses cheveux, pour une fois. Elle se sentait légère sans son chignon strict et fut surprise de constater à quel point ils avaient poussé.

Elle fit un signe de la main à sa sœur, à l'autre extrémité du jardin. Freya embrassait Killian avec passion ; ces deux-là planifiaient leur mariage pour l'été suivant. Ils feraient mieux d'aller faire ça en privé ! Une bibliothèque n'était pas un hôtel.

Ses parents se tenaient poliment l'un à côté de l'autre près du saladier de punch. Au moins, ils étaient courtois l'un envers l'autre. Ingrid se demanda à quel âge elle cesserait d'espérer qu'ils se remettent ensemble.

Ses amis étaient tous là : Hudson évoluait parmi la foule pour proposer du champagne, tandis que Tabitha servait à la table des desserts avec un sourire épanoui.

— Ingrid ? (Matt Noble était beau dans un costume impeccable couleur kaki, bien plus classe que ses tenues froissées habituelles.) J'ai bien manqué ne pas te reconnaître.

Elle ne rougit pas mais lui prit la main.

— Je suis si contente de te voir.

— De même.

— Je voulais juste te dire…

— Je t'en prie, c'est inutile. Tu n'as pas à me remercier chaque fois que tu me vois. Je n'ai pratiquement rien fait.

À peine. Quelques semaines plus tôt, les différents meurtres avait été résolus. Tout d'abord, Maura Thatcher s'était totalement remise et avait retiré sa déposition. Elle ne savait absolument pas pourquoi elle avait dit que Joanna Beauchamp les avait attaqués. Killian avait remis à la police le bonnet ensanglanté de Bill Thatcher, ainsi qu'une pile de vêtements couverts de sang retrouvée au sous-sol à Fair Haven, près de l'incinérateur. La veste et le pantalon appartenaient indubitablement à Bran, et ils étaient éclaboussés d'un sang qui correspondait à celui de Bill et de Maura.

Molly Lancaster avait été victime d'une agression sexuelle et battue, comme l'avait confessé Derek.

Cependant, des inspecteurs intrépides avaient découvert sur les relevés de son téléphone portable que le dernier numéro composé par Molly était celui d'un compte appartenant à Todd Hutchinson. Et quand les résultats des tests furent connus, il s'avéra que c'était son ADN qui avait été retrouvé sur le cadavre, et non pas celui de Derek. Le pauvre garçon avait cédé et livré de faux aveux sur les conseils de son avocat, qui comptait faire endosser la responsabilité à Freya.

Tout fut alors révélé au grand jour : Molly Lancaster et Todd Hutchinson avaient une liaison. Quand Freya avait vu le maire se masturber devant du porno, sur internet, il regardait en fait Molly à l'écran. Après l'avoir harcelée tout l'été, il avait eu une relation sexuellement abusive avec la jeune stagiaire. Des dossiers récupérés sur son ordinateur le confirmaient, de même que des courriels envoyés par Molly qui disaient qu'elle avait rompu avec lui juste avant le long week-end du quatre juillet. Son journal intime, qu'elle tenait en ligne sous un encodage secret, relatait toute cette sordide affaire. Elle avait écrit qu'elle se rendrait au North Inn, ce soir-là, pour rencontrer quelqu'un d'autre, quelqu'un de son âge.

Son téléphone contenait une série de textos du maire exigeant de savoir où elle se trouvait et lui ordonnant de l'attendre sur la plage. Quand il arriva, il la tua de jalousie parce qu'il l'avait vue en embrasser un autre.

Freya n'avait pas pu lire les désirs du maire : ils lui avaient été dissimulés par le nœud de fidélité d'Ingrid, et la magie des sœurs s'était neutralisée. Une semaine plus tard, il avait fui pour se cacher. Il avait demandé à sa femme de le retrouver au motel. À son arrivée, Corky l'avait trouvé pendu au plafond avec un mot avouant ce sordide gâchis. Après avoir coupé la corde, elle avait confectionné un nœud autour de son cou semblable à celui qu'elle avait reçu de la sorcière. Nul ne savait pourquoi Corky Hutchinson avait voulu mettre la mort de son mari sur le dos d'Ingrid, mais son avocat avait plaidé la démence due au choc et au chagrin.

Le meurtre de Molly et le suicide du maire n'avaient rien à voir avec la magie. Ni un vampire. Ni un zombie. Si Azraël avait pris un humain en otage, ce n'était pas un habitant de North Hampton, et cela ne relevait pas de leur juridiction. Mais Ingrid était triste pour Emily et son compagnon. Le cadavre de Lionel avait été retrouvé dans une prairie et on l'avait enterré au cimetière local après une brève cérémonie. Emily quitta la ville après la mort de ses animaux et de son partenaire ; North Hampton n'était plus la même pour elle. Emily lui manquerait, mais elle ne pouvait plus rien pour elle. Elle s'efforçait de trouver du réconfort dans l'idée que Lionel reposait maintenant en paix, qu'il avait embarqué pour un nouveau voyage, et n'était pas maudit pour l'éternité.

Ce n'est qu'une fois toute cette histoire terminée qu'Ingrid avait découvert que, loin de les avoir abandonnées à leur sort, Matt avait insisté pour que la police cherche d'autres preuves et abandonne les interrogatoires. Il avait œuvré à les aider depuis le début. Il se tenait maintenant devant elle, un verre de vin à la main, le sourire aux lèvres.

— Matt ! (Caitlin vint s'immiscer entre eux. Elle était ravissante dans sa robe rouge et ses talons hauts.) Te voilà. Je voulais…

Ingrid sentit son cœur accélérer légèrement, mais

elle garda le sourire. Ils s'étaient donc remis ensemble, finalement. Peut-être le week-end romantique sur l'île de Martha's Vineyard serait-il bientôt de nouveau au programme. Elle s'excusa et s'éloigna.

Quelques minutes plus tard, Matt réapparut à ses côtés.

— Salut.

— Oh, salut.

— Écoute… Caitlin et moi…

— Tu n'as pas à te justifier, je t'assure. Je suis contente que Caitlin et toi vous soyez remis ensemble.

— Vraiment ? Parce que je préférerais que ce ne soit pas le cas, dit-il en fronçant les sourcils.

— Pardon ?

— Si tu me laissais finir mes phrases de temps en temps, poursuivit-il, plongeant ses yeux dans les siens, tu saurais.

— Je saurais quoi ?

— Caitlin et moi ne sommes pas ensemble. Elle le voudrait, mais…

Matt haussa les épaules.

Ingrid sentit une lueur d'espoir grandir en son cœur.

— Mais ?

— Mais pas moi, dit Matt en posant son verre et en enfonçant les mains dans les poches de son manteau comme un petit garçon. Tu te souviens du jour où… je t'ai demandé… si tu pouvais m'aider à inviter une fille à sortir ?

Bien sûr qu'elle s'en souvenait.

— Je ne sais pas ce qui m'a pris, mais tu avais l'air en colère et contrariée, alors j'ai dit le premier nom qui m'est venu à l'esprit. Par la suite, le fait que je sorte avec Caitlin ne paraissait pas t'embêter, mais…

— Mais ?

— J'aurais dû être honnête dès le début. À propos de la personne que je voulais réellement fréquenter. C'est juste que... tu ne semblais pas m'apprécier. À une époque, j'avais vraiment l'impression de t'agacer.

Ingrid avait honte de s'être comportée ainsi. Elle avait été méchante avec Matt pour la simple raison qu'il lui plaisait ; et comme elle n'avait jamais ressenti ça pour personne, cela l'avait troublée.

— Et puis ensuite, Hudson m'a dit...

— Que t'a dit Hudson ? l'interrompit Ingrid avec empressement.

— Il a dit que tu étais très contente d'apprendre que Caitlin et moi nous étions séparés, alors je me suis dit que j'avais peut-être, tu sais, des raisons d'espérer à nouveau.

— Ah oui ?

— On est nuls, tu ne trouves pas ? (Matt posa la main sous son menton, et Ingrid se sentit frémir tout entière à son contact. Il l'avait aidée. Il avait insisté pour que la police trouve quelque chose, avait exigé des preuves concrètes. Il l'avait crue, il avait cru en elle.) Je veux dire... Tu me plais depuis longtemps, Ingrid. J'ai lu tous ces bouquins affreux que tu ne cesses de me refiler. Tu ne crois pas que, peut-être...

Puis ce fut au tour d'Ingrid : elle posa une main sur son visage. Et au beau milieu du gala, devant tout le monde, elle l'embrassa.

Matt arbora un large sourire.

Ingrid rougit.

— Je ne sais pas ce qui m'a pris, dit-elle.

Il saisit sa main et la conserva.

— Je ne sais pas ce que tu es, Ingrid Beauchamp, si

tu es une sorcière ou non, mais j'espère que tu accepteras de dîner avec moi un de ces quatre.

Puis il l'embrassa et, entre deux baisers, elle murmura :

— Oui.

Ingrid ne savait pas ce que l'avenir lui réservait. Elle n'était jamais tombée amoureuse auparavant, et d'un humain, rien que ça. Mais, pour une fois, elle ne voulait pas le savoir. Elle laisserait leur histoire suivre son cours, comme Freya aimait à le dire, et elle savourerait chaque instant.

ÉPILOGUE

Freya, qui finissait le travail à minuit, sortit sur le parking. Alors qu'elle fouillait dans son sac à la recherche de ses clés, une main sortit de la pénombre pour saisir son poignet. Elle voulut crier mais, quand elle vit qui la tenait, elle se retrouva sans voix. Elle n'arrivait pas à y croire.

Le garçon dans la pénombre leva une main à ses lèvres. Il avait des cheveux d'or et était beau comme le soleil. Le regarder, c'était un peu comme se regarder dans un miroir.

— Freyr ? murmura-t-elle. C'est bien toi ? (Son jumeau.) Tu es revenu ! Maman va être folle de joie !

Elle s'apprêtait à le serrer dans ses bras, mais quelque chose sur son visage aux traits tirés lui fit comprendre que ce n'était pas une bonne idée.

— Non ! l'avertit-il. Nul ne doit savoir que je suis là. Sinon je n'obtiendrai pas ma vengeance.

— Ta vengeance ? De quoi parles-tu ?

— J'ai été victime d'un coup monté. Le jour où le pont s'est effondré, quand je m'y suis rendu, il était déjà détruit. Quelqu'un d'autre avait pris son pouvoir. (Son visage s'assombrit.) Freya, si tu m'aimes, tu m'aideras à trouver le responsable de toute cette histoire. Celui qui a détruit le Bofrir et m'a laissé pourrir dans les limbes pour l'éternité.

— Si tu veux parler de Loki, il s'est enfui, mais la Valkyrie le retrouvera.

— Non, Loki n'est qu'un imbécile. Je n'ai rien contre lui. Je cherche Baldr. Dans ce monde on le connaît sous le nom de Killian Gardiner. C'est lui qui a pris le pouvoir du Bofrir et m'a tendu un piège pour qu'on me croie responsable. Aide-moi à le tuer, Freya. Si tu m'aimes, tu m'aideras à le détruire.

REMERCIEMENTS

Merci à mon mari et collaborateur, Mike Johnston, sans qui mes livres n'existeraient pas, tout simplement. Merci à Mattie d'être si patiente quand maman a un « délai à respecter », et qui, quand elle sera grande, veut devenir « écrivain de librairie ». Merci à ma famille et à mes amis, qui acceptent de ne pas me voir pendant des semaines, voire des mois, quand j'écris. Merci d'être là quand un roman est terminé.

Merci à la fabuleuse équipe d'Hyperion : Ellen Archer, qui a cru en ce livre dès le début ; Barbara Jones, Kristin Kiser, Marie Coolman, Bryan Christian, Sarah Rucker, Maha Khalil, Katherine Tasheff et Mindy Stockfield. Remerciements particuliers à mes éditeurs : Jill Schwartzman, Elisabeth Dyssegaard et Brenda Copeland. Merci à Richard Abate, agent, ami et fervent défenseur.

Du même auteur :

Aux éditions Albin Michel :

Aux éditions Calmann-Lévy :

Le Livre de Poche s'engage pour
l'environnement en réduisant
l'empreinte carbone de ses livres.
Celle de cet exemplaire est de :
550 g éq. CO$_2$
Rendez-vous sur
www.livredepoche-durable.fr

PAPIER À BASE DE
FIBRES CERTIFIÉES

Composition réalisée par NORD COMPO

Achevé d'imprimer en juin 2014 en France par
La Nouvelle Imprimerie Laballery
Clamecy (Nièvre)
N° d'impression : 105600
Dépôt légal 1re publication : mai 2014
Édition 02 - juillet 2021
LIBRAIRIE GÉNÉRALE FRANÇAISE
21, rue du Montparnasse – 75298 Paris Cedex 06